我不是怪物

I'm Not A Monster

王晨宇——著

目次

我不是怪物

「禁止怪物階級養育孩子！」

「不要讓野獸殘害我們的下一代！」

人群正在抗議獸人議題，見到行經抗議人群的李杰，便將炮口對準他。

「滾！滾！」

「垃圾！替黑心企業做事的垃圾！」

「把靈魂出賣給獸人公司！你難道連一點做人的自覺都沒有嗎？」

各地人類反彈獸人的聲浪或抗議活動，幾乎可以說是遍地開花。這種類似的場合，李杰大多都會避開，何必討皮痛？不過，妻子今天臨時趕回老家一趟，所以他不得不出席孩子的家長座談會。

國小一旁，正是「ＷＣＨ」，We Care Human 的抗議現場，學校旁有一間「紅瞳」關係企業，抗議人群正在企業門口示威，希望能夠吸引校園家長注意。

在這個少子化的時代，中產階級的生育數量越來越少，有能力或意願生養孩子的，除了人類高薪階級，就是社經地位較低的低薪族群，此外，還有職業半獸人。

李杰，正是半獸人。

說他是半獸人，別誤以為他是電影《魔戒》裡醜陋的怪物，他是人類，而他同時也是獸人。領有合法獸人執照的獸人，像是李杰，能夠在一定時間內怪獸化，變成沒有尾巴的蜥蜴人。李杰擁有的能力是肌肉強化，飛簷走壁，還有渾身怪力。

李杰生在貧困家庭，是四個孩子中的老大，讀完義務教育，沒有專長的他，只有勞力活可做。為了追求高薪，他從事營造業，不過，一般營造廠工資雖然高，但是獸人相關企業的營造廠，薪資更是嚇死人，足以跟人類的白領階級比肩。

孩子出生幾年後，為了實現購置自有房屋的夢想，經歷一番掙扎，他選擇參與獸人實驗，成為擁有紅色眼球的半獸人。

像李杰這樣的半獸人已經越來越多，根據統計，越來越多勞工都對成為獸人躍躍欲試，而多數執業半獸人都滿意現在的薪資。除了能進入「紅瞳」，也就是獸人研發組織的相關企業工作外，薪資待遇也比一般人還要高上不少。

李杰是勞力型的半獸人，不難想像，能夠獸化成為怪獸型態，力大無窮，在工地現場爬上爬下。超群的體力，加上人類的智能，技術活也能維持，他早早就成為師傅等級。獸人形態更是能夠連續加班也不疲累，直到「退化」回人類。

對於多年以前的獸人戰爭，雖然參與獸人實驗時，紅瞳企業曾經簡介，但他都忘得差不多了。畢竟那是遙遠國度發生的事情，他這種底層勞工，誰關注國際新聞？他們只在乎下一頓在哪裡、如何能給家人更優渥的生活。

「國際獸人法案」上路後，獸人實驗合法化，確實替各國政府解決缺工問題，畢竟半獸人勞工，能夠一個人抵三個人用，而且終身聘雇，再也不用擔心人力流失。即便未來離職，紅瞳企業也會輔導轉職、甚至創業，近幾年更是讓白領階級也可以單純腦力獸化，連腦力工作者，都能大幅減輕勞務負擔。

李杰很清楚，說穿了自己只是高薪資的奴工，用獸化換來可以瘋狂加班的肉體，即便如此，時薪還是比身為人類階級時優渥許多。只可惜，在他非工作時段，也就是使用人類肉體生活時，其中一顆眼球的紅色血光，成為人群識別他的線索。

他是獸人，別人眼中的怪物、不再是人類。

兩、三個彪形大漢跑到李杰身邊，他們推擠李杰，「聽說你們獸人不能對我們人類動手動腳，會害你們被砍頭吶。」

非工作時段自願獸化，確實違法，攻擊人類更是另當別論。如果只是單純獸化，視情節輕重吊銷執照一段時間，不能工作罷了，並不像他們說得那麼誇張。

不過，這些話李杰沒有說出口。

他們說的某程度上也沒錯，身為獸人最令人誘惑的就是薪水，暫停執照，確實是巨大懲罰，尤其李杰還有巨額房貸需要繳納。

「你變成怪物以後，老婆還會跟你做愛嗎？」其中一名男子挑釁地問。

李杰沒有回話。

「可能人家老婆也是怪物，醜八怪。」

李杰依然不語。

「你是什麼獸人，變身來看看。」同一名男子推擠李杰。

李杰試圖快速通過。

一名男子出腳絆了他，李杰跌倒。他雖然面有慍色，但仍然高舉雙手，示意自己沒有任何威脅。

「哼，怪物。」

李杰能理解這些人類對他這種半獸人的排斥，這些「怪物」憑什麼領高薪？讓自己成為半人不人、半鬼不鬼的怪物，還因其高工時與高效率，使一般人類勞工薪水直線下滑。

已經有越來越多企業願意與「紅瞳」合作，聘僱獸人。當一個獸人領人類兩倍薪水，卻可以做到三倍以上的效能，誰還願意聘雇人類？

人類認為，自己低薪就是獸人造成的，這些獸人作踐自己，讓自己成為沒有生育能力的怪物，擠壓正常人類生存空間。更讓人類受不了的是，這些獸人多半有車有房有老婆，自己呢？拚死拚活卻還是一貧如洗，即便努力工作，卻只能領越來越低的薪水。

李杰兒子的班級，除了他以外，還有兩個獸人家長。

他記得其中有一對家庭，父母親都是獸人，好像在紅瞳公司輔導下，自行創立搬家公司，做得有聲有色。不過夫妻倆似乎都沒來家長座談會，是爺爺奶奶代為出席。

另外一對獸人家庭，聽妻子說，太太因為受不了丈夫的獸人模樣，向法院訴請離婚，現在正在打離婚官司。那位太太已經搬回老家，孩子則由獸人父親單親照料，但據說，妻子紅杏出牆的風聲甚囂塵上，或許跟丈夫獸人的外貌沒有直接關係。

那位獸人父親坐在角落，戴著鴨舌帽，刻意壓低帽簷，隱瞞自己是獸人的事實。但李杰一眼就找到了他，兩人微微點頭，沒有多做互動。

「妳呢？會受不了我的樣子嗎？」李杰曾經這麼問妻子。

獸人化主要是仰賴抗衝突藥物控制獸化週期，人類植入獸人基因，就是體內衝突歷程，人類與獸人的基因不免俗地會有排斥反應，吞入藥物，能讓肉體完全「退化」回人類狀態，享受以人類姿態的模樣生活。

獸人往往會在下班前，吞下一顆抗衝突藥物，結束獸人姿態，恢復人類之姿，待抗衝突藥物失效後，一大清早便能以獸人模樣工作。

但是，藥物並不總是管用，他甚至曾不間斷成為獸人三天，妻子不得不跟身旁的獸人共枕眠。那個時候，他通常會睡客廳地板，以免床鋪被獸人壓壞。當連續獸化超過七天，就得回廠保養，幸好他還沒碰上過這種事情。

「你的模樣還算可愛，有些獸人的模樣跟《魔戒》半獸人沒兩樣，如果是那樣……我就沒辦法了。」

李杰知道，獸人科技雖然已經成熟，但並不完美。獸人壽命會比往常人類還短上不少。根據估算，人類變成半獸人後，餘命只有50年左右。不過在這個醫學進步，人人只要有錢都能活到100多歲的時代。李杰是30歲那一年成為獸人，即便只能再活50年，但給家人一個更有保障的生活，活短一點，那又如何？

「哇！是李逸的爸爸耶。」

「獸人來了！」

「怪物爸爸來了！」

李杰一到孩子的班級，就聽見孩子們的討論聲。雖然他大多以人類的姿態在社區生活，不過這個社會仍對獸人接受度不高。不曉得孩子們從哪裡聽來，同學都知道兒子李逸，有一個獸人父親。

孩子們不知道的是，即便自己現在是人類姿態，但是感官依然還是獸化狀態，能聽見更細微的聲音。

家長座談會的議題並不是重點，導師曾經私底下反應，有家長建議學校，把所有獸人的孩子獨立成一班，不要讓他們跟自己孩子同班。

「聽說獸人最一開始是一種病，這種病是會傳染的。」

「如果獸人父母親讓李逸，或者其他獸人孩子染病，自己的小孩也會變成怪物。」

「我聽說這些消息都被封鎖，但最初的獸人會吃人，而且也有繁殖能力，才會讓獸人越來越多，最後軍隊不得不把獸人消滅，是變態企業將這種基因改造，注入人體，讓他們變成企業魁儡，我不想我的孩子變成這種怪物。」

導師轉述其他家長的話，不得不說這些家長的資訊確實部分正確，變成獸人的自己，確實對於蛋白質，也就是肉類的需求會變大，但會想要吃人……自己倒是從來沒想過要吃掉妻子跟孩子，反正公司都有配給肉類券，可以去關係企業兌換。

據說今天會有家長正式提案，李杰懷疑這正是妻子推託家裡有事，想讓他出席的原因。

「今天臨時動議，有嗎？關於有家長提議……嗯……周媽媽妳要不要說一說。」導師難為情地望向李杰，再望向周媽媽。

周媽媽站了起來，不自覺地望了望李杰，雖然出門前才服用過抗衝突藥物，不過受過獸人專業訓練的他，不是省油的燈。

李杰單眼散發出淒厲的紅光，望著周媽媽。他記得那個孩子，叫做周柏齡，是班上的惡霸，父母親正是人類高薪白領。

這些白領階層最受不了的，就是苦力活的半獸人，竟然跟他們薪水相去不遠。或許周媽媽沒想過身為獸人的李杰，會親自出席。

「呃……沒有……沒有提議。」

家長座談會，便在一陣靜默中結束。

李杰望向自己的孩子李逸，再望向那些離自個兒孩子遠遠的，對自己的目光抱有敬畏眼神的孩子，他聽見那些孩子裡的呢喃。

「好酷哦。」

「太恐怖了！」

「有這種爸爸好酷。」

他相信，他的孩子暫時不會再被欺負了。

他牽著孩子走出校園時，抗議的群眾依然沒有散去。

這時候李杰正專注地控制自己的眼睛，讓目露凶光的紅瞳，復原到只散發淡淡紅光。

不過，他仍然被認了出來，他牽著孩子的手，卻讓這些人更加無的放矢。

「怪物！滾出校園！」

「應該立法禁止怪物成為父母！」

「小朋友，你是不是被怪物綁架了！」

「小弟弟，小心不要被這個怪物吃掉了！」

李杰試圖牽著孩子快步離開，他多麼希望別讓自己的孩子見到這場衝突。

而這時，真正的怪物出現了。

李杰從來沒有親眼見過這種怪物，雖然自己的獸人同事沒有明說，但他們都知道紅瞳企業家大業大，肯定花了不少錢在壓這些新聞。

這些就是加入地下獸人實驗的非法獸人，他們的目的並不是在企業服務，而是加入暴力犯罪集團。他們往往都是仰賴地下科技，科技不成熟，有太多人獸化失敗，成為真正的怪物。

有些非法獸人則是「前」職業半獸人，受到誘惑、誤入歧途，進入犯罪集團工作。

這些事件當然造成世人對於獸人的誤解，並帶給獸人企業惡名。這也是人類反彈獸人的原因之一，紅瞳企業儼然是這個世界上最大的集團，他們想方設法，移除在電視或是網路上任何獸人攻擊影像。

一個真正的怪物，正朝著抗議的人群而去。

怪物的上衣被背脊刺破，背部長出半公尺長的尖刺，他的雙掌展開，手指少說也有一般人類兩倍長，指甲也呈現利刃狀，似乎是才剛獸化，下半身還穿著人類運動長褲。

他經過李杰身邊，朝人群衝鋒而去。

李杰望著怪物，而怪物似乎也回看了他一眼。

唰！

一個人類上半身被撕裂，被扯到馬路上，轎車煞車不及直接撞上。

唰！

另外一個人被蠻力揮到店鋪內。

附近交通一陣大亂，汽機車喇叭鳴笛聲不絕於耳。

人群開始鳥獸散（我不是說有人獸化變成鳥，是真的鳥獸散，謝謝）。

唰唰唰唰唰！

那些本來很囂張的人類，正在被怪物撕裂。

「怪物……！」

「怪物來了，快逃呀！」

李杰耳裡聽見相機快門聲，似乎有人正在拍照，好做為後續大作文章的證據。

他之前聽同事說過，反獸人ＷＣＨ組織，故意聚眾抗議，藉此吸引自制力差的獸人主動攻擊，難道是真的嗎？

人群抗議現場本來就是獸人企業，不過裡頭的工作人員也只敢緊閉門窗，看得出來現場大多是人類雇員，並沒有獸人員工在場。

也就是說，沒人能夠制止這場悲劇。

李杰知道針對這種獸人的暴力事件，往常都得等到獸人特警出面處理，不過，這裡離派出所還有一段距離，等到特警趕來，死傷至少數十人，緩不濟急。

李逸驚恐地看著李杰，李杰作勢拉著孩子離開現場，但孩子卻文風不動。

「他們說你是怪物，但我知道你不是。」

李杰一開始不懂孩子的意思，但很快的，他明白了。

「你要離遠一點，越遠越好，知道嗎？」

孩子點頭。

「爸爸加油。」

李杰從背包裡抽出注射針頭，裡頭是獸人激化藥物，往常只有在針對需要延長獸人狀態，也就是加班時，才會使用。

他知道，這可以讓他立刻變成獸人狀態。

李杰沒有等獸化以後才進入戰鬥現場，他先在外頭喊話：「兄弟！我也是獸人，你不要再攻擊他們了，這樣只會讓他們更討厭我們！」

但是，怪物沒有理會李杰，也只是望向李杰，哼了一聲，再用利爪繼續攻擊。

幾下心跳之後，獸化完成，李杰已經變成蜥蜴人。

他的衣服撐破——可惡，毀了我最正式的衣服，老婆會罵我的。不知為何，這卻是李杰當時第一個念頭。

李杰同時肌肉硬化，這是他在防禦工安意外時，最佳的防範策略。他將尖刺怪物撲倒，兩頭「野獸」在地上扭打，怪物不及反應，試圖掙脫。

眼前的怪物沒法人語，只是發出怒吼，李杰才驚覺這傢伙是真正的怪物，已經幾乎不算是人類。

李杰知道自己只能勉力防禦，絕對不能被這傢伙背後的尖刺刺到，否則自己鐵定會掉一條命。但李杰畢竟是千錘百鍊的建築工人，不一會兒時間，就澈底壓制怪物，雖然自己受了點傷，但都是一些不足掛齒的小傷。

「變回人類！」李杰喊著，他的聲音已經比平常更為粗獷，在眾人耳裡，或許更像野獸的怒吼。

呃啊啊啊啊啊！怪物仍試圖掙脫，不過，卻是徒勞無功。

李杰利用怪物對自己的鬆懈，認為李杰是獸人，只是單眼紅瞳的半獸人，不是雙眼紅瞳的獸人特警，應該會冷眼旁觀。加上，這群人稍早才在孩子面前，嘲笑自己。

相信這些，怪物也看在眼裡。

眾人看怪物被李杰壓制，一些好事者，竟又聚集回來。他們拿著看板，少數人拿出球棒，原來他們也不是毫無準備。

「我們不用你幫！怪物！」

「噁心的蜥蜴！想在大街上野合嗎!?」

「怪物！走開！」

「我們不用你保護！」

「我不是怪物！」李杰眼淚掉了下來，他奮力地壓制尖刺獸人，但自己卻遭到群眾無情侮辱。

他在人群中，尋找李逸的身影。

李逸呢？李逸呢？

他多麼後悔自己涉入其中，保護這群視他如敝屣的人類。

李杰以往總是自豪地對妻兒說，自己是獸人階級，但他知道，有更多人類說他們是怪物階級，應該要活在下水道，不應該在地面生活。

其中一名好事者拿著球棒，藉著李杰壓制怪物之便，開始朝怪物不斷攻擊，怪物反抗李杰的力量越來越小，李杰感受到怪物變得孱弱。

怪物的吼叫聲……聽起來更像是嗚咽聲。

這時，李杰已經分不清楚自己到底是不是在做對的事情了。

另外一名好事者，竟然朝李杰揮了一棒。但李杰知道不能閃躲，當他一閃躲，好不容易壓制的怪物，可能又會撕裂在場所有人類，包含他那已經不知道跑哪裡去的孩子。

啪！

球棒打在另外一名男子身上，男子起身替李杰擋了這一棒，還有接下來的無數攻擊。

這名男子，戴著鴨舌帽，眼睛散發紅光。

「我們不是怪物！」他這麼喊著。

是另外一名家長。

聽到這一句話，李杰淚流滿面。沒有獸人化的家長夥伴，指著人縫中，一對年邁的爺爺奶奶，他們正雙手環抱李逸與另外一個同樣是獸人子女的同學，當然，還有鴨舌帽獸人的孩子。

那是名可愛的小女生，她的臉揪在一起，似乎替自己的父親感到不平。

「我們不是怪物！」李杰跟夥伴齊力大喊。

球棒無情地打在自己身上，而這一切似乎再也不重要，因為在自己的孩子眼中，自己真的不是怪物。

見李杰沒有反抗，人群竟一個又一個，加入圍毆行列。
直到獸人特警來到現場，人群才歇止暴打兩人的舉止。
獸人特警從天而降，他用飛的抵達現場，所有人驚呼，或許他們是第一次親眼見到能夠飛的獸人怪物。
獸人特警張開手掌，發射無數針刺，刺入抗議人群一旁的私有物品，所有人類啞口無言。
「我可以範圍攻擊，你們這些人類給我滾。」獸人特警從天而降，落在李杰身邊，開始驅散人群。
一開始人群只是稍微散開，直到特警解開制服扣子，無數針刺緩緩地從他身體上浮現，蓄勢待發地預備針刺攻擊，人類才識相退開。
特警背後的制服開口，翅膀從肩胛骨探出兩公尺幅的巨型黑色翅膀，李杰只覺得好美……這就是獸人特警嗎？
地面上，警車與救護車的鳴笛聲，也從街道彼側傳了過來。
抗議群眾，再也不敢說話。
因為他們都知道，獸人特警隸屬於政府警政機關，如果惹上麻煩，恐怕不是三兩下就可以解決的。
嘲笑企業走狗是一回事，汙辱特警又是另外一件事情。
「怪物！」李杰聽見，人群中仍有人壓低音量低語，只是這回沒人敢搭腔。
李杰相信，黑翅膀的獸人特警，一定也聽見了。
特警充耳不聞，若無其事地將手銬銬入尖刺怪獸手中，手銬一密合，立刻注入藥物，讓尖刺怪物從手部開始，逐漸退化回人類形態。

尖刺人類竟頹然地呢喃，我不是怪物……我不是……我不是……

李杰聽了怪物的話後，又忍不住哭得一把鼻涕。

「為這些人類，暫時吊扣獸人執照……值得嗎？」特警悄聲地問了李杰。

「為了我的孩子……值得。」

「他們人類，比我們更像怪物。」特警這麼說，「他們才是真正的怪物。」

「我知道……但是我……非來不可。」李杰流著淚，這麼說。

因為他看見人縫中，孩子望向他的眼神，那是崇拜、那是肯定。

那是，知道自己父親不是怪物的表情。

獸人寶典

◆獸人戰爭：數十年前獸人跟人類的戰爭，據說大地彼側突然出現會吃人的怪物，最後人類戰勝獸人，但也付出慘痛代價。後來紅瞳企業擷取獸人基因，使得人類能變成獸人狀態，從事勞力密集工作。

◆獸人法案：使企業能合法化的聘雇獸人，並對獸人有一系列法律限制。

◆半獸人：工具型獸人，完成實驗後需經過一定時間的「職業獸人訓練」，通常是終身職，薪資也頗豐。但由於獸人並無生育能力，故大多都是職業已定向的成年男、女性加入實驗。本篇主角李杰是工程型獸人，獸人形態是無尾蜥蜴人。除此之外，也有各種不同職業、型態的獸人，其中獸人形態不損人類原本智能，故仍適用於部分腦力勞務的工作，如金融、醫師、律師等。

◆獸人特警：對應半獸人，也能稱呼其為全獸人（後以獸人代稱省略）。基本上這些獸人自青少年期就開始實驗成為獸人，是為了管控非法獸人而存在。

◆非法獸人：以合法手段進化獸人，但卻脫離現職，從事犯罪工作，或以非法手段成為獸人的犯罪者。

◆獸人守則（部分揭露）：獸人不得在非工作時段，自願性獸化。

快姊

「早安！」一名身穿高校制服的女子，爽朗地向她打招呼。

中年女性戴著單眼眼罩、口罩，頭上還綁了頭巾，一副清潔婦的打扮。女孩們幾乎是一見到她，都抱以歡愉的笑容。

「快姊早安！」

「快姊今天好嗎？」

「很好很好！妳們吃過早餐了嗎？」快姊提了一袋袋三明治，她在校門口跟學生問好，彷彿就像儀隊。

不同的是，快姊提的早餐，是為了分享給她知道的幾個貧困高中女孩。雖然只是簡單的三明治，夾幾片生菜與火腿片，但對很多家庭來說，卻是無法給予孩子的饗宴，畢竟早餐是一天最容易因為經濟被犧牲掉的一餐。

她的經濟也並不寬裕，賺的錢大半都交給前夫以及子女，剩餘的，就是自個兒生活費，算得很精。她跟女孩們……這些跟她素昧平生的高中女孩們，共享剩餘不多的餐費。

快姊來高中校園打掃以前，一直很擔心，雖然公司做了很多先備作業，例如先在校園邀請社教專員，宣導半獸人與常人其實沒有什麼不同，甚至將她的獸人姿態做成立體動畫，還演示過好幾回。

但她獸人模樣實在嚇人，她並不覺得動畫能夠讓女孩們多安心。

「快姊妳不用擔心，這些學生不是幼兒園與國小那種單純、容易受影響的孩子。她們已經高中了，又是女子第一高校，女生不會像男生那麼膚淺，再說大家都有獨立思考能力了。根據我們調查，同學反而覺得校園裡的半獸人，長得越嚇人越有趣。」快姊眼前這一位，是她申請加入紅瞳企業的招募專員……應該說是總部的招募組組長，Ada。

Ada看起來年近六十，比快姊年紀大，但她仍然稱快姊為姊。

快姊本名孫秀滿，外號快姊。這個外號從年輕就跟著她，是因為她做事一向積極，雖然行動稍有不便，但還是儘可能做到最好、最快，絲毫不拖泥帶水。

她本來跟前夫經營水電公司，還請了幾個員工，前夫跟幾個師傅搞得有聲有色，自己只懂水電皮毛，但打掃這事卻是又快又好。客戶請他們裝潢水電，她就「贈送」服務幫忙做細部清潔，客戶十分稱讚，這種服務一傳十、十傳百，客戶絡繹不絕。

夫妻兩人感情不能說特好，吵架難免，也一直未能生育。直到快姊高齡35歲那一年，女兒才出生，37歲，兒子出生。

四口家庭，看似生活幸福美滿，一直到公司一個師傅，申請成為半獸人，加入紅瞳裝潢集團，一切變了調。

兩人培養的師傅，見出去闖盪的獸人師傅收入不錯，嘴巴埋怨獸人科技損害他們這些辛苦人的生計，但卻在背後一個一個加入半獸人行列。

他們能夠怎麼辦，這種小型企業能給員工的加薪有限，紅瞳公司開的工資，足足是現在自己給的兩倍，要怎麼留住人？

半獸人水電工，什麼概念？他們曾在工地現場看過，有可以自放電的電氣系怪物，甚至有能夠抗阻電流的蓄電怪物。飛簷走壁，用怪物軀幹刨牆埋線也是三兩下功夫，誰還想要找傳統水電公司？人類一週的工事，獸人當天就能搞定，還不用擔心工安，加上紅瞳企業早期採薄利多銷，一般企業根本抵擋不住。

於是乎，快姊孩子上國小頭幾年，經濟陷入巨大危機。彼時起，前夫時常藉酒消愁，成天怒罵政府、國家與獸人科技。

那些噁心、醜陋、讓人見了就吐的怪物，還有那些不知感恩惜福的怪物前員工。罵到最後，竟然連妻子也扯進去，說快姊一輩子都依附在公司裡面吸血，不早早出去累積專業，搞點事業，只會打掃，怎麼不把自己掃地出門？

她雖然為了家庭和樂忍耐幾年，但直到前夫開始對她動手，她才忍無可忍提出離婚，她多想要孩子的監護權，但是法院終究將監護權判給經營公司的前夫。

前夫酒後雖壞，但清醒時也曉得自己過分，沒膽剝奪她身為母親的權利，快姊維持每週探望孩子好些年。雖然她知道前夫時常趁她不在，說了不少自個兒的壞話，不過孩子漸漸大了、明理了，也能明白。

快姊細清功夫不是蓋的，離婚出去闖盪，一般清潔公司彷彿如獲至寶，雖然幾年的操勞讓她小中風，右腿稍稍跛了，不過她術後認真復健，即便如此也沒影響她的清掃能力。只是，她知道丈夫的收入越來越少，能夠給孩子的越來越顯拮据，兒女都是讀書的料，但看家裡這樣，很快地說不定要放棄學業開始工作。

另外，子女也羨慕前夫友人，那些被半獸人科技衝擊較少的同業子女，一個一個都被送出國讀書。雖然說知道家裡經濟狀況吃緊，但女兒透露出的羨慕之情，還是讓快姊難以忘懷。

快姊坦承告訴了清潔公司老闆，想要進入獸人公司的打算。老闆個性木訥，是自己開公司，也願意捲起袖子跟下去幹的老大哥，公司營收當然也受到獸人清潔公司的影響，看得出他有些不滿，「妳都這樣講了，我能攔得住妳嗎？」

不過，快姊這一趟申請成為半獸人，卻是充滿波折。

首先，人類最宜「進化」成半獸人的年齡，最宜是23到39歲，之所以會有這樣的年齡限制，除了希望已確認職業定向，以免後悔轉行變成不合宜的半獸人外；青少年係因為人體細胞尚在生長，變數太大，獸化過程容易失控，故除了特警有特殊原因外，拒絕受理；中年以後，則是人體細胞開始老化，對於半獸人與人類的融合，也會產生很多變因。

無論，青少年或中年人，面臨到的危險都是變成畸形或死亡。大難不死，若是青少年，紅瞳企業還有意願投注資金改善治療；中老年人呢，公司不願意再投入更多成本治療，領取撫恤金後，由家屬照料晚年，不過申請者通常都是有家累的辛勤勞工，他們一般都會簽署「放棄治療同意書」，選擇安樂死。

雖說紅瞳企業本來就提供獸化失敗的申請人保險撫卹金，不過快姊因為申請獸化時已經50歲，遠遠超過紅瞳企業受理申請的年齡上限，每一個招募專員都給她軟釘子碰，但快姊意志堅決，不斷申訴抗議，最後招募案件改由總部招募組長Ada受理。

「大家都稱呼妳是快姊……對吧。」

「對，因為我……」

「動作很快、又快又澈底又俐落。」

「對。」

「我調查過妳的資料，也知道妳想申請成為獸人的原因……妳待過的所有公司，對妳都是一片好評呢。」

「那當然，我快姊可是有口皆碑。拜託，請一定要讓我成為打掃獸人！」

「妳知道……妳這個年紀，加上健康紀錄……如果獸化失敗，理賠倍數……因為妳剛滿50歲，理賠倍數，從0.5又再降到0.4。」

「我知道，這些我都知道。」快姊堅定地說，但即便只有0.4，這些錢也足以支付兩個孩子上大學。如果前夫妥善理財，足夠女兒出國讀書……剩下的，就要靠她自己爭取獎學金……我的女兒，她行的。

「另外……因為妳已經50歲，變化成獸人後……餘命可能只會剩下15至20年不等……據我們的經驗，越晚成為獸人，壽命會呈等比下滑。」

「我知道。」因為孩子們屆時長大、成人了，就不再需要她了……她也不想拖累孩子們。快姊47歲就中風過了，如果繼續以人類姿態辛勤工作，不用幾年，自己也會完蛋。

「清潔型獸人……大部分都是多足獸人……模樣不大好看的，妳確定可以接受嗎？」

「我可以。」快姊依然堅定。

「公司高層堅持拒絕妳的申請，尤其是他們公關部門。」招募組組長喝了一口水，「不過，我跟妳工作過的所有雇主聊過。妳知道妳最後一個老闆怎麼說的嗎？」

她竟然去問那個沉默寡言的老頭？

「他說，他們這種人類清潔公司，最討厭的就是我們這種怪物公司，讓他們越過越辛苦，還不斷挖人跳槽，搞得他們幾乎生活不下去……但是妳孫秀滿，妳孫秀滿，如果沒讓妳孫秀滿變成獸人，那我們怪物公司就是去她媽的豬腦、腦殘、智能不足，有這麼優秀的員工不用，公司可以關一關了！」

快姊靜待招募組組長答案。

「我們公司，想要永續經營，而我……自認並不是豬腦。所以妳的事情，我會全力協助，我會為妳爭取0.6倍數，如果公司不同意，剩下的0.2，我來出。」

快姊很爭氣地在獸人化過程中活了下來，只是，她的模樣還真的不是你能想像的醜。她獸化以後，人體變成蜘蛛般毛茸茸的身子，但卻莫名地保留了人類雙手、雙足，只是背後卻探出3到16隻的章魚觸手，能捲起諸如掃具等清潔用品，更可以支撐快姊軀幹快速移動。

你以為只有這樣嗎？不，快姊的頭顱有著像著蒼蠅一樣的超巨型複眼，足足有三顆之多，可以360度環繞視角。每一個觸手，都附有一顆獨立的小型複球，能讓她各種細微角度都不遺漏。

醜雖醜，但她依然是快姊，獸化實驗完成後，她十分努力與獸人姿態共處。她在獸人細胞協助下，人類形態已經不再跛足，幾乎治癒了中風的後遺症。以她獸化型態的打掃效率，她可以在一天內單獨掃完50層樓的摩天大樓，16隻手腳各持不同掃具，十間隔間的廁所，她只需要30秒就能夠完成清潔。

撿拾垃圾、牆面擦掃、廁所消毒、殺菌、更換衛生紙、天花板清潔，還可以「同時」幫忙換燈管，甚至探手去幫拉屎的獸人企業上班族，去茶水間泡咖啡。

她儼然成為紅瞳清潔公司的公關紅人，高齡卻為了孩子變身獸人，而且又是超級清潔婦，只是在快姊要求下，她只願意讓自己的獸人模樣曝光，而她的背後故事，全是杜撰。

快姊從此之後，即便是以人類形態，也都是戴著眼罩口罩頭巾，深怕被認出。以她對前夫與小孩的了解，他們絕對無法接受自己現在的模樣。畢竟就是獸人企業的存在，毀掉了她們原本幸福美滿的家庭，就連她在獸化前幾年，也狠狠地批評過獸人公司。

她是怎麼說的，噁心、醜陋、踐踏人類自尊的怪物。

只是為了愛、為了孩子，自己也不得不成為這種怪物。

所以，快姊藉口自己中風影響單眼視力，從此戴了眼罩遮蓋紅色眼球，還得銘記自己在家人前得假裝跛腳。她給前夫孩子的生活費越來越多，則是交代自己進了好公司，雇主避免員工加入紅瞳集團，刻意提高薪資。

前夫露出懷疑的目光，畢竟他自己就是慣老闆，他才不信，不過錢多，誰不愛，就沒多說什麼。

快姊感念招募組組長Ada的協助，任何公關要求或職務安排，她都沒反對吭聲。兩人私交不錯，而有鑑於 We Care Human 頻頻在國小校園附近示威抗議，讓紅瞳企業也有將公關武器置入高中校園的念頭。

快姊並不在意高中女生怎麼看待自己長相，這些女高中生，跟自己的女兒差不了幾歲，既親切又熟悉。不過女兒過幾個月就高中考試放榜，雖然她最想就讀男女合校的第一志願，也口口聲聲說自己絕對不願意去讀這種陳腐的尼姑第一志願學校，但總有點冒險。

不過，這種擔憂在她去女子高校工作幾週後，澈底掃除陰霾。

快姊跟教職員與學生處得很好，學生當然喜歡她，自從快姊來了以後，學生從此以後不需要再劃分掃地區域，快姊總是輕鬆搞定。也是學生提醒，快姊才驚覺部分老師似乎對她頗有微詞。

想了一下，她才明白是因為自己的薪資，竟然跟這些誨人無數的知識階級相去不遠。後來，快姊從特定教職員座位總是容易打翻咖啡、蛋糕，而教職員廁所總是有屎尿拉出馬桶外的跡證，才澈底明白。

快姊起初只覺得這些師長怎麼生活衛生習慣這麼差……噢，那些看似清高、學識淵博的老師根本存心惡搞，用這種小朋友惡作劇的方式找麻煩。

不過，她是來上班清潔，不是來交朋友的，那些討厭她的人，就算了，女學生們，可愛的多。她們坦承，快姊，妳真的好醜，但也好可愛。

高年級學生還喜歡嚇唬低年級的學生們，喂喂，我有看過快姊在廁所裡吃人肉，自從快姊來了以後，學校開始有很多失蹤案件，不知道為什麼特警都不來查案，但我們知道快姊喜歡喝綠茶，綠茶可以降低牠吃人的食慾，而且一次都要喝三杯。

低年級學生怯怯地交給快姊三杯綠茶，當時她其餘14條觸手（或是觸腳，管他的不重要，有差別嗎）還拿著吸塵器、抹布、剪刀、網子、噴漆，正在同步吸塵體育館、擦拭籃框、更換籃網，還順便補畫一下因為學生精力過剩而磨損的排球場線。

快姊打掃閒暇之餘，不自覺用觸手接過飲料，正想開口詢問什麼事情，學生嚇得立刻跑走。一旁的兩個高年級學姊衝了上來，分走兩杯飲料，說：「現在的學妹真的越來越可愛了！」

事後快姊覺得又好氣又好笑，連續請了學妹五天飲料與漢堡早餐。

快姊因為這樣，節省地連續五天不敢吃晚餐，當減肥，她說。

後來那個學妹，還跟快姊的獸人形態自拍，上傳到自己的社群媒體，寫道：「吳正皓，我會跟怪物一起去問你個清楚。」

吳正皓，學妹的前男友，隔天立刻承認自己劈腿，跟另外一間女子高校的女生交往。

高年級學姊因為這樣又有了兩杯綠茶可喝，這次就是學妹心甘情願請客的了。

這些跟學生打成一片的事情族繁不及備載，雖然曾有家長反彈，但據說都被學生修理得很慘。那些家長被自己孩子罵老古板、古人、迂腐、沒跟著時代與時俱進，紅瞳公司的校園深入計畫，在快姊爽朗的個性下，儼然就是一步完美的棋子。公司也通融快姊，晚上能夠延長獸人工作時段，去企業輔導的搬家公司工作，眼見薪水逐漸累積，能給孩子的就越來越多，快姊自己也越感滋潤。

雖然仍有極少部分學生畏懼快姊的模樣，且隨著她越來越受學生歡迎，老師鄙棄的眼光不減反增。但是，似乎不重要了，她知道人們都說自己是怪物，就連自己的孩子也曾說獸人是怪物。不過，他們不知道也不應該知道事實。

這些與自己女兒年紀相仿的孩子們，雖然嘴巴開玩笑地說自己是又醜又可愛的怪物，可是心裡一點都不覺得快姊是怪物。

快姊儘可能記住每一個學生的名字，她一直關心一個三年六班的女孩，那個女孩叫做郭雯。或許因為跟自己孩子同姓，加上有類似的髮型，差不多的身高，還有相仿的笑靨，彷彿就與自己女兒同一個模子所刻，幾乎讓她懷疑是不是在外偷生了女兒。

只是，郭雯跟她一直沒什麼互動，也似乎跟班上同學處得不好，觀察一陣子後才發現，郭雯時常在上課後不久，藉故溜去廁所跟校外男朋友通電話。

原來是把男朋友視為全世界的女孩。

這個年紀，談戀愛適合嗎？會不會影響學業？快姊很快地揮去這些念頭。算了，反正不是我的孩子。

但她還是會想要偷聽，別說偷聽，是自己耳力太好。

快姊從女孩口中認識她的成長環境，郭雯同樣單親，跟母親住在一塊。

女孩母親是職場女強人，對自己的孩子要求甚多，嚴格控制女兒交友，不准交男朋友，學生階段別想玩，讀書考試最重要，男人什麼的、不牢靠，都是一些不可信的混球。諸如此類，不過，郭雯顯然不是乖寶寶。

幾個禮拜間，快姊聽見郭雯考試成績逐漸下滑，或許是考試壓力讓她喘不過氣，男朋友似乎是校外人士，不理解郭雯為何不能再向母親以去圖書館讀書為由，假意出門，實則約會。小情侶也因為這樣開始產生摩擦，在男朋友與母親的兩方夾擊下，郭雯在電話中的語氣也逐漸有氣無力。

「你說……你要跟我分手？就因為……就因為我要讀書……不能約會？」

郭雯這麼說完後，不再說話，開始在廁所裡啜泣。

快姊拖延工作進度，她不敢離開那一棟大樓。原定30分鐘要清完的進度，她待了整整一個上午，深怕郭雯會有不理智的舉動。

不過，幸好上午過去，郭雯只是消沉，很快地回到教室，再來幾節課，她都沒有再藉故去廁所通電話。

再來幾天，快姊更是以著不可思議的速度，一個小時就打掃完整座校園，又埋伏在三年六班附近，觀察郭雯情況。

沒事，都沒事，自己多慮，郭雯不再打電話給前男友後，雖然看得出來有些恍惚，但似乎較認真上課，跟同學的互動也開始增多。

就在快姊鬆懈的隔天，出事了。

不，快姊不會讓悲劇發生的。

郭雯撬開通往頂樓的鐵門，獨自坐在大樓屋頂牆沿邊，也不曉得坐了多久，快姊還以為當天郭雯請假未到校，是體育課學生驚呼，才讓郭雯行蹤曝光。

教職員試圖衝上頂樓，才發現郭雯將門反鎖，誰也上不去，他們報警，不過，卻是轉播直升機先抵達現場。

無良媒體，快姊心裡一陣臭罵。

「獸人特警……不是有那種會飛的嗎？呼叫他們會不會比較快？」快姊看了看戴在手上的獸人通聯裝置，正在思考要不要乾脆向公司請求協助。

郭雯表情恍惚，從牆沿站了起來，搖搖欲墜，學生們開始尖叫。

當時快姊為了避免直升機拍到自己，躲在低樓層走廊，聽見尖叫聲後，她以觸手的複眼望向天空。

郭雯結束了電話……她打給誰？直升機的聲音太吵，沒法聽見。

咻。

我在獸人工作時段救人，不會惹事吧？

快姊毫不費力地，從二樓跳了出去，她用五隻觸手環抱郭雯，其餘的觸手則是吸收她從二樓跳到操場的衝擊力道，足足翻滾了幾圈，兩人才相安無事。

其中一隻觸手，還握著獸人執照。

郭雯跳樓前，快姊正檢查執照後頭的守則，確認自己不會違法。

郭雯嚇暈，整個人昏了過去，不過沒事，毫髮無傷，就連郭雯的手機，快姊也是抽空用另外一隻沒用的觸手攫了回來。

噢，替郭雯老媽省一筆錢喏。

全校師生幾乎無不替快姊歡呼，尤其全程在操場目睹的學生們。

我是說幾乎，幾乎。

學生以極為興奮的語氣，喊著：「快姊！」、「快姊！」、「快姊！」

甚至竟然有人帶動叫：「我們的快姊～是最棒的怪物！」

郭雯母親抵達前，快姊持續以獸人的形態抱著郭雯，不斷躲避著，主要是為了閃躲轉播直升機的鏡頭。

這女孩自殺，媒體在拍什麼鬼東西？

結果不知道訊息傳遞發生什麼差錯，郭雯母親一到學校，看見快姊，以為是快姊將女兒嚇暈，氣得對快姊罵了一連串：「妳這個怪物！妳這個怪物！到底對我女兒做了什麼！」

我是獸人，妳也是恐龍家長，半斤八兩，快姊沒放在心上，也只是轉頭離開。

從那到畢業典禮，郭雯都沒有到校上學。

快姊曾問其他同學，郭雯怎麼了？同學都說不知道，好像休學了，畢竟她們往來不多，但聽說，郭雯爸爸其實也是獸人，卻不顧家庭，導致郭雯媽媽與郭雯都對獸人有極大偏見。

幾天後，快姊跟家人碰面，由於女兒高中考試放榜，據說女兒考得比預期還要好，有望錄取男女合校的第一志願。原本說要出去吃大餐慶祝，但快姊看見郭雯的遭遇，就又想起自己女兒，特別想讓女兒吃吃自己燒的飯菜，說這頓她要來煮。

當天晚上，家裡氣氛很好，似乎她從沒有離開過這個家。

電視上，重複放送那天她以獸人狀態拯救郭雯的新聞，她知道是公司花了不少錢刻意投放，藉此做獸人行銷，這點Ada曾跟她說過，但會控制媒體不得洩漏快姊任何資訊，甚至連新聞影片快姊自己都先看了一遍，確認沒問題Ada才提供公司媒體素材。

畫面中，一個多足蒼蠅頭、蜘蛛身軀、人類四肢，卻有類似章魚觸手、觸腳的怪物，英雄般解救了自殺的高中女生，畫面再帶到紅瞳公司的公關聲明，甚至有幾個平常與快姊不聞問，甚至鄙夷快姊的教職員工，也單板僵硬地稱讚學校獸人清潔工，是多麼正義體貼。

「轉台好嗎？這個怪物長得真噁心。」女兒看了一眼電視，嫌惡地這麼說。

「太噁心了吧，怪物公司竟然敢讓這種怪物上電視，肯定走投無路了。」前夫更是哈哈大笑。

電視開始播放紅瞳企業替快姊虛構的家庭材料，說清掃獸人是多麼偉大、多麼照顧家庭，為了家庭，自願成為獸人……等等。

「要我是她的小孩，真的是丟臉死了。」女兒無心地說。

聽見這席話，快姊心都碎了。她假意去洗碗，在廚房掉眼淚。

後來，她很努力維持情緒，但她澈底明白，我是個怪物，對我的家人來說，我只是會是怪物。

飯後，前夫好意說要陪她去公車站等車，他釋出十足善意，未喝酒的他，確實沒有這麼討人厭。

她們在人行道上緩緩地走著，快姊已經稍稍淡去哀傷。

前夫卻在經過商店時，進去買了一罐啤酒，若無其事地轉開來喝。

「你不是說這兩年戒酒了嗎？」

前夫卻像是開關被打開，燃起怒火，「今天家裡氣氛好，怎麼，我喝酒不行嗎？我有鬧事嗎？怎麼樣，錢賺得多就開始囂張了嗎！我遲早有一天會東山再起，不用再拿妳那些臭錢。」

快姊並不想與前夫爭執，轉移話題，也不好意思要前夫現在離開，加劇兩人衝突，等到走到公車站牌，才禮貌地跟前夫道別。

前夫轉身離開後幾分鐘，快姊突然被人叫住：「快姊！你怎麼會在這裡！」那人竟然是……郭雯。

在郭雯一旁的，還有她的母親。

郭雯一把將快姊抱住，郭雯的母親則是抱歉地掬躬：「女士……我真的很抱歉，我後來才知道是妳救了我們家寶貝郭雯的命。」

快姊顯得有點難為情，直說那是她應該做的、那是她應該做的。

郭雯母親知道事實後，一直想當面道謝、也道歉，但卻一直沒勇氣付諸行動，而竟然這麼恰巧，郭雯家就在前夫家附近。

她們聊了一會兒，說說、笑笑，被家人說自己是怪物，好像……也不是那麼重要了。

幾個禮拜後，前夫突然提議，說接到一筆大單，想要帶全家人去買一台大電視，主要是讓小兒子能用大螢幕打電動，否則姊姊高中考試拿到好成績，得到爸媽給的獎勵，也要照顧兒子的心情。

電話背景，還聽得見兒子興奮大叫的聲音。

「阿滿，就像以前一樣，我們一家人去採購。」快姊不疑有他。

她們全家人，一起去前夫朋友所開的三井壽3C賣場逛逛，一直到她瞥見店內WCH的合作徽章「我們不聘用獸人，只支持人類企業」，才開始感到異狀。

店內展示的十幾組巨型電視，突然轉換頻道，播放的不是炫耀電視彩度的高畫質影片，而是播放與電視新聞略有不同、快姊當時解救郭雯的私人影片。

快姊以獸人形態，從二樓衝去解救郭雯，眾人大喊：「快姊！」、「快姊！」的畫面完整呈現，竟然還有她以人類形態獸化歷程的照片夾雜其中，影片裡還有各種快姊以獸人形態，在校園裡高速打掃的影像，一些學生以誇張的表情，假意地說她的長相真的很可怕、第一次看到真的會嚇死人……等。

等到快姊轉頭，才發現姊弟倆望著影片，似乎看呆了。

快姊開始尋找前夫的身影，這才看見前夫與三井壽3C老闆，還有幾個員工竊竊私語，而前夫與老闆的竊笑，更是讓快姊難以忘懷。

快姊不做他想，一心只想逃離店裡，但卻發現店門口遭到反鎖。

「唉唷，走這麼快，腳都好了……很會假裝嘛……」前夫酸溜溜地說。

快姊拚命地敲打玻璃自動門，但玻璃門卻是不動如山，「讓我出去！讓我出去！」

「媽～」女兒與兒子哭著望著這一切，對於父親突然揭露的事實，還無法接受。

「看！你們媽媽就是怪物！她去當怪物！她就是一個怪物！」

快姊不想反駁，而她見到店門口外，竟然逐漸聚集了大批人群，他們手拿WCH標語，朝著門內的快姊辱罵。

「怪物！」

「做假新聞的怪物！」

「那些家庭故事都是假的！都是怪物企業指使的！」

「噁心的章魚人！」

「沒看過這種蒼蠅頭，怪胎！」

「蜘蛛肥婆！」

面對雙方的夾擊，快姊一心只想離開店家，這種家庭聚會，她當然不會帶獸人激化藥物出門，她沒有也不能選擇獸化，而是用自己的人類軀幹，奮力地將玻璃門撞破。

即便是獸人的軀體，也不是所向無敵，惶論人類的軀體，與獸人相比本來就是相對脆弱，恰似她的心。

她滿身是血地倒在街道上。

「媽！」她聽見女兒的呼喊聲。

但她不在意了，真的不在意了。

她帶著渾身血跡，穿過抗議人群，幾個禮拜前才發生過人類圍毆半獸人的新聞事件。這些人類暫且不敢動手，至少不敢明著動手。

她反覆被暴民絆倒，幾乎是爬著逃出現場，等回到獸人宿舍後，她才發現自己的手機不見了，不曉得遺落在哪裡。

後來幾天，快姊都請假沒有去上班，她情緒低落到，抗衝突藥物已經沒法控制自己的獸人症狀，連續七天都只能以獸人狀態生活，但她也不向公司通報，Ada帶著公司的獸人警衛，強行將快姊押去紅瞳醫院治療。

「太危險了！妳這樣會死的呀！」Ada焦急地說，看得出來她是真心關心快姊。

「不重要了……」快姊無力地說。

「妳前夫偷聽到妳跟郭雯的談話，認出妳的身分，他私下跟WCH組織聯絡，賣了妳的資料，WCH組織向無良媒體購買影片，並違法盜取高校學生的私人影片，還偷拍很多妳人類形態獸化的照片，刻意合成媒體毛片。故意製作這種洩漏獸人真實身分的影片，那部影片已經被我們扣了回來，公司絕對會替妳討回公道，這已經大大違反了獸人法案的非自願揭露保護條款。我絕對會幫妳出氣，即便公司不出，我散盡家財也要告死他們。」Ada氣得渾身發抖。

經過幾個禮拜妥善治療，快姊已經治好過度獸化的情形，但是，她的心病，或許永遠都不會再痊癒了，在Ada還有紅瞳企業員工支持方案部門全體協助下，快姊才鼓起勇氣，重新返回職場。

快姊原本想要再轉調職場，是Ada鼓勵她，從哪裡跌倒，就要在哪裡爬起來。

「妳要記得，那些女孩真心愛妳。」

是聽到這句話，快姊才同意返回高校工作。

她第一天返回女子第一高校上班時，已經是新的學年度，她依然惦記著那些沒有早餐的女孩，或許自己跟前夫一家再也不會見面了。這次她帶了漢堡、鐵板麵、總匯三明治，雖然花了不少錢，不過，自己變成怪物，賺的這些錢，本來就屬於別人，如果我的家人不要……妳們是我唯一的家人了，快姊心裡這麼想。

隨著一個又一個女孩，看見快姊返回學校工作，她們抱著快姊，說好想念快姊，她們幾乎都見過網路上三井壽3C、WCH組織霸凌快姊的影片。有些人甚至被盜取私人社群帳號，她們包圍快姊，氣得說要替快姊討公道，再來她們也要發動抗議，但快姊也只是笑笑帶過。

「傻孩子，快姊是真的醜。」快姊又開始自嘲。

「不，妳絕對不醜。」女孩們強調。

這些女孩……真會安慰人……果然還是女生最貼心了。

就在她發完早餐，準備上工時，一個女孩叫住了她。

郭雯！

郭雯回來讀書了嗎？

不是……這是……這是我的寶貝女兒。

女兒穿著女子第一高校的制服，她顯得特別青澀，在一旁陪著她的是Ada，還有……快姊的小兒子。

「媽……」

快姊不知該如何面對這種情形，轉身想跑，不料卻被一群女孩團團包圍。

「快姊，加油！」

「我們最愛快姊了！」

「快姊是最棒的怪物！」

校園的巨型螢幕上，開始播放當天三井壽3C放送的影片，只是，這次播放的是原始版本。原來WCH惡意節錄影片前半段，原始影片是當年度高三畢業的學生，她們自行剪接製作，想送給快姊作為道別，是集結所有快姊畫面所製成的影片。

影片前段，確實是快姊拯救郭雯的畫面，不過原作將呼喊快姊的影像剪掉，刻意拔除敏感資訊，女高中生們開始談論對於快姊的第一印象——是怪物，是醜陋的怪物。那是玩笑話，只為了鋪陳對快姊的喜愛。

影片的後半段，全是女孩一個一個談論起她們的高校清潔獸人，只是她們都刻意改口，將快姊說成「步姊」。

「步姊是獸人……大人都說步姊是怪物……可是……那又怎樣呢？」

「我這輩子都不會成為那些怪物，那些人類怪物！步姊比人類好上千百萬倍！」

「再見！妳一定要繼續在第一高校工作，我以後每個月都想回來找妳！」

「要是我有這種媽媽，爽翻了，這輩子再也不用打掃房間，我真想當妳的女兒！」

「是怪物又如何，我們步姊是最棒的怪物！」

影像最後，是郭雯與母親的專訪，看得出來持著手機攝影的女孩，鏡頭有些搖晃。

「我真的很謝謝妳……救了我的命，我其實也一直知道妳……偷聽我、關心我，我知道妳很關心我，我還故意假裝沒事好幾天，才去屋頂試圖自殺……謝謝步姊救了我的命，讓我知道全天下最愛我的人是我的媽媽。」

郭雯與母親抱在一起的影像，和快姊與女兒、兒子抱在一起的畫面重疊。

「妳不是說……妳打死也不想來讀……這間尼姑……尼姑學校嗎？」快姊問著女兒。

「我想媽媽……」

「可是……我……我是……」

「妳不是怪物……妳不是怪物……我才是怪物……爸爸才是怪物……我們才是怪物……嗚嗚……我找妳找了好久……我找妳找了好久……」

幕後故事

Ada 說：「妳要記得，那些女孩真心愛妳。」。

她真正想說的是，「妳要記得，那個女孩真心愛妳。」

Ada 見到快姊這個模樣，也十分擔憂。

快姊長期住在獸人宿舍，只是為了省錢，女兒四處尋找母親，她不知道母親住哪裡，打了上百、上千通電話，卻都沒人應答，只好找上學校。當時正值暑假期間，教職員都知道有保密條款，也知道紅瞳公司準備採取法律訴訟，突然來了通電話自稱是快姊的女兒，深怕惹上麻煩，便一概不理。還是快姊熟識的總務主任，擔心真的是快姊的女兒找上門，便向紅瞳企業尋求協助。

「她是我們最驕傲的獸人，所以她也要以她最驕傲的模樣，見她女兒。」Ada 這麼說。

升上大學的學姊們，也在此時從校門外走了進來。她們抱著這一家人，告訴快姊的一雙子女，她們的母親，是多麼棒的一個母親、多麼棒的一個怪物。

對了，Ada 還說，她是絕對、絕對會協助快姊爭取子女的監護權。

獸人寶典

◆ＷＣＨ（We Care Human）：反獸人的非營利組織，不過近年來由於獸人企業擠壓人類企業生存，故開始也有人類企業投資其中。部分商店開始放置ＷＣＨ合作徽章，表示「我們不聘用獸人，只支持人類企業」。

◆獸人非自願揭露保護條款：獸人法案中，所有獸人（包含獸人特警與紅瞳勞工半獸人）均需要造冊列管，統一由主管單位，警察、消防總局或紅瞳企業管理。不過若有特殊情形，凡提出書面申請，特定獸人能夠隱蔽真實身分，而不對公眾公開，例如獸人特警的臥底任務，或特殊家庭的勞工半獸人，非經過主管機關或獸人本人同意，蓄意洩漏者，也將處以罰鍰。

◆獸人守則（部分揭露）：在非必要情形，獸人不得以獸人形態干預人類生活，並不得損及人類任何權利。

叩叩教授

叩叩。

叩、叩、叩叩。

講台傳來清脆的敲擊聲。

若非先做過功課，初來修課的新同學，一開始都不能確定這是什麼聲音……難道是隔壁教室正在施工，或者是哪來的小搗蛋敲打牆壁嗎？

「這就是那個……的聲音嗎？」同學們交頭接耳。

雖然總會有其他同學給出正確答案，不過，台前講課的教授，很快地就會讓他們親眼目睹，耳聞不如一見，或許就是這個道理。

這是醫學系大一必修課，授課老師是愛德華，深邃的西方臉孔、高聳的鼻樑，加上他已廣為人知的知名度，大家都知道他是來自西方Z國的外國人。

除了醫學系這門課外，藥學系、公共衛生系，放射系，甚至是其他醫學院學群，都見得到這名教授。他涉獵學科廣泛地讓人難以想像，而且，他並不是只教授基礎的醫學院通識課程，他會隨著每一個不同系所的學生，一路學習到畢業為止。

而他更廣為流傳的名字，其實是「叩叩教授」。

這名字的由來，就是學生討論區先傳出來的，接著社會大眾或是媒體，都這麼稱呼他。

愛德華簡單暖了場，代替學校歡迎所有學生。他希望這群孩子們都能夠成為促進全種族醫學進步的鬥士，大抵是這一類的場面話，接著便開始自我介紹。當他走出講台前，露出整個身軀，你能聽見原本靜默的教室，傳出陣陣驚呼聲，有些糊塗的學生，還會忘記關閉手機鏡頭的預設快門聲。

愛德華高大挺拔，身高約莫兩百公分，他上半身穿著白袍，白袍裡頭則是綮得嚴謹的領帶，還有燙得一絲不苟的白襯衫。但是他的下半身……卻是恐爪龍的身軀（更廣為人知的形象，或許是迅猛龍），這還不打緊，隨著談話內容，上半身不由自主地延伸，這是自信的態度，身後一公尺長的尾巴也會隨之擺動。

叩……叩叩，這個聲音，就是他肉食動物的下肢，外露的巨型趾爪，在地上的敲擊聲。

據說，早期曾經有學生問他，老師，難道你不能控制趾爪嗎？學生言下之意並非是指愛德華這種行為，已經干擾了上課秩序。他是非常優秀的教授，並非傳統學院派，只做研究、不碰實務，他可謂是雙修精通，除了熱愛研究外，也參與業界的實務運作，更是政府單位的重要公共衛生諮詢專家。

說真的，你很難不仔細聆聽他的經綸滿腹，除非你根本無心上課，才會被敲擊聲分散注意。

學生這麼問，單純只是好奇。

愛德華是這麼回答的：「嗯，你能夠控制自己不眨眼睛嗎？」說完後，他自己笑了出來，「當然沒有這麼頻繁，我是比喻。」

然後補充：「我真的能夠控制自己不眨眼。」

他絕非傳統的半獸人，多數的半獸人勞工，大多都是藍領階級，求一個更強壯、更耐用的鋼鐵身軀，而他們更多都是走入家庭的成年男女，因為經濟的壓力，不得不成為紅瞳企業的高薪奴工，對人類的謾罵噓聲忍氣吞聲。

愛德華是自願成為半獸人的，而且他根本不差這個錢。嚴格來說，他從沒向紅瞳企業收取一毛工資，他的收入都是一分一毫，從學校、政府部門諮詢費、企業顧問費等累積來的。

他俊俏的上半身，與他看似驚怖的下半身，加上他的專家、學者形象，讓他成為紅瞳企業最指標的紅人之一。

對了，我有說過嗎，他長得很帥。

紅瞳企業希望能夠額外支付給他公關，甚至是代言費用。遭到拒絕之後，轉了個彎，希望能夠贊助他的部分研究，讓他不需要再向政府部門或企業申請研究案時忍氣吞聲，卻殊不知他從來不需要向人開口，以他的專業能力都是讓別人求著請他加入研究計畫。

「如果你們真的想給我那些錢……就成立一個基金會吧，別用我的名義創，隨便取個名字，就當作給失學孩童的就學基金。」

結果紅瞳還是把基金會取名為「愛德華與紅瞳共同陪伴失學孩童基金會」，愛德華沒當一回事，畢竟他不直接參與基金會事務。這件事情，也讓媒體大作文章，嘲笑紅瞳企業硬要把自己跟愛德華配成對，事後愛德華竟對外宣稱是自己希望冠上名字，給紅瞳企業台階下。

愛德華的專業態度，對比許多專家學者總是四處在論文上掛名，而從來不曾實際參與，又或者將旗下研究生的研究占為己有，好太多了。愛德華這番態度狠狠地讓他們顏面無光，不過，他們敢怒不敢言，畢竟輿論是站在愛德華這邊的。

回顧愛德華的求學歷程，他只花兩年就完成高中學業，花了五年就從醫學系畢業，還包含一年不知為何休學，他只解釋是因為私人因素。

醫匠生涯三年後，有感從醫只能拯救眼前病患，他又開始讀藥學、癌症研究，最後跨及到公共衛生，因為他想要救更多、更多的人。

這些故事堆疊得有點完美且不切實際，不過，他似乎就是一個這樣子的人。愛德華當時主動向紅瞳企業洽詢。據說起初紅瞳的人還不曉得該怎麼處理，層層向上呈報，當時招募組與公關組，共同研議到底該怎麼接待這個似乎是全國最出名的醫療公眾人物。

「我的時間不夠，我需要更多時間。」這句話不夠精確，而紅瞳公司並不販賣時間。

「我知道你們獸化的研究理論，雖然具體不知道你們的生物科學家怎麼做，不過，按照我的推估，人類如果變成半獸人，體力、耐力、專注力都能夠提升。理論上我一天甚至只需要睡眠一小時，就能夠充足休息。我說的沒錯吧。」紅瞳公司這才驚覺，還忘了找研發團隊過來開會。

愛德華在事前就對獸化基因做了充足的研究，並著手實際訪問已經獸化的半獸人勞工（並給予豐厚的訪問費用）。半獸人在獸化工作期間，幾乎不會感到疲累，也能夠持續用人腦運作。

如果愛德華能夠妥善控制身軀，每分每秒都可維持一定限度獸化，那麼他就再也不需要休息。

他想為醫療付出更多，而他需要一副無堅不摧的肉體。

據說他為了獸化並熟悉自己的身軀，休息了整整一年，這對他來說，倒是損失不少時間，畢竟他手上想研究的專案很多，加上他又醉心於教授學子們。幸好他有一名可靠的長期研究夥伴王維，一年以來持續以視訊工作，一方面又嘗試以各種不同程度的獸化生活。

經過了一整年反覆嘗試，愛德華下半身獸化的狀態，讓他能夠如願終其一生只需要每日睡眠一小時，以最佳狀態燃燒生命。

他事後繳交了一份詳實的自我研究報告，並在獸化實驗那一年暫時加入紅瞳公司的研發團隊，這份研究他無償交給紅瞳公司，就當作自己繳交的「獸化費」。愛德華認為，這一生再也不欠紅瞳公司什麼了。

據說，那份研究報告，足以讓整個研發團隊少去五年的功夫，上億元的研究經費。

愛德華是當代第一名半獸人教授，若加上他的醫師執照，也幾乎可以算是第一名半獸人醫師（不過他已經鮮少看診，若你們好奇，是腫瘤專科，包含血液與放射）。獸人來當教授，當然也會受到部分異議人士反對，WCH（We Care Human）當然也是大力反彈。

愛德華第一天以獸人形態上班時，大喇喇地以恐爪龍下半肢的模樣在街上走著（他宣稱，我一天23小時都在工作，獸化並不違法），手上還提著一杯拿鐵咖啡。他看見這些暴民拿著手寫標語，各種侮辱在他耳裡，就像是讚美一般，他也只是喝口咖啡，向他們微笑，打聲招呼。

人群中的幾名婆媽，停止謾罵，似乎被他俊俏的笑容吸引，是一旁幾名叔伯叫喚，才讓婆媽繼續抗議。

不過，這些人的抵制，在媒體曝光後，引來了更多人批評，畢竟愛德華的研究與醫術，造福成千上萬的病人與家屬，所以在愛德華恢復工作的兩週後，那些異議份子不敢再到學校放肆。

「你們這些混帳滾出去！愛德華醫生救了我們的命！」

「愛德華醫師做的事情比你們英勇幾百萬倍！」

「最好你們這輩子或家人朋友，都不要生病，看愛德華醫師願不願意救你的命。」

「有種就不要使用愛德華醫師的最新標靶療法！」

愛德華甚至需要發布聲明，他對病人一視同仁，包含ＷＣＨ組織的成員，任何人類或是獸人，都值得接受最新、最好的醫療措施。

抗議事件堪稱是ＷＣＨ的公關危機，所以對他的攻擊，只好轉變成私人攻擊。

ＷＣＨ開始尋找愛德華執業生涯，是否有醫療糾紛，愛德華一生並非完美，確實也有病人在醫治過程中回天乏術，不過家屬都很感謝愛德華，「我知道愛德華醫生盡了全力，在治療過程中，他真的已經盡一切努力了。」

就連半夜他也會抽空回覆家屬訊息，病人緊急住院，救護車抵達醫院時，家屬已經看見愛德華醫師在急診室等候了。

這裡行不通，那就看看愛德華私德如何吧。但是，愛德華的私人生活似乎如同謎團，他不能說是交友廣闊，八面玲瓏，他幾乎只跟同事談論工作，公事上一板一眼，一絲不苟，私底下相處談吐合宜不踰矩，對研究認真、對病人有禮、對學生傾囊相授。雖說曾有不利於愛德華的風流韻事小道消息，但未經查證，又上不了檯面，到最後，ＷＣＨ完全放棄了。

愛德華顯然是社會上知名的半獸人賢達，名流雅士，甚至政府高官，都喜歡跟他沾上邊，他們都喜歡將跟愛德華的合照，放上個人社群媒體，據說就連愛德華所居的社區也是如此。

社區同樣住了學者、律師以及社會上各階層的名人，都以愛德華居於此自居，「我們都跟愛德華是鄰居呢！」

社會上對於半獸人的居住其實並不友善，許多房東拒絕讓半獸人或半獸人家庭承租，「如果讓其他住戶知道……會被抗議，房價會下滑……再說你如果退租以後，接下來的人類恐怕不願意來住，我也不好轉手……」

不過愛德華倒是沒這個問題，他將母親接來現在的豪華社區就近照顧，雖說賣方因為他的名氣，硬是加價要賣，但社區友善，自己也非不能負擔，沒什麼大不了，他便在學校附近買了該社區，就此安居立命。

愛德華友善親民的個性，社區的年輕警衛也深刻體悟，他們通常都是一些學識較低的年輕人，愛德華鼓勵他們繼續向學、深造，雖然警衛也是一份正當工作，但是持續充實自己，才能夠發揮所長，尋求更好的發展。

他甚至建議年輕警衛能夠向紅瞳公司求助，或許能夠成為什麼警衛性質的半獸人，曾讓幾個警衛起身而行。媒體曾經追到這條新聞，宣稱愛德華不問出身的個性，確實令人讚賞，絲毫沒有知識分子的傲慢，實屬難得，這點紅瞳公司也當然大書特書過。

對吳萍萍來說，她更是喜歡這個老闆，畢竟這個老闆不是恐龍老闆（是恐龍，但不是那種「恐龍」老闆）。其他助理違法核銷教授老闆的私人消費，譬如買給小孩電競電腦，卻說是公務使用，或違法報支助理費以及其他中飽私囊的行徑，這些事情萍萍一概不會碰到。

萍萍是愛德華其中一名研究助理，專司財務，負責代替愛德華處理各研究案的核銷，兩個人公事公辦，鮮少談論私事，不過因為家人生病，萍萍不得不開口向愛德華請假。

「請假？妳什麼時候需要請假？」愛德華不問原因，只問日期。

「我母親最近確診……是血癌……AML……最近要開始化療，我父親年紀很大，沒辦法在化療期間天天去醫院照顧母親，我得不時請假幫忙……我會看情況……我……」萍萍過去一直避免跟愛德華討論此事，尤其她知道愛德華是血液腫瘤專門，她擔心愛德華會擺出醫師的模樣，太專注母親醫療狀況。她單純只是想要請假，就連需要請假幾天，她都沒有概念。

「聽到這個消息，妳心裡一定很焦急、很慌亂吧。」不料愛德華卻是先同理她，他邀請萍萍坐下細聊，「病情我就不問了，畢竟我們不是在問診，不過我要先跟妳說，任何醫療協助我能夠幫得上忙的，儘管開口，給自己一個長假吧，不用擔心工作，妳的工作我自己來。」

原本萍萍還在猶豫能不能保住這份工作，畢竟抗癌道路絕非三五天，她正想回話時，愛德華先開口。

「我最近會騰出一個專案，反正王維老師妳認識，那案子沒有我他也行的，妳的事情我來做，出勤妳照樣線上簽核，我會向校方說妳遠端上班，剩下來的，我來搞定。」

萍萍就這麼「遠端上班」了九個多月，幾個月以來她不時也會到校處理一些財務雜事，但確實安全下庄。她很感念愛德華的幫忙，甚至是以極低折扣，讓萍萍母親幾乎是免費地嘗試了最新的血癌標靶療法，可惜母親最後沒能挺過。

萍萍身為校方聘雇的專案研究助理，助理間的流言蜚語她是曉得的，她也知道系主任似乎十分提防愛德華。愛德華年紀不過四十，卻已經叩關準備申請正教授職。在七人小組的審議會上，系主任似乎拉攏關係聯合投了反對票，可愛德華一個人的論文產出，甚至比系上一整年的總和還多。

系主任不要臉的在愛德華每篇論文上，要求掛名聯合作者，愛德華也是謙遜有禮地說：「承蒙主任幫忙，應該的。」

愛德華這般完美形象總讓萍萍覺得有點過於不真實，其他助理紛紛探問萍萍，但是愛德華似乎是八卦絕緣體，從萍萍口中套不出任何不利於愛德華的消息。

愛德華似乎未婚，也似乎沒聽過有女性伴侶，雖曾有女學生對愛德華示好，不過愛德華總是保持距離，巧妙應對。此外，萍萍也只知道愛德華跟母親住，父親似乎多年前過世，其餘的，她一概不知。

不過愛德華卻是破天荒的在學期結束前，請了假，去了哪裡沒人曉得。整個暑假，據說愛德華推掉所有行程，這點讓王維有些不滿，在與王維的電話中，萍萍聽得出王維覺得愛德華不負責任。

萍萍替愛德華感到不平，王維雖然不像系主任百般利用愛德華，不過王維現在在藥廠位居高職，也是愛德華的引薦，或許王維遇到困難也應該自己想辦法處理才對。

母親過世後，萍萍開始收整自己的人際關係，其中，母親一直頗讚許的男友，卻變成她第一個要處理的要務。

她的男友不是不好，他待她無微不至，他們兩個人租屋同居，幾乎都是由男朋友打理生活起居，她幾乎不需要做家事，回到家以後男朋友總是燒了一鍋飯菜，她甚至曾考慮與男方共度此生。

不過，照顧母親幾個月以來，萍萍才驚覺男友是控制狂，兩人未同住的日子裡，男友無法忍受她訊息已讀不回，甚至會神經質的奪命連環 call，而她只是下樓去醫院餐廳替母親買飯罷了。

細數與男友交往的幾年，自己確實不被允許有異性朋友，男友強迫出席自己每一場聚會，當時她只覺得男方積極打入自己的人際圈。朋友說想要姊妹聚會，不許男人參加，男方也會在附近咖啡店等候。

過去她只覺得貼心，現在卻覺得有些異樣。
她以為兩人恢復同住後情況會改善，但男朋友卻是變本加厲，現在就連她在工作時也會不時傳訊息詢問：「妳在做什麼？」（工作啊廢話，難道我要跟你說我在跑統計嗎）
加上剛返回職務，萍萍自認受了愛德華太多協助，她主動請纓，除了財務外，願意多做一些統計工作，甚至為此自費去外面上課學習（她婉拒愛德華的資助），就是想要回報愛德華。
「妳為什麼要去上這些課？妳老實說，妳是不是認識其她男生了？」
母親過世後，她想要花更多時間陪伴老父親，而老家在隔壁城鎮，她待在愛的小居的時間開始慢慢變少。
「妳真的是回去陪妳爸嗎？」
正因為歷經喪親，她才發現有跟自己經歷相仿的朋友，而自己卻從未關心過他們，所以她開始與那些曾經疏離的朋友恢復聯絡。
「妳什麼時候回來？我今晚會煮飯，不准太晚回家。」
最後，男友甚至抗拒讓她出門。
「愛我就不要出門，陪我。」
這些種種，讓她實在是難以忍受，她在一個男友需要加班的假日，找了幾個朋友幫忙，留下分手訊息連夜搬家，讓男友變成了前男友。
這些事情，前男友當然無法接受，他幾乎崩潰，就在兩人斷了聯絡的幾天後，瘋狂訊息來了，使得萍萍不得不將通知關掉。雖然朋友都建議她封鎖前男友，但她覺得沒必要做這麼絕，自己是不負責任離開的人，只要時間允許，她願意花時間向前男友解釋分手的原因，也感謝幾年來前男友的悉心照料。不過，感謝滿足不了前男友，他要的遠遠更多，而那些，萍萍無法負荷。

她封鎖了前男友，而她不知道這正是悲劇的開端。

愛德華知道萍萍分手的事情，也看得出來她有些失落，愛德華本來想要安慰她，但覺得自己不擅言詞，就也沒多表達什麼，一直到系上電話也遭人惡性騷擾，每次電話響起，萍萍的臉色就隨之一垮，他也知道這就是恐怖情人。

愛德華通常不會接系上電話，在其他助理們尚未反應過來時，他接起電話，不疾不徐，他甚至記得萍萍前男友的名字，而萍萍沒有印象曾跟愛德華提過。

「劉兆祥先生，請問您找吳萍萍嗎？」

對方沉默。

「劉先生。」接著愛德華開始覆誦來電顯示上的號碼，前男友掛上電話。

愛德華撥打了前男友的電話，前幾通，前男友並未接起，但在愛德華嘗試第三通時，總算接通，前男友依然沉默。

「劉先生，相信您一定很愛吳萍萍，不過，您這種聯繫她的方式，肯定會對她的工作造成困擾，您應該尋求其他方法。愛情是需要溝通、相互理解的，千萬不要以自己以為對的方式去愛她，而是以她覺得對、雙方都覺得對的方式才是。像您這樣耽擱了他人的工作、人生，是很要不得的事情，盼望您能夠找到對的方式與萍萍互動，祝福，但是——」

「絕對、不要、再打電話來系辦。」愛德華接著用一種趨近於野獸吼叫的方式，然後掛上電話，旋即再撥了一通電話給學校工務，要求把前男友的電話加入總機系統的拒接電話，再若無其事地走回自己的研究室。

從那天起，系上再也沒接到前男友的電話，換得的卻是前男友天天守在校門口站崗。

前幾天萍萍反應不及，但又不想讓前男友知道自己的新住處，便立刻搭上計程車，又擔心前男友駕車尾隨，回家路途上換了兩台計程車，還得在下計程車後狂奔去其他巷弄，再招攔計程車才得以返家。

不過，她知道這不是長久之計，嘗試了各種方法，即便選擇不同的校門口離開學校，雖然不總是會看見前男友深情款款的面容，但依然提心吊膽，如果前男友暗中跟蹤怎麼辦？會不會百密必有一疏？

一天夜裡，她因為需要處理公事，直到晚間十點還留在系上工作。其實已經處理差不多了，但擔心遭到跟蹤的恐懼，讓她不自覺坐在辦公室中焦慮不已。愛德華此時走出研究室倒咖啡（其實愛德華根本不需要咖啡提神，他只是覺得喝咖啡讓自己看起來比較有人性），看出萍萍躊躇不前的神情。

「劉先生……他還在跟蹤你嗎？」

「我……我不知道。」萍萍露出擔驚受怕的表情。

愛德華嘆了口氣，一口把咖啡喝完，他抱起一袋文件，說這些公事回家也能做，「我陪妳回去吧。」

萍萍感到又驚又喜，這怎麼好意思……!?

「有什麼不好意思，妳是我工作上最得力的夥伴之一，這是我應該做的。」

愛德華說的是夥伴，不是助手。

愛德華問了問萍萍現在的住處，他正考慮要開車（雖然我不知道獸人下半身要怎麼開車，這也是他的厲害之處），還是以何種方式陪萍萍回家。

「我就住在離學校走路五分鐘的地方。」萍萍說，「走路就會到，可是如果老師你要陪我走，我們得繞遠路，這樣很累的。」

愛德華低頭望向自己的下肢，一副「妳在跟我開玩笑嗎？」的表情，讓萍萍忍不住也笑了出來。

果不其然，前男友正在校門口等著。

「萍萍！我還愛妳！深深的愛著妳，讓我繼續愛妳好嗎？」

前男友以三人都能夠聽見的音量喊著。

萍萍一聽見此番告白，忍不住想龜縮回學校，但愛德華把她給拉住，「放心有我。」萍萍感受到愛德華的手腕，格外堅定。

愛德華引著萍萍，走到前男友面前，萍萍低下頭，假裝沒看到前男友，而愛德華則是向前男友打了聲招呼：「嗨，劉先生，這麼晚了還沒回家休息呀？」

前男友臉色十分難看，面露怒容的瞪著愛德華。

「劉先生，您這樣讓萍萍很焦慮呢，這真的是您要的嗎？讓您心愛的女人擔驚受怕？」

前男友不滿，「你算哪根蔥，你這個……你這個……」他望向了愛德華的下半身，「你這個噁心的恐龍、怪物！」

前男友話還沒說完，地板上傳來咚、咚兩聲巨響，這是艾德華的踱步聲，兩步，就讓前男友站不穩，不得不扶著一旁的欄杆，而愛德華牽著萍萍的手肘，讓萍萍不至於跌倒。

接著，又是叩、叩的聲音，又輕、又柔反而惹得前男友心裡發慌。

前男友不敢跟上前去。

「那麼劉先生，再見囉，祝您有個美好的夜晚。」

又是他那招牌的微笑。

就這麼維持了幾個禮拜，愛德華送萍萍回家後，他才返回研究室或家中。萍萍擔心給愛德華帶來麻煩，或者太過於麻煩愛德華。「相信妳是因為這是一份可以長久從事的工作，才會在學校附近租房子，難道妳要為了他換工作嗎？別吧，這點事不會給我造成負擔。」

萍萍感激愛德華的貼心，而前男友確實也天天對愛德華謾罵，不過不出就是那些侮辱的話語，怪物、怪胎、恐龍、下半身思考的怪獸，這些愛德華也早就聽習慣了，只差沒問有沒有些新的台詞。

直到有一天，前男友不再出現，這讓萍萍感到心生不寧。

學校裡也開始傳起奇怪的風聲，是那些未經證實的言論，愛德華早年拋妻棄子，前陣子孩子甚至因為長期得不到父愛，自殺過世了，愛德華之前正是去處理孩子的後事。

這個謠言其實老早就被社會大眾當笑話看，畢竟愛德華可是異性不沾鍋，但因為萍萍幾乎天天讓愛德華接下班，才使這件事情又浮上檯面。

就連學校系主任也在校務會議上，請各位教授注意自己的交友，請勿讓私德影響校譽，愛德華並不當一回事，只是在萍萍心裡，總覺得自己拖累了老闆。

這些事情在反覆傳誦下，開始有了具體的影子，那些曾經稱許愛德華的媒體，也開始嗜血。有記者深入調查，查到愛德華確實在大學醫學院就讀期間，結交一名異校的會計系高材生女朋友，該女子因懷孕，向愛德華袒露，愛德華卻是以耽誤自己的前途為由，置之不理，搞得女子因為悲傷過度流產（有不同的版本，眾說紛紜），對方家長曾經據此向愛德華當時就讀的大學反應，但因為愛德華是學校明星學生，便替愛德華壓了此則新聞。

又或是兩人雖然結婚，但卻有名無實，加上女方家世並不理想，這幾年來，愛德華對妻兒不聞不問，糟糠妻被丟到一旁，導致母子兩人生活不下去，兒子又因父親是半獸人，長期遭到同學霸凌，因而選擇自殺，前陣子愛德華向學校告假，就是為了去擺平這樁事情。

這些故事看似堆砌合理，但總有哪裡不對勁，萍萍不好意思直接詢問愛德華，便詢問了王維此事，王維先是大笑幾聲，萍萍這才一五一十地坦承恐怖男友的事情，替愛德華解釋他只是為了自己，才惹上這些事情。

王維承諾，會將此事查個清楚，在能力所及的範圍內，調度自己的資源，暗中協助愛德華。

不過，王維顯然無力可回天，幾個禮拜下來，事情越演越烈，最後甚至傳出是愛德華介入了萍萍的感情，渣男事項又添了一樁，就連婦女團體也齊聲抗議。到最後，愛德華與萍萍除了要躲避前男友外，不時也得躲避ＷＣＨ偶一為之的抗議或記者跟監。

「為了系上好，你這段時間，還是先避避風頭。」系主任直接向愛德華發出警告，「我不排除解除你的教職，因為你的所作所為已經不可避免地影響學校的聲譽。」

愛德華十分痛苦難受，雖然他應該能輕鬆找到下一份教職，但正是這間學校的全力支持，才讓他能夠恣意兼任學校醫學院各系的課程，並大量從事各種研究案。

而他們說的那些事情……不完全是捏造……不完全是捏造。

也就是說……部分是事實。

不過即使如此，愛德華還是堅持要陪伴萍萍返家，但萍萍後來都是拒絕。她甚至考慮離職，還因為擔心愛德華找不到好的研究助理，問過王維有沒有推薦的人選，她不想再害愛德華了……

這天夜裡，大雨磅礴，愛德華提早下班回家，想要陪母親吃頓飯。母親知道他的個性，這孩子一心以工作為重，為了不讓全天下人跟他的父親一樣，因為癌症霎然去世，所以才會這麼奮力、努力地工作、辛勤地研究。所以，她從不過問孩子的事情，這是兒子一生的志業，身為母親，只能支持，只求他能夠記得吃飯就好。

愛德華在回家路途上，想起母親，也想到了大學三年級時，自己發生的那件事情。父親也是同一年發現罹患癌症，但因發現太晚，已經移轉至淋巴，加上治療預後不佳，六個月就過世。自己因為正談戀愛，沒有分神關注家人，外加自己學醫，卻從來沒有注意到父親的身體變化，讓他十分挫折，而這一直影響著他。

走著走著，不知不覺也走到了居住的社區門口。

今天社區有會議，從社區外頭，可以看見社區會議室有不少人正在團聚，是管委會的會議嗎？

今天警衛是才來服務半年的小王，愛德華有時候晚歸，見小王一個人守著社區無聊，還會陪他聊個天才會返家。

這幾個月小王在他的鼓勵之下，趁著半夜閒暇時間，開始讀書自修，說已經報名了國營事業考試。小王幹了幾年警衛，雖然幹得不錯，不過總覺得自己沒有真正努力去發揮所長。

這些話聽在愛德華耳裡，很是欣慰。

愛德華深夜工作時，總忍不住探出窗外，看見小王還在孜孜不倦，也會忍不住下樓問需不需要幫忙，有些知識他也是略懂略懂。

這就是一天只需要睡1小時的好處，既然有23個小時可用，分1、2小時給這個年輕人也沒什麼大不了的。

他們倆人便大半夜的一起鑽研考題，有些愛德華不懂的，他還會特別研究學習幾天，就為了小王，久而久之，兩個人也培養了不錯的默契。

小王忍不住跟愛德華抱怨，今天管委會會議，一整天自己跟社區總幹事忙進忙出，加上那些住戶總是自視甚高，對自己十分無理，好不容易才能夠歇會。看見愛德華回來，心情好多了。

「把事情做完，晚點就能讀書啦，什麼時候考試呀小王。」

「下禮拜，就是下禮拜啦！我請了三天假，相信在愛德華醫師的幫忙下，肯定有機會啦！」

「什麼有機會，是一定會考上的，我對你有信心。」

但這時候，前男友悄悄了跟了上來，他趁著愛德華不備，將愛德華一把推倒。

愛德華感到震驚，或許是最近瑣事太多，心亂意煩，竟然會被這個小混混攻擊。

「你……劉先生……你在這邊做什麼。」

「喂……怎麼打人呀！」小王這一喊，讓管委會的會議暫時停止，一大夥人也注意到社區外的衝突。街頭上熙來攘往，路人也關注到這一幕。

「愛德華……你這個衣冠禽獸！你這個始亂終棄的渣男！」

愛德華不明所以，但他不想也懶得與劉先生爭辯。

「我照你說的……不再打擾萍萍……可是你……可是你……如果萍萍真心愛你，那我也……我也祝福她……可是你……你……」

愛德華不解，劉先生是不是搞錯了什麼？

「你這個傢伙……你這個始亂終棄的傢伙……把女朋友肚子搞大，不得不結婚……現在好了，連兒子都被你害死了……難道你要把魔爪伸到萍萍身上嗎？你這個惡魔！披著羊皮的狼！不是……你是披著人類上半身的惡魔！」

隨著劉先生提高音量，越來越多人向社區門口聚集，愛德華看出，其中大部分的人，都是平時的好鄰居、好朋友，這些人四處拿著跟他的合照炫耀，但這時候他們卻是竊竊私語，朝著愛德華指指點點。

「真的不是像你說的那樣，我跟萍萍她什麼也沒有，我只是陪……」

「你跟萍萍什麼也沒有？我聽你在放屁！我聽你在放屁！現在玩膩萍萍，不要她了嗎？你不要她了嗎？她這麼一個好女孩！你竟然這麼對她！我絕對不會……我絕對不會……」劉先生渾身顫抖，「我絕對不會讓其他人的悲劇，在萍萍身上發生……」

劉先生從口袋裡掏出了一把刀子。

眾人傳來一陣驚呼。

「劉先生，有話好好說，事情不是像你說的那樣。」愛德華急忙勸阻。

愛德華心裡盤算……如果我受到攻擊……得以造成對方最小傷害的方式回擊……怎麼辦呢？自己從來沒受過專業訓練，他給自己的獸人訓練，從來都是為了工作。

「我都知道……我問過了……那個王什麼的……」劉先生將刀鞘扔到一旁，露出鋒利的刀鋒。

王維……他說的難道是王維嗎？愛德華百思不得其解，如果他找過王維，那怎麼還會來這裡找我……他怎麼會知道我住哪裡？他跟蹤我嗎？不可能？再怎麼樣我都不可能遲鈍到對別人的跟蹤渾然不知……除非……除非他是早就埋伏在附近。

「王先生說……你確實大學時始亂終棄女朋友，女朋友跟妳說她懷孕時……你根本就沒有打算讓女生生下來，你拋棄她，一直到她生下小孩……你才不得不跟她結婚……萍萍的事情他也跟我說了，萍萍打算離職……都是因為你，她寧願保住工作，也不想跟我交往……但都是因為你……」

愛德華還在王維的背叛之中，無法自己，他望向那些好鄰居們，那些應該深知他為人的社會大眾。

你們知道我不是這樣的人……你們應該要為我說話的呀、你們應該要為我說話的啊！

「我不是這樣的人！」愛德華喊著。

「你不是這樣的人？你兒子因為你自殺，你根本就是殺人兇手！你根本不配為人。」劉先生質疑道。

「沒想到愛德華教授是這樣的人……」

「教授……根本就是會叫的野獸！」

「怪物。」

「我早就知道這傢伙有問題！」

「要殺他就在外面殺，不要讓這傢伙的屍體影響我們的房價！」

「噁心的獸人，我還以為多清高咧。」

「這傢伙根本就不是人，不配當人。」

「虛有其表，噁心！」

這群居住在高級社區的賢達人士，不若暴民那般，扯破喉嚨地大肆批評，但是，他們的呢喃聲，即便雨下得再怎麼大，愛德華也都是聽得一清二楚。

再清楚不過。

而傷害一個人，不需要多大聲。

我要……我要防禦。

我還有母親……不能再讓母親失去我。

我要……我要……我要……完全獸化……

劉先生沒有給愛德華任何機會，他知道，獸化需要時間，而愛德華時時處於半獸人狀態，天曉得他完全獸化是什麼模樣。

「愛德華唷……你別看他那個樣子……他打架根本不行……他不是那塊料。」王維曾經這樣對劉先生說，「那條尾巴，根本就是他裝模作樣的工具。可是，你還是不能掉以輕心。」

出手要……快。

這是王維臨走前，送給劉先生的叮嚀。

「我以前跟他是很好的，我們是合作夥伴……唉，你別看他那樣，他所有研究都是我幫忙搞出來的，他都偷走了我的名字，搶著掛第一作者，但我才是第一作者。最近他還想搞掉我的工作，刻意不支援我，我老闆還跟我說，既然這樣，那他乾脆聘愛德華就好，叫我滾蛋……你看，背刺我這麼多年，加上他本來就是個沽名釣譽的雙面人。你看，這種人，能信嗎？」

正當劉先生的水果刀向前刺出，小王卻是站了出來，用棍子試圖擋下。

「愛德華醫師！」

但小王他畢竟是警衛，沒受過什麼專業訓練，他平常做的，就是收收包裹，順便受受住戶的氣。

水果刀滑過短棍，刺入了小王的右胸。

小王倒地。

我……我……

劉先生看見倒在水窪中的小王，似乎也嚇到了。

這時候，愛德華已經完全獸化，他的下半身維持恐爪龍的模樣，而他的上半身儼然大上一號。全身如同猩猩，毛髮遍佈，而沒有毛髮的地方，則看得到堅硬的鱗片，在雨水的投射下，不斷散發出白色反光，他俊俏的外表蕩然無存。

街上以及社區中的居民開始往室內逃竄，或跑個無影無蹤。

他們驚恐地喊著：「愛德華變成怪物了！」

「愛德華要殺人了！」

「愛德華要吃人了！」

到最後，他們甚至不再稱呼愛德華的名字。

他們終於用他們長期以來，一直私底下稱呼他的名字稱呼他。

關上門後，他們一直都只稱呼他為怪物，在他們心中，愛德華一直都是怪物。

現在，他們再也不用假裝了。

「我……我從來沒有始亂終棄過任何人。」似乎只有言語，才能夠證明愛德華還是人類。

刀子刺入愛德華胸前，但只發出鏗鏘一聲。

劉先生嚇得將手上水果刀緊緊握住，但看不出來他意欲繼續攻擊，還是只想自保防禦。

「我大學的女朋友懷孕，我不知道，她休學了，我再也找不到她……我的課業成績一落千丈……加上我父親……我父親生病，我休學照顧父親，等到父親過世後，我才有餘力去找女朋友……等到我找到她時，她已經生下女兒。她母親知道一直不諒解我，也就不願意接受我……她們以為我是為了名聲棄之不理……我毀了她女兒的前途，所以，她們始終都不願意接受我。我的女兒……我的女兒自殺……不過她沒有死……不要詛咒我的孩子……我真的……真的很關心她，我都一直有在注意她的成長……只是……她不知道……我希望她不知道、也不要排斥……我……我這個獸人……所以我自從她懂事後，就退出了她的生活。」

化身為獸人的愛德華，用一條手臂，輕易地將劉先生高舉三公尺高。

「不……」

正當愛德華準備將劉先生往社區大門砸時，愛德華聽見了小王虛弱的氣息。小王似乎正想說些什麼，但他說不出口。

「不……要……」小王很勉力地說完，「你……你不……你不是……怪……」

小王昏厥，愛德華將眼前這個砸碎打死……那又如何呢……愛德華鬆開了攫住劉先生的右手。

劉先生摔落到地面，咚的一聲，肯定很痛。但是，劉先生他是死不了的。

愛德華像是清醒過來似的，抱起重傷的小王，查看他的傷勢，呼叫起紅瞳公司，「這裡有人需要救助，我是愛德華，這裡有人需要救助，重傷，胸口遭到水果刀刺入，深度約4公分，推測沒有劃過心臟，但還是需要進一步治療。病人在我家社區門口，請求支援。」

愛德華轉身，他朝向社區內，見到母親正在窗口，看著社區門口的他。母親這時候，頻頻拭淚。

「我是怪物……但我也不是怪物。」他喃喃自語道。

她會知道的，她會知道的。

她會知道，我不是在說她。

「你們人類，才是怪物！」愛德華朝著劉先生，以及社區怒吼。

他轉身向街上還未離去，正驚恐望著愛德華的人們，那些過程中冷眼旁觀，甚至拿起手機顧著攝影的人類。

「你們人類，都是怪物！」

獸人寶典

◆獸人的居住問題：由於獸人的特殊情形，無論是租屋或者購屋，獸人往往面臨重重阻礙，不外乎就是房價、後續人類續租的問題。獸人往往都需要比一般人類支付更多居住價金。曾有半獸人主動討論過聯合購買社區，或自地自建等相關建議，不過，為避免過度群聚，導致人類更加畏懼，加上擔憂鄰近社區的反彈，故終未成行。以往人類也有提過類似討論，期待設立獸人（或怪物）隔離區，不過此舉因為種種原因未通過。所以，尋無定所的獸人，往往會尋求紅瞳公司的宿舍居住。

◆獸人的通信裝置：半獸人都會配有紅瞳穿戴式裝置，可以透過裝置做為緊急聯繫，亦可透過裝置連線到獸人的通信網絡。

◆獸人守則（部分揭露）：獸人遭遇人類攻擊，僅能選擇防禦，或最小傷害之反擊。

◆獸人世界觀：故事的主要場景目前聚焦在S國，事實上，S國周邊尚有眾多國家，這些國家依照創立順序，按英文字母排序命名，雖有國家名，但人們口語大多均以簡稱稱之，各國對於獸人的政策也不盡相同。此外，各國的主要城市則以數字命名，例如S1市就是S國的首都，各國也大致依發展程度排序城市。

一分半

「近來頻繁的人類攻擊獸人事件，使得我們不得不正視人類與獸人的種族議題，畢竟獸人只占我們人類的一〇％不到，綜觀歷史上，人類總是欺壓少數民族，最後造成難以想像的衝突。」政論節目上的趙姓來賓這麼說，但錢姓來賓旋即反對。

「趙先生，你這樣說就不公道了，你是暗示他們算是我們人類的其中一支。他們哪算人類？他們根本就不能算是人類！」

「哦！錢先生有不同的見解嗎？難道我們今天節目主題下錯了嗎？」主持人提醒了今天主題，「人類與半獸人的衝突？人類新世代戰爭？」

「所以錢先生您的意思是說，人類應該把他們當成畜生囉？」主持人說完後，趙姓來賓翻了白眼。

「當然，他們根本就不是人類，只是愛錢的動物。」孫姓來賓獲邀上節目，當然也不能緘默。

「動物，這可真是個中性的詞彙，人類更喜歡說他們是怪物呢！」錢姓來賓看孫姓來賓似乎贊同，變本加厲。

「你看，之前早就發生過成千上萬件怪物攻擊人類的犯罪事件，這一年來，那些非法怪物就不說了，連上回在國小的攻擊事件，據說也是紅瞳公司旗下的合法建築怪物挑起的。」

「那件事情經過警方調查，已經確認是非法獸人……」趙姓來賓試圖還原真相，他正想補充建築獸人是為了保護人類，不過只講了幾個字，就被孫姓來賓打斷。

「不說那件事情了，你看，大名鼎鼎的『叩叩教授』，也是差點把癡情男朋友給殺了，他還對路人咆哮呢。」

「對方分明就是恐怖情……」趙姓來賓又再度被打斷。

「恐什麼？你這樣太武斷囉！」孫姓來賓糾正。

「我早說過啦，叩叩教授有鬼，天下哪有人這麼完美。」趙姓來賓似乎想要插話，不過這時候李姓來賓更是加入了圍剿的戰局。李姓來賓是議員，從更早的發言中，已經很明白表示他是反對紅瞳公司的民意代表。

「紅瞳公司付給媒體、政府不知道多少黑錢，我們早就說過要擴張對怪物法案的約束，除了這些知名案例外，還有很多怪物向人類攻擊，多少人民的生命財產……」

「歡迎來到深海的大旺來裡，海——」

啉。

電視被強迫轉台。

「喂，妳怎麼轉我電視。」男子原本正在扒飯，對著在一旁做家事的女子埋怨道。

他們倆人並非夫妻，也非戀人，他們是姊弟，不過，老弟大搖大擺開嗑，絲毫不管姊姊一回家就得開始收拾，收拾前一天弟弟找朋友來家裡喝酒，擺爛不清理的殘局。

「你不要看這種垃圾政論節目，他們都在講我們獸人的不是，只會越看越氣。」姊姊將散落的酒瓶集中，把桌上的殘渣掃入垃圾桶。

「氣？有什麼好氣的，他們說的是事實，我們不是什麼獸人，我們就是怪物。」弟弟毫不在乎的說，「我只覺得自己笨，當時一定是喝太多酒，才會同意跟妳一樣變成這種怪物。」

「哼。我們是怪物？我們就是得變成這種怪物才活得下去，再說，我才不覺得我是怪物。」姊姊似乎老早習慣弟弟這種埋怨。

「妳當然不是怪物啦，別人一對翅膀，就妳兩對，妳可威風了，妳看我這樣……噁不噁心。」

弟弟將便當跟下酒菜撥到一旁，右手向前探去，霎時間，右手變得半透明狀，原本五根手指的人類手掌，突然從各手指岔出十多根又細又長，銀白色的水母觸手。雖然他下工後就服用了抗衝突藥物，不過還是可以做到小幅度的獸化。

「都怪我們窮，生在這種家庭。」弟弟嘆氣地這麼說，「妳看我這個模樣，我看我這輩子不可能結婚生小孩囉。」

雖然姊姊沒有回覆，不過，其實她也有同感。

他們當然不可能結婚生小孩，有誰願意娶這樣的自己呢？生不出孩子是其次，即便生了孩子或許也要受到同學一輩子欺侮。

弟弟名叫劉子翔，姊姊叫做劉子琪，事實上她們是異卵雙胞胎，姊姊只早弟弟一分半出生。她們另外還有一個妹妹，叫做劉子燕，不過，她們沒有住在一塊。妹妹小她們五歲，出生時因為臍帶纏繞缺氧，變成了智能障礙。

子翔跟子琪的父母親在十年前出了車禍，據說是趕著下工，在接送從特教學校下課的妹妹途中，從山區的工程現場摔下山谷。父親因為沒繫安全帶，當場死亡，母親則是撞成類植物人狀態，雖然勉強能言語，卻全身癱瘓。

出事後，外祖父母從故鄉來到都市，替她們照顧妹妹與媽媽，不過，七年前外祖父病死，花光了父母親積蓄，這幾年外祖母也開始失智，所以她們不得不將上述所有人都送去機構。

外祖母在失智照護中心、母親則去身障養護中心，妹妹則只好住教養院，龐大的機構費用，使得子琪不得不考慮變成半獸人。

不過，這點子翔倒是很看得開，反正一條爛命，各機構追討的錢，有什麼好怕，賴皮最大，你們又能奈我何？他國中畢業後就離家，反正讀書也沒屁用，不如出去工作少看爸媽臉色。結果出去沒兩年，爸媽就出事了，但他那時年輕也不管。

劉子翔生性叛逆，誰都不理，跟幾個朋友或女朋友在外面租房子，結果工作也不怎麼樣，三天捕魚兩天曬網，錢拿不出來就跟姊姊要錢，最後姊姊也不給了，房租付不出來，被朋友轟出門，只好回到老家。

等攢夠了錢，就又出去跟朋友瞎混，不斷在如此循環中周而復始。

子琪倒是認命，雖然僅僅只大了一分半，但她終究是大姊，雖然讀書也沒什麼本領，但至少拿到學歷。大學讀夜校，白天辛勤工作，她也時常在半夜掉眼淚。這個家庭到底還有什麼未來，不過，她跟外祖父母感情好，幾個人還勉強能夠照應臥床的媽媽與智能障礙的妹妹。

外祖母失智後，先從忘記各種瑣事開始，我吃飯了嗎？妳吃飯了嗎？妳媽媽吃飯了嗎？有人去接妹妹嗎？最後，連子琪也忘記了。外祖母成天指著母親，也就是自己的女兒，不斷地問：「這個死人怎麼會在我家？」並擔心害怕地問著子琪：「小姊，請問我的丈夫跟小孩都去哪裡了？」

子琪知道，這個家澈底沒有未來了，直到……她看見紅瞳公司的宣傳影片。

子琪做事一向勤奮，這也是子翔最討厭姊姊的地方，這麼認真，顯得自己沒出息。白天端盤子晚上跑美食外送，都是低賤到不行的工作，每天不是鞠躬哈腰就是替人跑腿，有什麼了不起。

子琪在24歲那年先成為獸人，考量她的美食外送業績亮眼，顧客幾乎都是給五顆星的高分。她接單數驚人，紅瞳公司替她挑選了Must Eat企業（Monster Eat的諧音），也就是紅瞳旗下的外送平台，當作她獸人工作第一站。

Must Eat起初受到很多人類訕笑，「誰敢吃你們這些怪物碰過的東西。」不過會使用外送平台的本來就是新潮的年輕人居多，他們對獸人較少敵意，加上獸人外送效率超快，畢竟人類外送員都是騎機車送餐，獸人卻直接飛來給你。除了能跟各種不同飛行形態的飛行獸人自拍，又可以快速取餐，何樂而不為？

當時子翔混不下去，打了通電話給子琪，說自己（又）沒地方可住。子琪雖然對弟弟諸多不滿，不過，終究是家人。弟弟不壞，只是不負責任，不能怪他，只能說妹妹智能障礙，導致父母親重心大多在妹妹身上，忽略了弟弟的教育與需求，而偏偏自己就是那個心軟的姊姊，還是讓弟弟回老家住。

子琪那時候已經是獸人，收入明顯變多，不再需要拚命兼差，不過，每個月的機構費用還是壓得她喘不過氣。她時常指揮、安排弟弟的工作，四處千拜託萬拜託，連續替弟弟找了好幾個老闆，拜託他們原諒弟弟三天兩頭請假，此舉卻引來子翔不快。

「妳是我老媽啊？幹嘛？真丟臉。」他時常這樣埋怨。

那你就爭氣一點！不過，這話她沒開口，一直到弟弟實在換了太多工作，已經根本找不到願意再給他機會的老闆，她才下了最後通牒。

「如果你再不認真工作，那就給我滾出去。」

她說什麼？她憑什麼？子翔本來想再出去投靠朋友，哪知道大家都避之唯恐不及。每個人都知道他根本就是個無賴，享樂可以，不過，其他的別想。

子翔的朋友對獸人並無偏見，畢竟有越來越多年輕人申請成為獸人，見怪不怪，他們都知道子翔的姊姊是獸人，收入不錯，時不時就揩子翔油水，每次出門都要他多付點錢，說反正你姊姊賺得多。

他們用獸人開子翔玩笑，「有獸人娘，就等於有財主啦」；加上子翔的前雇主們，大多都受到獸人企業的衝擊，長期下來，子翔對獸人並沒有好感。

他姊姊又有什麼能耐，不是獸人的話，她什麼都不是，如果是這樣，那我也去當獸人賺錢好了，等我賺夠錢，我一定早早退休享福。

不過子翔獸化的歷程卻是屢屢碰壁，畢竟獸人公司也不是搞慈善事業的，他們知道子翔這幾年工作不穩定，不是能力不夠，而是劣根性太強，這傢伙變成獸人，難保未來會後悔獸化形態，反咬公司一口，是子琪拚命幫子翔游說，最後才讓公司勉強接受子翔。

不過公司要求，子琪必須帶著子翔工作。

子琪不得不放棄自己嫻熟的美食外送工作，子翔則獸化成最低階，也就是最底層的微型觸手獸人。他無法成為像快姊一樣的多足型獸人，那種巨型觸手雖然更加泛用，但更吃協調與操控力。

微型觸手顧名思義就是能夠讓自己手指複化伸展出去，能快速綑綁。夠簡單吧，只要捆住就行了。這對工地的搬運工作、包裝或是企業基礎工業組裝都大有助益。

幸好，子翔雖然個性懶散，但身體素質並不差。他的透明觸手雖然初期精細動作不好，沒辦法從事組裝，但綑綁重物卻是順手，只是他若使盡全力，背部會冒出像是劍龍背部的散熱骨板，顯得更加滑稽，加上他的微型觸手原型是水母，導致他變身後身體呈現半透明狀，這也讓他長得較不尋常，渾身臟器與器官一覽無遺，讓他對自己更生厭惡。

子琪是飛行獸人，而她比通常飛行獸人多一對翅膀，一般飛行獸人往往在獸化時讓手臂獸化成為翅膀，子琪則是除了手部外，還從肩胛骨再探出一對翅膀，分別都是三公尺幅的雪白色翅膀，讓她能夠飛得更快、更遠。

若讓姊弟組合工作，就成為了一對良好的飛行載具以及綑綁載體。

於是，他們便開始嘗試紅瞳公司最新的公務計畫。

拖吊違規車輛。

紅瞳公司給子翔配了一套捆物裝，子翔穿在上半身，背部有兩個溝槽，可以讓子琪下肢鳥爪牢牢抓住，子琪也花了不少時間訓練，或許意志力還是戰勝了身體限制，竟然可以足足駝著超過一噸半的重物。

為了讓自己能夠抓著弟弟負重，她還刻意增重，原本纖細的她，如今變成一個豐腴的女子。這些事情她都沒讓子翔知道，子翔只覺得她變成獸人後伙食太好，貪心吃胖罷了。

也不能光講子翔的不是，他也是費了一點功夫學習。他能伸出上千隻數公尺長的微型觸手，將汽車牢牢捆住，還能保持完美的平衡，讓姊姊挾著自己，捆著汽車飛去拖吊場。

當然，連續幾個月的訓練讓他苦不堪言，他時不時從公司偷溜出去找朋友喝酒，四處炫耀。

喂，我現在是獸人了？怎麼樣？我再來就要變有錢啦！開始領薪水就請大家吃飯！什麼，怎麼可能請你們吃便宜貨？去吃無菜單料理啦，老子請客。

原本訓練的時辰是三個月，竟然拖到五個多月才訓練完成，紅瞳公司的合作案負責人Mick也是頻頻對子琪搖頭。他勸子琪：「放棄這個弟弟吧，讓他自己出去闖闖，大不了我們用違反聘雇條款，讓你弟賠錢了事，這些債務不及於妳，都跟妳無關。」

其實總會有事後後悔的獸人，獸人基因工程雖是不可逆的程序，但能夠用強制性藥物，讓獸人「暫時」強制退化回人類，這種藥物更多用在獸人特警執法上，只是所費不貲，且需要定期施打，等於要每月賠償大筆賠償金。紅瞳公司等於是逼著這些獸人走上絕路，或者遁入非法產業。

所有人類在簽訂獸人同意書時，都不會注意到上百頁同意事項中，夾雜了這麼複雜的條款，所以，在法律上，紅瞳公司完全站得住腳。不少人曾反悔控告紅瞳公司，不過最後都慘遭敗訴，這些事情也算是公司的一大黑幕。

但子琪拒絕。當時是子琪力勸，或者說是半強迫要子翔加入獸人，而她深知弟弟的個性。

他肯定會把所有責任都推到她身上，既然今天是她促成的，那她一定要堅持到底。

他們第一次值勤還算順利，接獲警方的通知後，他們在3分鐘內就抵達拖吊現場，弟弟只用了不到2秒，就完成裝載。子琪奮力地飛上天，看得路人以及大樓居民目瞪口呆。

這是什麼？獸人拖吊汽車!?

他們還以為是非法獸人偷車，見了車門旁的警用封條，才確認是公務取締的違規拖車。

第一天工作，他們兩個合作拖了一百多輛車，快把兩人給累死。據說是子琪求好心切，一直到下班，弟弟不斷埋怨自己的背部因為散熱鰭片全力運作，快被撕裂時，她才發現自己的兩對翅膀也滲出血來。

她們休了幾天，期間公司也是照樣給薪（子翔表示：太爽啦），加上交通違規本來就是交通事故主因之一，除了違規車主以外，用路人都對這種高效率的拖吊讚不絕口。

休息期間，電視台記者預約專訪，說要採訪這種劃時代的獸人工作，以往二飛二綑（或者更多組以上）的懸吊式獸人組合時有所聞，但大多都是在港口的貨櫃作業，精細度不高。反正貨櫃稍微磕碰並不礙事，但他們兩姊弟一飛一綑，就能搞定一台汽車，汽車在拖吊過程中還毫無損傷，使違規車主即便想找麻煩，也無從找起。

子翔對於專訪當然高興，這種能出風頭的機會，他自然是不會放過。

他穿著公司替他準備的高級西裝，人模人樣地接受專訪，採訪過程中大肆鋪張，反倒是姊姊回答保守許多。子翔提及是為了生病的家人才會願意獸化，就連當天幾個女記者也感動得掉下眼淚，事後主動提供通信方式給子翔，說有空可以再聯絡喝個咖啡。（子翔不斷向朋友誇耀呢！）

採訪過程中也有獸化橋段，記者邀請姊弟分別獸化，媒體都對子琪的雙翅形態感到讚嘆，對於子翔的類水母半透明形態，則不知道用什麼妥善的話語稱讚：「唔……哇！好透明呀、很……很漂亮！」。

子翔趕緊為自己解釋，恰似他的做人真誠、可靠，子琪也只是在心裡冷笑幾聲，他要出風頭，就讓他去吧。

上班的頭一個月，子翔下班後么喝朋友喝酒聊天，朋友都說發達了不簡單不簡單，子翔把薪水都花在請客，子琪看子翔這樣，雖然仍是搖頭，不過比之前不務正業遊手好閒好。

至於他要不要拿錢回家，就算了，至少子翔不會再向我伸手要錢了。

子翔還是討厭自己的獸人模樣，私下找紅瞳公司商討，看可不可以再變化成更好看一點的獸人，或像姊姊那樣，有翅膀最好是會飛的那種。他心裡想的是可以利用這點吸引異性。「要不要哥帶妳飛上天看夕陽？」用這句把妹鐵定無往不利。

不過，紅瞳企業都知道子翔是什麼貨色，加上技術上確實罕有獸人多次進化，除了青少年養成的全獸人特警外，大多都沒有什麼好下場。公司只是打馬虎眼應對，但子翔覺得，哼，你們這些人肯定是見不得我好罷了，雖然心有怨懟，但也只好接受。

雖然陸續再有不少獸人組合加入拖車行列，不過大多都是四人一組，飛行速度需要協調，綑綁高度也難調控，反而容易導致車損，紅瞳公司甚至陸續賠了不少錢出去，相比之下，業務進展足足是姊弟倆的一半不到。

姊弟倆順風順水，持續以高效率的方式工作，日子一久，受到媒體的關注漸漸下滑，民眾也對他們倆拖車習以為常，甚至會把一些車損嫁禍到他們頭上。

ＷＣＨ看準不少用路人都是貪圖一時方便——「我只是一時下車吃個飯，怎麼一會兒車就被拖走了？」、「我只是去探望朋友一下下而已耶！」、「我只是接小孩下課！」等各種藉口不斷冒了出來。他們不將炮口對準執法單位，卻責怪執行拖吊業務的獸人們，而其中最知名也最有效率的子琪子翔兩姊弟，就成了集火處。

不過，也有不少正義之聲替他們平反，ＷＣＨ的這個論點，被守法用路人反彈，ＷＣＨ只好回到最原始的批評：怎麼可以讓獸人經手處理人類的車輛，如果怪物病會傳染怎麼辦？

紅瞳公司倒是沒讓姊弟倆面對，特地聘了「人類助手」，在拖吊場針對獸人拖吊的車輛外觀澈底消毒，這點子琪很感謝公司體諒，子翔卻覺得反感，「幹嘛，我們真的有這麼噁心嗎？」

他似乎對公司總是不滿意。

不過，身為獸人，子翔還是撈到不少好處，至少出名以後，頗有異性緣，以前總是裝闊，但大夥都知道他沒料，女孩們都知道要避開這種鱉三。現在變成名獸人以後，交友軟體上，更因此容易被女性按「LIKE！」。

身為獸人，也就代表收入不錯，幾次約下來，竟然也讓他跟幾個女網友搭上，不過那些女孩很多都不是對「劉子翔」感興趣，而是對劉子翔的「獸人身分」以及收入感興趣，「你可不可以變出觸手跟我自拍？」。

他雖然心有不快，但也還是照辦，另外，身為獸人的好處還有……沒有生育能力。

剩下的，我不用說，你們都懂。

雖然那些女性大多隔天就不再聯絡，不過，或許子翔也不真正在乎。

「哈哈哈，你說那對姊弟獸人喔？」特定媒體都會針對各種類型的獸人嘲笑批評。

他們聊到的正是前陣子火紅的姊弟倆，子翔起初沒注意到這個節目歷來的調性，看見電視上竟然又有自己的畫面了，忍不住多看幾眼。

「那個飛行獸人的野獸狀態還好，但變回人類形態根本就是頭母豬……這麼胖的女人竟然飛得起來，真是不簡單。」

竟然是批評姊姊的，笑死我了，子翔轉頭過去偷瞄姊姊，子琪正在洗碗，洗完後彎腰將碗收進櫥櫃。噢，屁股這麼大，難怪會被笑。

「這個水母人更是恐怖，你看，竟然看得到他的心臟、肺部、甚至是大腸小腸……你看他這個腦袋（畫面放大，聚焦在子翔的頭部）……肯定都沒在用，竟然會選這種獸人形態。」

「水母腦！哈哈哈哈哈！」

「才不是我選的，是那個破爛公司強迫我的！」子翔忍不住怒吼，一氣之下換上衣服，說要去找朋友喝酒吃宵夜。

其實子翔喝酒還算有品，至少挺注意安全，酒駕鬧事這些他都不會胡來，畢竟他個性不壞，只是懶散跟沒有自制力。雖然這一趟出門鐵定晚歸，子琪還寧願他帶朋友回家。不過，子琪才剛收拾好家裡，想了一想，算了你這小子還是滾出去吧。

當晚，子翔沒有回家，他也只傳了訊息給子琪：「我今天睡朋友家。」

子琪隔天早上醒來，竟覺得欣慰，這小子還知道要傳訊息告訴我，不過，到了派出所卻遲遲沒看到子翔出勤，打了好幾通電話，甚至搞得值班員警有些不快，「你弟再不來我就要去找傳統拖吊車了。」

子翔終於抵達，他昨夜明顯喝太多，雖然獸人化使得人體對於宿醉幾乎免疫，不過他渾身酒氣，滿臉通紅，看起來精神有點過high。

就連警察也問他：「喂，你這小子行嗎？」

子琪見子翔這樣，覺得不妥，正打算向公司請假，子翔卻執意自己可以。不一會兒，無線電裡傳來其他員警的呼叫聲，子翔便喚著子琪快點工作，「走啊！妳不是最愛賺錢了，去啊！」

姊弟倆飛抵現場，員警便開始拍照、貼上封條，子翔爬到違規車頂，開始釋放綑綁觸手，車主這時候也到了現場，他大叫著：「我來了！不要把我車……」

車主看到竟然是獸人執行拖吊作業，改持起手機攝影：「欸，你這個怪物在我車上幹嘛？」

員警瞧見車主在前擋風玻璃下方放了一個ＷＣＨ的標語「無條件反對獸人接觸人類」，擔心事態變得複雜，趕緊上前打圓場：「抱歉，獸人拖吊作業……只要綑綁獸人上車，就視同拖吊車上螃蟹夾，不能取消拖吊。」

「你這個噁心的水母怪物給我滾下我的車，我有要求改用拖吊車的權利！我有這個權利！」

車主的揚聲引起附近居民注意，不過沒什麼居民幫腔，他們覺得不過就是一個不滿車被拖吊的車主罷了。

煩死了，子翔想起昨夜新聞節目的批評，一個不上心，竟然把違規車輛一面車窗玻璃夾破。

車主氣炸了，他氣得又叫又跳。

員警擔心事態越演越烈，便催促著姊弟兩人快點把車吊走，子翔一個緊張，使力過當，竟然又把車主另外三片車窗夾裂。

當天拖吊工作慘不忍睹，或許因為一早的失誤，子翔竟在整天損傷了三輛車輛，這件事情，當然是非同小可。

果不其然，當晚媒體大肆報導，車主帶著記者前去拖吊場，指著自己的愛車，「這根本就是報復！那兩個王八怪物就是見到我這個ＷＣＨ的標語，惡意損害我的愛車！這些怪物根本不懂得珍惜人類的財產！」

記者也採訪了其他三輛車的車主，一個車主不願意受訪，另外兩個車主則是宣稱自己也是WCH的成員，不過措辭顯然沒有第一名車主激烈。

警方不得不發出聲明稿，如果是獸人執行拖吊工作，在執行完畢飛行拖吊離地前，都有主張要改以傳統拖吊車的權力。

幾天後，網路上甚至發出連署，據稱有三萬名用路人表達希望改回傳統拖吊車，摒除獸人拖吊工作。

與兩姊弟交好的員警嘆氣道：「到底有多少人這麼愛違規，竟然連這種事情都能連署……」

於是，拖吊工作暫時告吹，在紅瞳公司以公關手段平息紛爭前，所有公務拖吊組的獸人暫且調離現職。

子琪暫時返回 Must eat 職場，子翔則另外因為自己頻頻在非工作時段獸化，而被警政單位罰了高額罰金，暫時吊扣執照三個月。

果不其然，就是那些跟妹子熱情自拍惹的禍。

另外，這也同時違反了紅瞳公司的獸人同意條款，除了被政府罰款，紅瞳公司還另外扣了子翔的薪水與獎金。

子翔聽聞消息氣炸，他懷疑這根本就是紅瞳公司的事後清算，肯定是要拿自己薪水去補償那些車主的維修費，明說就好，這是什麼破爛公司！

但他還算負責，子琪見弟弟被罰了這麼多錢，覺得心疼，還說要替他繳交一半，但他表示：「妳不用幫我付，這是我跟他們的帳，我來就好，那些臭王八蛋……」

三個月後，紅瞳公司說替兩姊弟找到了一份新的工作，子翔還有些半信半疑，深怕又是公司要挖什麼坑準備讓他跳。子琪也只是安慰弟弟，讓弟弟別想太多。

這幾個月子琪稍稍減重，讓自己體態大致恢復，不過還是略顯豐腴，不過，這點子翔完全沒有注意到。

紅瞳公司合作案窗口 Mick 帶著一行人大陣仗，將兩姊弟領進了一個高級住宅區，他們先是拜見了豪宅主人錢先生。

錢先生理了個大光頭，據說是搞債務整合的，講白點，就是高利貸放款，近幾年洗白搞房地產賺了不少錢，一看就不是好惹的傢伙。

錢先生見到他們，劈頭就罵。

「我一向不喜歡，也不用你們這種怪物，不過我不是那個什麼W什麼，我只是不想跟你們有什麼牽連。不要用你們的髒手碰我的直升機，是我那個驕縱的兒子愛出風頭，雖然他那個小王八蛋不成材，但你們別讓他出事了，否則我一定要你們的命。」

子琪與子翔聽見老大哥的發言，不由得渾身發抖，竟然派給他們這種雇主。

錢老闆轉而指向 Mick，說：「我不單單只有警告他們，還有你們，不要以為你們紅瞳公司多了不起，老子很兇的，不信你去查看看。」

錢老闆揮手要這一群人滾蛋，管家帶著一夥人前往頂樓，轉往錢公子的住處。

這一棟大樓據說有一半都是錢家產權，頂樓天台停放著錢老闆的直升機，還有一個外觀奇異的貨櫃方艙，裡頭一應俱全，有冷氣、附發電機，方艙外觀則是顏料彩繪，畫的正是兩姊弟獸化的模樣。

頂樓中，一大夥年輕人正在團聚跳舞作樂，見兩姊弟跟紅瞳公司的人前來，一名年輕男子吆喝著友伴，前來迎接。

「啊！這就是大名鼎鼎的子翔跟子琪嗎？」狀似是錢公子的男子開始要大夥拍照，「來，儘管拍照，這兩姊弟以後就是我的專屬司機啦，當自己人、當自己人！」

錢公子不是獸人粉，事實上現在年輕人吹起一股獸人風，或許因為中老年人反彈獸人的關係，年輕人打著「我願意支持獸人」，似乎就是一種次文化的政治正確。兩姊弟在一大夥人的拍照跟吹捧下，似乎覺得……這不是一份糟糕的工作呢。

錢老闆受到錢公子的慫恿，主動與紅瞳公司洽詢，雙方聯手打造了獸人方艙，讓姊弟能夠帶著方艙飛上天。什麼拉風跑車，再帥也沒有從天而降帥，加上又不用像直升機一樣處處受到限制。市區一堆飛航禁區，不過飛翔獸人就不在限制之列，搭載拖吊車都能夠穩如泰山，何況是一個一噸重的方艙？

只是，這種方艙其實只要子琪一個人就足夠，畢竟子琪一個人就能夠夾著方艙掛勾飛上天，之所以會讓子翔加入，就是因為錢公子見到子翔受訪時說的那些話。

噢，這傢伙是有故事的人，愛家愛姊，這傢伙當我司機，我豈不襯頭極了。

子琪與子翔的新工作十分順利，錢公子本來就不用管家裡事業，他成天遊山玩水，刻意帶著兩姊弟出門，抵達目的地後，即便去高級餐廳，也會替兩姊弟買單，讓姊弟倆坐在鄰桌。

子翔覺得爽極了，有人替自己買單，又能夠向朋友吹噓來吃一頓，這可是一般上班族半個月薪水的大餐，有什麼不好。子琪卻總覺得不舒服，畢竟錢公子一邊吃飯，一邊向朋友吹捧，說：「你看隔壁那兩個，我養的狗。」搞得朋友也心癢癢，回應道：「我也好想養這種狗。」

「難哦！這兩姊弟是絕無僅有的，其他都要四個獸人才有辦法，而且又不穩定，肯定頭暈，你看，我是不是眼光很好。」

「你沒聽見他們是怎麼說我們的嗎？」姊弟倆都是獸人，聽力都因而加強，不過，子翔無視姊姊的反對。

「有錢人就是這樣，等我們以後變有錢，也會一樣。有錢領、有得爽就好，妳管這麼多做什麼？」

錢公子去哪都帶著兩姊弟，甚至邀請兩人來住在豪宅的空房，這麼一來就能夠想去哪就去哪，否則每次都要事先排班，麻煩死了。

「除了你們跟紅瞳公司簽約的薪水外，我另外再給你們一份，這樣總行吧？」

子琪想也沒想就拒絕，畢竟自己不想淪為錢公子隨時使喚的工具，除了載送錢公子外出外，子琪已經頻頻做了不少跑腿，有時候錢公子即便只是跟朋友拿個東西，也都刻意使喚子琪前去。「妳替我拿來，順便讓人家拍照，我有朋友抱怨妳幾乎都不笑，幹嘛，笑一下會死嗎？要不是肉了點，妳挺漂亮的呀！妳看妳弟多上相。」

錢公子還會趁機抱怨，說：「妳該減肥了，臉太肉了，自拍時妳的臉都幾乎比我朋友大，不好看，我說真的。」

不過，子翔雙手贊成錢公子的安排。

「人家願意多給我們一份薪水，啊妳不是常說我們窮，現在好不容易可以開始存錢，搞不好很快就可以接外婆、媽媽還有妹妹回來，各聘一個外勞就得了。妳看，妳不是說最想要一家團圓，這不是妳要的嗎？很快我們就能夠買房子了，不用再繼續租這個破房了！房東雖然好，一直讓我們繼續租，不過，他知道我們是獸人，不是一連漲了好幾次房租嗎？妳不是最想要有自己的家嗎？」子琪拗不過子翔的慫恿，只好同意。

不過她堅持，先暫時住一個月看看。

這一個月可說是大開了兩姊弟眼界，錢家的收藏品無數，四處掛滿名貴的畫作與雕刻品，錢公子更是愛錶成痴，收藏的名錶都是一棟樓房的價格，物質上的優渥外，他們住在錢公子同一層樓的空房，確實隨時 stand by 準備出勤，但更多是去載公子獵豔的收穫。

錢公子幾乎每天都會帶不同女子回家，其中有小模、風塵女子，甚至不乏一線網紅。「妳們兩個口風緊吧，」錢公子跟他們核對，「如果這些事情洩漏出去了，我會知道是你們說的，我錢沒白給你們，跟著我，保證你們吃香喝辣。」

這些錢子琪都存了下來，她從沒想像自己可以賺這麼多錢，一心只想實踐自己的藍圖，弟弟給的藍圖。子翔卻是沾染那股豪奢氣息，他出手變得更加闊綽，以前想買什麼，都是猶豫再三，出門也都是遮遮掩掩自己的紅色眼球。現在，隨身攜帶大筆現金，甚至拿起自己獸人身分炫耀。「看到沒？老闆，我紅眼睛，有的是錢。」即便店家刻意提高售價，說標價標的是人類售價，獸人，好歹也要兩倍。

「兩倍就兩倍，老子有錢。」

子琪看不過去，不過，那是弟弟自己賺的錢，也沒法過問。

一個月變成兩個月，兩個月，變成半年，忍耐一會，很快就能夠解脫了……很快就能夠解脫了。

一直到某一天，子翔請了假，說要跟朋友出去玩幾天，錢公子突然走進子琪房間，身後還帶了不少朋友。

都是男性，而且手上都拿著武器。

「你們……你們要做什麼？」

「妳別管他們，他們是來保護我的安全。」錢公子拿起手機，螢幕對著子琪，手機裡面播放的影片，正是錢公子房間的攝影機影像。

「你弟先是趁我不在，摸走我的幾款手錶，有幾次甚至把我電麻，大搖大擺地拿走我東西。」

影像中，確實出現子翔利用超細觸手打開門鎖，偷溜進錢公子房間，搜遍各處，其中影片後段，甚至出現子翔利用水母毒素麻痺的特性，將錢公子電暈的畫面。

「你弟弟的能力不簡單嘛……還會麻痺，我被麻痺後，根本不曉得發生什麼事情……昏昏沉沉，那些手錶各個價值不斐。說，你們要怎麼賠償我。」

這之中肯定有什麼誤會……不可能……弟弟他不是這種人……一定是……一定是被什麼朋友帶壞。

可是罪證確鑿，子琪根本說不出口，幾名拿著武器的男子步步逼近，子琪知道這些人都是錢老闆手下的狠角色，也是錢公子的親信。

自從子翔告假後，子琪也順帶請了假，自己本來晚些也要去見朋友，早早就服用抗衡突藥物，根本無法獸化……加上自己根本沒有任何攻擊能力，她能夠做的，只是能夠飛行……此外……此外她什麼也沒辦法做。

錢公子瞥了瞥子琪，她剛梳化打扮，看起來頗有姿色，忍不住起了色心。

「我一直沒跟獸人做愛過，妳別反抗。妳是有點肉，不過，也算有點姿色，算我抬舉妳吧。」
「走開！你們走開！」
子琪瞥向房間的落地窗，她除了反抗外……只剩逃走……跳……跳下去嗎？
錢公子也注意到了子琪的視線，他望向窗外，「妳想跳下去嗎？」
「跳下去，妳現在不是獸人狀態，會死的……有錢再賺就好，妳弟肯定是為了錢，他一定老早就銷贓了，雖然不是筆小數目，不過賠錢了事，想想妳的家人……妳弟弟那種貨色，妳死以後，他怎麼辦，你們的家人怎麼辦。」
子琪不斷啜泣。
「妳只要答應我，不要反抗就好，我總共掉了四支手錶，兩個名牌包……跟我發生關係，也算是讓我解鎖成就……做愛一次抵一只手錶，很划算吧。」
子琪哭著，也只好點頭。
「你們這些人都出去，我沒有變態到喜歡多人運動，如果半個小時後我沒有出去，就進來把這個女的殺了。」
幾個壯漢你看我、我看你，似乎堅持至少要留一個人下來。
「我說，出去。」
接著錢公子意有所指地對子琪說：「我對妳已經算是很好了，沒有讓妳在我的房間跟我做愛。」
「你有新訊息。」

子翔正跟朋友在酒店喝酒，他喜歡過這種大爺生活，幾個妹子擁了上來，自己說什麼，她們都說好。

「你不是那個水母獸人嗎？帥哥，變個觸手讓我們看看！來嘛！來嘛！」

現在子翔謹慎多了，他要求所有人不能拍照，讓小姊們把手機放在桌上，再依熱情觀眾的要求，秀了一波。

「哇！好酷哦！」

他還刻意釋放毒素，讓小姊們一陣酥麻。他是偶然發現自己這種能力的，這幾個月以來超載身體，自己似乎也突破了身體限制，現在觸手能夠微微地釋放毒素，使盡全力，對方會被電暈，而且醒來後會忘記清醒時分的記憶。

這是他第一次偷竊被錢公子逮個正著時發現的，他原本做好了要把贓物交出去的心理準備，不過，錢公子清醒後似乎渾然不覺。由於豪宅來來去去的朋友多，他是見到錢公子的朋友公然摸走錢公子的東西，但錢公子似乎不察，加上朋友慫恿，才開始動了歪腦筋。

子翔後來又幹了幾次，但他明白自己不是搞這種事情的料，提心吊膽，好不踏實，以後也不敢做啦。手錶他透過朋友變賣了兩副，其他兩副，他只是想收藏。身為有錢人就應該有幾只名貴的高級錶，人家不是說，手錶是大男孩的玩具嗎？

「劉子翔，你姊姊在我手上，我知道你偷了我不少東西，好傢伙，別搞得魚死網破。我沒讓我老爸知道，你知道若我爸知道，你們兩個鐵定沒命，把東西還來，我就假裝這些都沒發生，來這個地點交貨。」手機中傳來錢公子的訊息，還附上子琪被全身捆住的照片，最後給了一條地址，那是一個廢棄港口的倉庫。

子翔慌張極了，他把所有小姊驅開，同行的一個朋友，正是替他銷贓的友人，「喂，你看這個，手錶拿的回來嗎？事情大條了！」

幾個朋友看了訊息後，沉默不語，銷贓友人更是嘆了一口氣：「你知道這種黑市交易……肯定要拿出更多錢贖回，再說人家搞不好又轉賣了，你錢呢？」

「我的錢？我的錢不都花在你們身上嗎？」子翔不滿地對著朋友說：「錢呢？其他手錶都在我那，你們每個人各出點錢，讓我買回那兩只手錶。」

「喂，那些都是你心甘情願請客。」

「是你說我買新家，要替我買冰箱冷氣的。」

「你不是最討厭你姊，她怎麼樣，關你什麼事情？」

「錢？關我什麼事情？錢是你花的，又不是我花的。」

朋友們甚至起身走人，「喂，你們別走啊！」子翔無助地喊著。

幾個朋友順利逃脫，兩個動作慢一些，還沒走出包廂，子翔想把那些人拉回來，不自覺地探出觸手，把最後離席的兩個朋友捆住。原本沒走，或許真心替子翔著想的，也不由得離子翔遠遠的。

被捆住的朋友幾乎窒息，說不出話來。

銷贓友人還停留在原地，目瞪口呆，他喊著子翔：「……你……你幹嘛！」

呃……呃……

「你這樣他們會死掉的！」

呃……

子翔放開觸手，兩個朋友倒在地上，銷贓友人跟最後一個未離席的朋友趕緊過去查看傷者的狀況，幸好……兩個人都還活著。

「你……你這個怪物……」遭受攻擊的朋友恢復呼吸後，忍不住這麼罵了子翔。

子翔呆坐在包廂中，望著這四個朋友……這四個……是朋友嗎？

他們是我的朋友嗎？

「劉子翔……你這個怪物……殺人怪物……」

「我們走……這個怪物自己惹禍，憑什麼要我們一起陪葬。」

子翔望著他們，腦袋裡，似乎在空轉。

三個朋友走了，只留下最後一位，子翔一直跟他沒有什麼深刻互動，朋友欲言又止，嘆了口氣。

「聯絡紅瞳公司吧，他們是你的老闆，應該有辦法。」朋友留下最後一句話以後，頭也不回的走了。

紅瞳公司……紅瞳公司……

都是你們害我跟我姊變成怪物的……都是你們……

錢公子帶了幾十個人，他不知道子翔會不會出現，這傢伙是獸人，肯定不能小看。

這件事情沒這麼複雜，還錢了事，自己也不算強暴子琪，他幾乎是給了優惠，還徵詢子琪同意，替她抵掉一只手錶。他可是很喜歡那幾副手錶的呢，要說損失，自己才大，還不是看在子琪為了她那可憐、下賤、充滿殘障的家庭上，自己還算是很有慈悲心。

錢公子沒讓他爸知道，不然老爸一定做得更絕，別說什麼還債，肯定帶一坨人把他們都給斃了。這些來幫腔的彪形大漢，都是組織外圍的小混混，雖然不一定老實忠心，但至少都心狠手辣。

「那個獸人如果沒動手，就放過他，別把事情搞得太複雜。」

錢公子知道他們都急著想要立功，早早就吩咐下去，如果能夠不見血最好。他要所有人做好準備，自己看影像知道曾經吃了水母觸手的虧，所以這一夥人都是配備齊全，每一個都穿了硬殼夾克與長褲，鐵靴、手套與全罩安全帽，滴水不漏。

我不相信劉子翔那個窩囊廢會有什麼機會。

約定的時間到了，仍然不見劉子翔的影子。

「你弟……又遲到了。」錢公子戲謔地嘲笑了子琪，子琪雙手雙腳都被反綁，但錢公子沒有狠到讓她沒法說話。

「別把事情搞得太複雜，妳懂嗎。」

等了一個多小時，子翔仍然沒有出現。

「看來妳弟……沒把妳當一回事，拿了錢跑了。」

「他不是那樣的人……他不是那樣的人。」子琪哭著，她多麼希望子翔能夠如期赴約，把那些不該屬於他的錢，歸還給錢公子。

「看來……妳是跟我白做了，可能……妳死了還比較好一點，好過於親眼見到妳那無賴弟弟，棄妳於不顧。」

「放開我姊！」

所有人都被子翔這一聲呼喊嚇到了，他們正尋找聲音來源，但怎麼也看不到人影。

這座倉庫只有一個出入口，而他們都在暗處埋伏了不少持著棍棒、園藝剪，甚至是開山刀的壯漢，他們都準備要剪斷子翔那麻煩的觸手。

「劉子翔！你給我出來！別搞得這麼麻煩！」錢公子激動地大喊，他將子琪拖到自己身邊，或許過於激動，子琪被他推到跌倒在地。

劉子翔從空中出現，他利用觸手，沿著倉庫天花板盪來盪去，所有人都只見到一道黑影在頂上飛來飛去，他在錢公子面前降落，宛如超級英雄。

他伸開雙臂，瞬間探出上萬支觸手出去，穿越在場每一個人衣服中的細縫，有些探進領口脖子、有些探入足踝、有些則從安全帽的通風孔進入。

所有人在一瞬間全部麻痺，除了錢公子。

「放開我姊。」

錢公子看得目瞪口呆……一眨眼所有人都被這個小王八蛋解決!?

轉眼間，子翔也把纏在子琪手腳上的繩索解開。

子琪被綑綁過久，無法適應行走，她一邊爬著、跳著，擁住劉子翔。

劉子翔將還留在身邊的贓物丟到地上，「都在這裡了，剩下還有兩只手錶，被我變現了，我會想盡辦法賺錢還你。」

錢公子不甘局勢扭轉，「真可惜，你姊用身體償還了一只手錶……只償還了一只手錶，你至少要還……」

「妳被他強暴？」子翔轉頭，望著子琪，再怒目地看著錢公子。

子琪哭著……點頭，她原本不想承認的……但是……錢公子一定會繼續羞辱她。

「你敢強暴我姊？」劉子翔朝錢公子步步逼近。

「我強暴她？我還損失了呢？這個胖女人，就抵一只手錶……不是……她根本不算是個女人……她是個怪物……你們都是怪物！」

「她為了我們家付出這麼多……努力這麼多……她不是怪物。」

劉子翔離錢公子的距離，只剩下一步，他們兩個幾乎是面對面，但錢公子並不畏懼，這一生，在錢老闆的庇蔭下，他從來不需要害怕。

「她就是怪物！」

「你敢再說一次。」

「她就是怪物！」

子翔轉過頭，望向自己的姊姊，雖然自己心有不甘，但這些年來，要不是劉子琪，這個家早就毀了。

「姊，即便只有一分半，但妳永遠都是我最愛的姊姊，妳永遠都是這個家最棒的那個人。」

為了這個一分半……劉子琪已經承受太多了……

如果自己早個一分半……他肯定沒辦法做得比劉子琪好……自己肯定沒辦法……

「你們都是怪物！我一定會把這件事情告訴我爸、告訴你們公司，看你們這種怪物還可以怎麼賺錢還我。準備去吃牢飯吧，我一定告到你這輩子不得翻身！看你們這種怪物能怎麼……」錢公子大放厥詞。

唰！

劉子翔用觸手，將錢公子的頭部扭斷。

「我姊不是怪物……我才是怪物。」

你們人類，根本沒有資格，評論我們。

獸人寶典

◆獸人守則：每一名獸人隨身攜帶的守則，部分人會將其列印隨身攜帶，年輕一輩的獸人則大多以手機、載具存取。僅有原則數筆，作為提醒獸人之必要守則。

部分揭露：

獸人在人類形態下犯罪，會依人類律法制裁並視情節加重處刑。

◆獸人法案：使企業能夠合法化的聘雇獸人，並對獸人有一系列的法律限制，載明各種罰款，包含獸人犯罪的相關懲罰。

部分揭露：

獸人以人類形態下犯罪，準用刑法，並視情節加重處刑。

獸人以獸人形態犯罪，準用刑法，必加重其刑，如罪證確鑿，有重大傷害、生命危害或置人於死，經法院緊急書面裁定，獸人特警得用任何方法予以制裁。

無名

「哇！弟弟你看！火速第一集要首播了耶！」

「幾點幾點？」

「今天晚上九點！」

「好！那我們今天再看一次！」

兩姊弟興奮地討論串流影音平台即將上架的電影，超級英雄電影，吳鳴一直不喜歡那部電影。電影上院線時，他見兒女對預告片充滿期待，本來想要帶兩個小毛頭去看，但姊弟倆都說不想讓爸爸帶去。

哼，才不過國高中年紀，就不要跟爸爸一塊兒出門了嗎？

吳鳴一開始還以為孩子到了跟爸媽出門會覺得丟臉的年紀，跟妻子李雪埋怨，唉，我們也終於到了這個歲數了。結果兩姊弟擺擺頭，說才不是這樣，那是獸人超級英雄電影，再說，我們都跟同學講好了，約好久了。

「喂，爸，你不是最討厭獸人了嗎？」

吳鳴聽見關鍵字，嚇了一跳，獸人……這不是超級英雄片嗎？怎麼會是這種怪物題材呢？

不過，他畢竟想當孩子眼中的好爸爸，沒跟孩子爭辯，畢竟孩子這時候是青春期……他們是怎麼說的，叛逆期來著，如果孩子因為這樣跟自己關係變差怎麼辦？若說我是老古板怎麼辦？

吳鳴等到電影上映時，痛快地給了兩姊弟零用錢，說他倆可以跟朋友去看，記得別太晚回家就行啦。雖然隱約覺得助紂為虐，不過，討孩子喜歡還是比較重要。

他還記得姊弟倆分別跟同學看完電影回家時，興致勃勃地討論劇情，兩個孩子不約而同地說「火速」實在太帥了，還嚷著想要去二刷、三刷呢。

帥什麼帥，再帥有你老爸帥嗎？吳鳴還覺得有點不服氣，為了這個家庭，他付出汗水跟青春，還拋棄自己真正想做的事情呢，如今竟然輸給一個偶像……而且還是他最討厭的獸人。

「喂！你們倆不是說好要去你媽的店幫忙嗎？」明天兩個孩子不用上學，妻子李雪跟她姊妹在鬧區租了個店面，賣些炸物跟飲料。

其實家裡不缺這個錢，但是妻子閒不住。吳鳴的小姨子李彤，她嫁得比較辛苦，離婚後一個人帶著孩子生活，這幾年萌生創業念頭，加上吳鳴的妻子廚藝好老早就是眾所皆知，所以也一塊合夥。

那個店面李彤整天賣飲料，晚上李雪則去賣炸物，大概就薯條、鹹酥雞那類的垃圾食物，結果炸物的生意比飲料店好，熱門時段客人總是絡繹不絕，搭配飲料還有折扣，兩姊妹一搭一唱，竟也成了當地名店。

晚上很常忙不過來，又捨不得另外請員工，吳鳴晚上都會去幫忙，孩子若隔天不用上學，也會去支援。

但是，這個年紀，總得要威脅利誘，威脅不是吳鳴的個性，所以當然只有利誘，打工一個晚上兩姊弟就多了不少零花可用。

「不要啦！今天爸你去幫忙，我們想看電影。」孩子們異口同聲地說。

「喂，你們這樣不守信用哦！我會生氣哦！」

「把拔拜託啦～」女兒跑到吳鳴面前，像個孩子一樣地雙手抱拳拜託。

父親對於女兒這種撒嬌總是無法抗拒。

「好啦好啦，就這一次哦！下次你們最好不要……」

「爸！我們下次會注意首播時間，就不會先答應媽媽了！」

吳鳴一直都很討厭獸人，甚至可以說是厭惡。

他們家環境不壞，吳鳴的父母親都是苦幹實幹的老實人，父親是油漆工，有自己的工班，母親則隨著父親做事。男人嘛，做事總是粗心，有時候料沒叫足，或者不同的現場協調不來，總把事情搞得一團亂。

母親原本是一般上班族，便辭了工作幫忙父親事業。

你別以為油漆這途沒有專業，若是新建大樓的案場，他們得在泥作及木工水電完工後趕緊進入現場，先簡單噴過一輪，讓建商能在交期前能漂漂亮亮的交屋。倘若是私作裝潢，則又得趕在傢俱到位前處理完畢。無論是哪一種案子，都是各種專業的工程環環相扣，你這裡拖到了，就是礙到別人。

何處該施以何種油漆——油性漆、水泥漆又或者是乳膠漆？用哪一種工法？粉刷前是不是要先批土讓牆面平整？應該叫多少料？工人應該抓多少位？工期需要幾天？要跟客戶收多少錢才能夠恰恰好……

等，絕對不是一般民眾想得這麼簡單，買幾把油漆刷，隨便刷個幾下完事。

不過或許是聞多了油漆這種化學顏料，父親的職業生涯並不長，五十歲身體就出了狀況，把家業的腦筋動到兩個孩子身上。

吳鳴是老大，他下面還有個弟弟，他們兩人各有所長，吳鳴或許看慣父親拿油漆刷的樣子，竟然也喜歡拿畫筆塗塗抹抹，幸好家裡經濟還行，讓他去讀了美術班。弟弟則是讀書的料，無論是在哪個求學階段，都有不錯成績。

那年吳鳴就讀藝術大學，但主治醫師建議父親最好儘早退休，但父母親又覺得裝潢油漆這行利潤高，與一些承包商都建立了長期合作關係，若是撒手不幹，豈不把經營多年的客戶拱手讓人。

「聽說讀藝術沒什麼前途……我們是說金『錢』那個錢，你這幾年下課後，就來爸這裡學功夫。」

吳鳴在學校裡主修的是油畫，不過真正的藝術家，老早就被發掘了，他不過是凡夫俗子，本來也想跟著學長姊步伐，去兒童畫室教書。

吳鳴喜歡兒童美術，尤其帶著孩子進入美的世界，跟他們一起享受將想像付諸實現的樂趣。事實上，他對於這種未來相當滿意。

想當然，他對家業相當抗拒。

不過，孝順的吳鳴，父命難違，加上弟弟書讀得高，他有時候的用字遣詞，在在表現了對父母親從事「低階」工作的看不起。

吳鳴說過弟弟好幾次，但弟弟竟然回嘴：「你這個讀美術的也好不到哪裡去，我跟你們這些人真難溝通。」

吳鳴甚至跟弟弟大打出手。

父母親見兩個兒子都二十多歲了，竟拳腳相向，那陣子家裡氣氛鬧得真僵，不過吳鳴沒讓父母知道是為了他們的事情，後來弟弟找理由搬出去，說要跟女朋友同居，父母親還怪吳鳴呢。

「不然，你們讓我工作幾年再說，如果真的混得不好，我就回家做事。」吳鳴請求父親。

父母親只給了他一年時間，這一年吳鳴在畢業老學長所開的小畫室工作，不過，這行不以暴利著稱，薪水確實不怎麼樣，但吳鳴卻從中得到不少快樂。

吳鳴本來還想央求父親再多給他一年時間，不過，弟弟反脣相譏道：「不是說我看不起爸沒讀書嗎？你還不是不願意去接他事業。」

弟弟那一年畢業，當年度就進了銀行做事，薪水比自己在畫室高出不少，吳鳴心裡也很清楚，讓弟來做油漆……可能性更低。

自己心一橫，便將自己賣給了父親的事業。

前幾年確實辛苦，父親雖然退休，不過還是三不五時就去現場監工，處處管事，讓自己做事綁手綁腳，幾個工人雖然知道吳鳴是小老闆，不過見「老」老闆對吳鳴嚴厲，有時候還會爬到他頭上。

吳鳴不服氣，便讓他更發憤圖強，或許因為他是藝術底子，有些合作的裝潢設計師，也漸漸發現他這個承包商談吐不一樣，漸漸在合作中，建立了極佳合作默契，公司業績蒸蒸日上，在業界享譽盛名，讓那些老師傅都閉上嘴了。

吳鳴也跟父親不同，他沒讓妻子跟自己工作，等到孩子出生後，就讓妻子當家庭主婦，還鼓勵妻子下午沒事幹，就去當貴婦喝下午茶。我不要讓妳跟我媽一樣，成天在工班現場。別人總會說嫁做人婦，忙於家事是黃臉婆，母親則時常被噴得五顏六色，我要妳光鮮亮麗的！

吳鳴他可謂是說到做到，他做出了與父親不同的色彩，事業也越搞越大，直到紅瞳企業崛起。

十多年前，他第一次接觸紅瞳獸人，由於那個案場還在嘗試紅瞳獸人，便在不同樓層雇了不同的油漆班，分別是獸人以及一般人類。一組從頂樓，另一組則從低樓層開始作業。

當天，吳鳴跟營建商誇下海口，他的工班鐵定比獸人怪物還要快，不只快，品質也更好，獸人……這種用以前那種差點滅絕人類的怪物基因改造的人類……是能有多厲害？

吳鳴停了其他案場的所有工人，全都拉到「賽場」，連自己也撩下去做，說肯定要讓那些獸人難看。

中午休息前，他們搞定了兩個樓層，吳鳴洋洋得意地替工人叫了一頓好的，他走去工務所，跟營建商邀功。

「喂，我們可是弄好兩樓了，那些怪物怎麼啦，鐵定連一個樓層都還沒弄好吧？」

「吳鳴呀吳鳴，這次你難看了，人家弄好三個樓層囉……我是還沒去驗收，你想去幫我看看嗎？」

怎麼可能，我出動了二十幾個工人、氣動噴槍、各種針對細部的油漆刷，甚至連批土都自個兒準備，就是要讓那些獸人難看。

吳鳴直說不信，下午施工到一半，他溜去了獸人完工的樓層。

這……這……他根本無處可挑剔，營造商合作的泥作包商水準不怎麼樣，轉折處常看到凹陷，自己去檢查一輪，這些獸人竟然也作好準備，將凹洞先補過才上漆。

漆面之勻，幾乎就像是手刷，就連噴槍容易因為施工者的噴灑距離、角度、濃度差異，而造成的深淺不一，雖然肉眼難以辨識，但以他這個油漆專家能一眼看穿的，也都察覺不到。

他忍不住走到正在施工的樓層，一個穿著褲裝，卻裸著上身的長臂猿，正提著油漆桶經過他面前。

吳鳴嚇了一跳，眼前這人雖然個頭不高，但渾身猿猴皮毛，他用著動物……也就是長臂猿的模樣，向他開了口，「抱歉……請問你是？」

回過神來，吳鳴才發現自己忍不住退到牆邊，而牆面才剛刷過油漆，讓他背部都是米白色塗料。

「我……我來……我來監工的。」吳鳴撒了謊。

「是公務班的人嗎？那你請自便，要不要給你介紹介紹。」

「好……好。」

長臂猿獸人帶著他四處繞繞，下午才剛開工沒一個小時，樓層的天花板幾乎都已經完工，吳鳴此時看到更震懾的畫面。

刷兩側牆面的獸人……竟然是蜈蚣型的，這種獸人雖然下半身仍著人類褲裝，但上半身變成朱紅色的巨型多節肢蜈蚣，光是上半身就有一公尺到兩公尺不等，他們的每一隻蜈蚣「手」，都拿著油漆刷，一彎腰沾了油漆，往牆面一貼，瞬間上下左右地將牆面刷好。每一次擺身，就是至少1×3公尺的牆面粉刷完畢，根本用不到五秒鐘。

相同面積，人類若用油漆刷，少說也要十來分鐘……

但讓吳鳴驚訝的，不是蜈蚣獸人的效率……而是他們的模樣，每一個獸人的模樣各異，有些人仍維持下半身人類樣態，有些人則無法維持，整個身子都變成蜈蚣，只剩下頭顱還是人類模樣。

人面蜈蚣注意到有觀眾，將頭轉了過來，向吳鳴問好。他全身都是蜈蚣模樣，一節一節的，部分蜈蚣手像人類能抓握，部分手則維持了蜈蚣的黃橙色觸手，加上油漆點狀的沾染，讓他更顯恐怖。

「不好意思，我沒穿褲子，找不到適合的褲子。」人面蜈蚣解釋。

誰……誰敢看呀……

吳鳴吞了口口水，另外一個蜈蚣人則是上身幾乎有兩公尺長，能夠塗抹到更高的牆面，長臂猿叫了叫他，「喂，小吳，監工的來了，不能說話也點個頭。」

長臂猿解釋，這個名叫小吳的，沒辦法說話。

當小吳一擺頭，吳鳴這才明白他為什麼沒辦法說話。小吳維持了蜈蚣的頭型，除了臉上有一個半透明，節狀的觸角外……他的嘴巴，像是蜈蚣一樣，是呈一百八十度的黑色利牙，光是利牙就足足有十多公分。

詭異的半透明觸角竟在吳鳴眼前，上下擺動，這回吳鳴忍不住退了一步，絆到了長臂猿的腳，險些跌跤。

「你沒事吧……他用觸角，用手語在比『你好』。」

「呃……啊……你好……小吳你好。」

小吳看似還想繼續用手語跟吳鳴溝通，不過，吳鳴趕緊藉口離開，沒關係沒關係，還有其他地方要看呢。

眼下還有好多種奇形怪樣的蜈蚣……不過他已經不敢看下去了。

除了蜈蚣外，無名還看到一種奇形怪樣的獸人，這種獸人手指細長，有對大大的雙耳以及毛茸茸的尾巴，尾巴似乎可以當成油漆滾輪，他們走過的牆面，都變得異常平滑。他們手指還拿著批土跟刮刀，在泥作凹陷處加工，由於手指細長，各種角度也不會遺漏。

他們露出大大的眼珠子望著吳鳴，讓吳鳴好生畏懼。

狐猴的眼球本來應該是黃色，但紅瞳勞工半獸人有隻眼睛是紅色的，一黃一紅，加上眼球直徑至少也有個十公分，看起來詭異程度也不輸蜈蚣人呀。

「這是狐猴獸人……尾巴可以拿來當油漆滾筒，油漆乾了以後也能夠用尾巴沾除甲醛染劑，刷過一遍，所以甲醛的含量會比人類油漆的還要少很多、也更沒有異味唷。」

吳鳴這一路以來看了十多個以長臂猿、狐猴以及蜈蚣基底的獸人，雖然能夠一眼看出他們是何種原生動物……不過……他們的外貌都各略有不同，而人類與動物的器官在單一種生物上混合，使得恐怖程度升級。其中一名蜈蚣人的身子較為清澈，吳鳴透過淺銅色的外殼，看見裡頭人類的心臟跟肺葉（當然，散布在不同節身體中），器官還在收縮跳動，自己差點把午餐吐了出來。

最後，長臂猿帶吳鳴去看最後一間還在粉刷天花板的工程，竟然是幾個戴著帽子的長臂猿抱著全裸的蜈蚣，讓蜈蚣用全身上下二十幾隻拿著油漆的手腳刷塗牆……這群獸人連氣動噴槍都不需要帶了。

「又有長官來巡視啦？」一個聲音喊著，吳鳴身子一轉，好像還不小心踩到什麼，竟然是一條斷裂的尾巴……大概十幾公分長。

「別緊張，那段本來就快掉了，不是你害的。」竟然是一個壁虎人，他的身子跟未粉刷的牆面幾乎融合，難怪吳鳴沒見到他。

壁虎人幾乎攀附在牆上，他正在用細節刷，塗抹天花板接縫處。

看過這些後，吳鳴急急忙忙地找理由離開，說要回到工務所……跟長官報告進度。

「還沒請教你的大名呢？」長臂猿也是十分客氣。

「我……我……沒關係……當我無名氏就好了。」

吳鳴……無名氏，這個兒時常被取笑的名字，他竟然脫口說出。

那天，吳鳴提不起勁，一天工作下來，他們足足落後三個樓層，慘敗。

不過營造商也沒多說什麼，只說對於獸人的工作……他們還在評估，這算是第一次合作，速度快也沒什麼，還是要驗收施工品質。

但是，吳鳴驗收過了，只是他沒有開口……這些怪物基本上跟人類不相上下，有些人類師傅相對散漫，品質也堪慮，吳鳴也是挑剔的老闆，但那些獸人卻精實得很。

營造商說了一段話讓吳鳴很擔心，他說：「那些油漆獸人是一家倒閉的油漆工班轉變的，他們老闆好像發不出薪水，捲款逃去國外。紅瞳你知道吧，就是那個怪物改造公司，他們就接手了……你可要把你員工顧好呀。」

吳鳴吞了口口水，他才不相信自己員工願意變成那種怪物。

「現在這種獸人越來越多了……聽說其他工地還有泥作獸人呢，你沒看過吧，有十幾隻手的，一下就鋪好磁磚了……我看啊，這種怪物會越來越多呢，不過，要是沒給我多點錢……誰要變成這種怪物呢，你說對吧。」

吳鳴想像了剛才那些獸人……

泥作……該不會木工……水電他們都行吧？

果不其然，半獸人薪水的祕密不脛而走，雖然媒體上鮮少公開他們變成獸人的模樣，即便上新聞也都是些人模人樣的，人類大多只是訕笑。不過，吳鳴可是親眼見過那種蜈蚣人……不說別的，老家屋齡甚高，各種奇形怪狀的生物都有，每每蜈蚣入侵，自己都會嚇個半死，如今那些恐怖的劇毒蜈蚣竟然放大了好百倍，變成兩公尺長的超巨大蜈蚣……還會說話。

那些不那麼討厭半獸人的人類，肯定只是不知情罷了，媒體竟然也不敢揭露噁心怪物的模樣，肯定是收了紅瞳不少錢，我呸！

再加上吳鳴也曾看過非法獸人在街上撒野，那個尖刺非法獸人攔住一個中年婦女，說要搶走她身上的名牌包，女子嚇得聽命行事，怪物還喜孜孜望向人群。

雖然沒有說話，似乎就是在嘲笑這些人類袖手旁觀。

那件事情，竟然也沒有上新聞，不是說有獸人特警在打擊獸人犯罪嗎？獸人特警會不會包庇他們呀！畢竟他們也都是怪物呀！

吳鳴的事業從紅瞳崛起後，逐漸走下坡，大量的新建案開始聘雇獸人，自己便很少接下金額較大的委包工程。不過這就算了，紅瞳居然連裝潢公司都成立了，導致油漆行的企業裝潢、個人家戶裝潢工程委託也開始短少。

更讓他受不了的是，竟然有年輕員工，向他詢問能否加薪。那是個苦幹實幹的小夥子，吳鳴知道他家裡經濟狀況不好，府上長輩賭博成性，所以也常向吳鳴預支薪水。

吳鳴才剛替幾個優秀員工加了薪水，這小子是不是太過分啦？

「老闆，不好意思……我一個朋友去紅瞳那裡工作，待遇還不錯……紅瞳也有私下找我談過，說我願意變成獸人的話……薪水會變成現在的兩倍……但我更喜歡在老闆底下做事……不知道有沒有可能替我再加點薪水……否則……」

吳嗚也不高興了，你這小子威脅我？

「你要借錢、預支薪水，我哪次不同意？你現在竟然要用離職來威脅加薪。我告訴你，我不缺你這個人，要滾，就快點滾，到時候變成怪物別來求我，我可是不用怪物的。」

幾天後，年輕員工離職了。

吳嗚也不曉得員工去哪裡高就，應該說是他不想知道，不過，他終究會知道。

此後幾年，他的員工，只要是年輕一點的，都陸續提了離職，一開始吳嗚還會開口問：「你們要創業嗎？喲，以後別當競爭對手，做不完的工，我們可以互相轉包呀。」

吳嗚對於這些年輕人自立門戶創業，始終歡迎，反正大家別削價競爭就好了，這塊餅這麼大，自己吃不完，大家一起來吃不是更好。

「沒有啦……老闆……」他們似乎有點為難。

「該不會有人挖角吧？是誰？百葉嗎？還是欣樹？」吳嗚說的是幾個同業競爭對手，不過那些對手功夫都不怎麼樣，吳嗚老早就把他們踩在腳底下。

「沒有啦……我們要回老家做事，照顧爸媽。」

事後，幾個老師傅才說，那些小毛頭一個一個都去當怪物了，就是最初離職的那個年輕小夥子牽線讓他們過去的。據說，薪水開得比吳嗚以前高一倍呢。

瘋了！這個世界瘋了！

幾年過去，吳嗚的員工只剩下不到一半，幾乎都是跟自己年紀差不多，甚至是父親以前就雇用的老師傅，雖然他從旁知道紅瞳只錄取年輕人，這些資深油漆工……紅瞳根本看不上眼。

吳鳴從同業得知，大家幾乎都遇上一樣的事情，除了油漆工班外，水電、營造、泥作、灌漿、甚至是地基施工……還有其他各種不同種類的紅瞳半獸人大大衝擊營造生態，人類相關企業的工作機會大幅減少，營造商選擇價格差不多，但是施工速度較快……品質甚至更佳的紅瞳集團。

等到人類企業一個一個被打趴後，聽說紅瞳會再提高施工標價，這時候人類企業都剩下些老師傅，也無能與之抗衡。這點，吳鳴覺得實在太過份了，跟餵毒沒什麼兩樣，全世界都中了紅瞳這種無良大公司的計了。

吳鳴眼見員工不斷流失，一改「反正你們也沒其他路可走，變相減薪共體時艱」的同業做法；他反而是讓這些老師傅加薪，讓他們更有衝勁待在自己工班。

其他同業還罵他，說他破壞行情，這麼做跟紅瞳企業又有什麼兩樣？

誰管你們呀，我總要維持工班運作吧。吳鳴還聽說過，有同業的雇員，因為年紀太大，或即便年輕但工作風評不佳，加入不了紅瞳企業，竟然也不知道從哪裡得知變成非法獸人的門路，做起非法勾當。

還是要避免類似事件在自己工班發生。

所以，那些同業開始以紅瞳威脅人類企業，迫害生計為由進行抗議，吳鳴也是過了好一陣子才知道。走上街頭……哼……又有什麼用？全國都被紅瞳餵了毒品，大家都食髓知味了。一個建案，原本人類勞工五六年的工期，現在怪物來做，一年左右就蓋好了，誰還關心我們這些老實人？大家都被紅瞳的媒體洗腦了，那些噁心怪物……說他們會吃人，我也信呢。那些非法獸人，搞不好紅瞳公司也根本參了一腳。

這幾年，面對日益萎縮的工作量，老師傅一個一個也逐漸退休，吳鳴將自己的油漆工班，逐漸收了起來。他們現在只能接到零星差事，一個禮拜，只能上工幾天，勉強維持運作。對於這點，他始終覺得對不起老爸，自己將父親的事業搞成這樣，當時還大張旗鼓的搬遷工作室，老爸可是很不諒解，說白費了他的金店面。

再看看弟弟在銀行工作，專司企業放款，他們對於紅瞳以及旗下的相關企業，貸款增資、擴充事業，弟弟可是賺得很飽呢。

幸好吳鳴還算會理財，即便業績縮減，還能夠仰賴其他投資生活，現在吳鳴沒有工作時，還會去兼差開著自己的豪華轎車，當起出租車司機。

會特地叫他的車代步的，很多都是人類中小企業的老闆，他們偶而聊起，更加確立吳鳴的想像，紅瞳衝擊了幾乎半數的人類企業，現在甚至有紅瞳百貨公司，所有產品從原料、製程、生產、鋪貨，販售，全部一條龍，根本滲透進我們的生活周遭，太可惡啦！

他們會在狹窄的空間中，互吐苦水，連番咒罵紅瞳企業還有那些噁心的怪物！

所以，吳鳴對於那個所謂的獸人超級英雄，反感得很，這是紅瞳電影工業所搞出來，蠱惑人心的玩意兒，讓這些年輕一輩的族群，好比自己的兒女，醉心沉迷的偶像。

真是倒足胃口……我看根本就是因為那個ＷＣＨ這幾年越來越敢發聲，紅瞳公司不反省自身作為，為反而反，才會搞出來的玩意兒。

怎麼不拍前幾年那個獸人廢土大戰呢？聽說紅瞳獸人殺了不少人呢，紅瞳公司口口聲聲說為了人類的福祉，再造人類更好的生活，我看，根本就是增加人類的威脅！

當天晚上，吳鳴去了妻子跟小姨子的店面幫忙，正當忙到半夜，準備收拾，卻有幾個黑衣人走到店門口。

他們泰然自若地拉了炸物攤前的位子坐下，妻子一看見他們，原本準備收拾，卻轉而將爐火打開，客氣地問大哥們要吃些什麼。

「全部都來個兩份。」黑衣人吆喝著。

奇怪，不是要收店了嗎？吳鳴往黑衣人走去，他正想禮貌地提醒他們，小店準備打烊，不再接新的客人了，但卻被妻子攔阻。

「不要多話，他們來好幾次了……」

小姨子則是拿了一疊鈔票，交給了其中一個黑衣人，男子露出滿意的笑容。

那夥人吃完後，沒有付錢，他們拍了拍屁股，心滿意足的離開。

吳鳴藉口要先去車上拿東西，但卻是繞了一圈，走到黑衣人面前。

這夥一共有四個人，看起來都是人高馬大，不過，吳鳴體格也維持得不錯，他並不害怕。

「喂，下次別再來了，再來，我們就報警。」

黑衣人彼此對看了一眼，然後呵呵大笑。

「你們以為我在開玩笑嗎？」吳鳴挺起身子，故意露出胸膛的肌肉。

黑衣人笑得更大聲了。

一個黑衣人走到吳鳴面前，突然間，他全身充滿著尖刺，頭上甚至露出一對牛角。

「我們只要錢，你現在給我滾。」
吳鳴嚇了一跳……這是……這是非法獸人？
他們的眼睛……不是紅色的呀……這種非法怪物竟然潛藏在我們身邊。
一道綠色的鐮刀突然出現在吳鳴脖子下幾公分處。
其中一個黑衣人將手臂變成鐮刀，鐮刀極為鋒利……對方也變得有三公尺高。
「沒聽見嗎？滾。」
吳鳴跑了，他澈底嚇壞了，並在狂奔的過程報了警，才回到妻子攤位。妻子一眼就看見吳鳴驚魂未定的模樣，也不知道發生什麼事情了，直到警方前來，吳鳴才鬆口。
來的竟然是獸人警察，他看見雙眼紅瞳的怪物……堅持要向人類說明案情，但人類警察也只是稍稍紀錄，說會調閱附近監視器，如果有最新消息，會再跟吳鳴通知，不過非法獸人行經之處，往往監視器都會暫時故障……所以除非當場目睹，否則很難……抓到兇手。
竟然連警察也會包庇這些怪物……紅瞳公司……他們到底花了多少錢買通關係？
沒想到警察離開後，吳鳴卻是被妻子大聲斥責。非法獸人向攤商收錢，早就不是祕密，繳點錢就沒事，以前聽說人類黑道還會破壞攤位，藉此逼迫店家繳交保護費。這些非法獸人……稍稍顯露威脅……大家交錢就罷，就能相安無事，雖然不服氣，但想一想也沒什麼，圖個安寧。
可……可惡。
後來，吳鳴甚至向妻子開口，說家裡不缺這個錢，別在外頭拋頭露臉做生意，事實上，是擔心妻子的安危。

「我才想要你別再來呢，真怕你給我們找麻煩。」妻子卻是唸了他。

他們倆夫妻因此冷戰好幾天呢。

從那之後，吳鳴特別關注非法獸人犯罪的新聞，這才發現非法獸人根本無所不在，可以說以前人類暴力組織會幹的事情，他們一樣不漏。

更可怕的是，警方依然拿他們沒有辦法，監視攝影機明明遍布於城市，但卻抓不到人，都是推說監視器恰巧受到干擾、要不故障。

哪有這麼巧……難道這些警察也在包庇他們嗎？

幾個禮拜後，吳鳴撥了一個下午，跑回老家探望父母親。

見行程順路，他還載了一組西裝筆挺的客人到老家社區，那幾個客人話不多，吳鳴搭什麼話題，對方都顯得興致缺缺，他甚至問了問對方對於紅瞳企業的看法，說自己以前開公司，就是因為紅瞳才會削減規模，為了生活，只好開出租車。當然，對方也沒搭理，他真覺得自己自討沒趣，不過社區的人他多少認識，畢竟從小在這兒長大，怎麼沒看過那些人。

父母親的故居，由於鄰近社區已經老舊，也有建商過來討論都更，不過兩個老人家始終沒同意，畢竟早期油漆工班就位在老家，加上當時購買房屋時，也呼朋引伴叫了些親戚過來。

那些親戚沒同意，是因為收購價值沒談攏，不過，父母親則是因為對房子有感情，上百戶住戶中，就剩下吳鳴家族為首的二十來戶，負嵎頑抗成為建商眼中的釘子戶。

對此，弟弟還覺得不滿呢，老破房子值多少錢，有人願意都更，根本是中了樂透，加上各地都是新建案，經濟正好，幹嘛不接受。

對房子有感情？感情能配飯吃嗎？結婚都能夠離婚，有沒有聽過移情別戀？新的比舊的好啦！換幾戶新房子來住，還能享受房地產的巨幅增值。

「還是你們對條件不滿意？唷，沒想到你們也知道要用這個敲詐建商，厲害唷！」吳鳴真不曉得弟弟是反諷還是實話，到最後，父母親只敢跟吳鳴討論。

這天，一個中間人說要跟父母親聯絡，但等到約定時間半個多小時後，這夥人才登門拜訪。吳鳴這才發現這群人就是自己剛剛接來的客人，不過，西裝眾三位卻沒認出他來。

「吳先生……吳太太……這位是……？」

「我是他們兒子，我也能夠作主。」吳鳴大聲地說。

對方開門見山拿出一紙合約，根據父親的說法，跟親戚們提的條件差不了多少，父親語帶責怪地問，他聽說堂哥要的不只這個價，怎麼還是這麼沒誠意。

吳鳴這才發現所謂的感情，只是藉口，父親其實只是貪婪。

「我住了幾年你知道嗎？四十年，我孩子就是在這裡長大的，加上以前我們在社區口的一樓做生意……『無名油漆，做你心中的無名英雄』，這是我們油漆店的口號，生意可是很好的呢！你去問問我街坊鄰居……我跟……」父親興頭來了，不斷地說下去，眼見父親還沒說個過癮，對方也受不了了。

「你那些親戚都簽了，你看。」對方從公事包裡掏出幾張合約書，他攤在桌子上。吳鳴父親所說的那些堂哥、堂妹、表哥、表弟……還有更遠房的三叔公、二嬸婆，一個一個都簽字了。

「他們怎可能會簽……不可能呀……我們說好……」

「公平兩個字，你會寫嗎？我很懷疑呢……讓你們簽了更高價的收購合約，你要建商怎麼對得起那些早就搬家的同意戶？」對方將合約收了起來，又拿出兩紙合約。

「他們簽了又怎麼樣？我在這裡可是有三戶的，一戶是我們現在住的這邊……還有兩戶是店面跟舊倉庫，我跟你說……我是不可能同意的，我對這裡是充滿感情……」或許因為吳鳴人在旁邊，給父親壯了膽子，平時做人敦厚的父親，也拉高音量，想要主導話語權。

父親突然被人抬了起來，西裝男的手臂突然變成一條蛇尾，蛇尾將父親捲起，父親的頭差點撞到吊燈，吊燈垂鏈撒在父親臉上，發出清澈聲響。

合約散了一地，正是父親說的三戶、三紙合約。

吳鳴從椅子上跳了起來，隨手抓了玻璃菸灰缸，想制止對方的暴行，不料，他一起身，就被人用尾巴轟到沙發上。

另外一個西裝男，從背後探出一條類似甲龍的槌型尾巴。

吳鳴感覺自己的肋骨斷了幾根，他摀住自己的肚子，一時說不出話。

這三個西裝男，其中兩個變身怪物，蛇手男的頭部，變成了一頭蟒蛇，雙手則都變成蛇型；尾巴是甲龍的男子，皮膚則變成鱗片狀，但是開口說話時，嘴巴卻滿是利牙；第三個男子則是戴著墨鏡，始終沒有變身，他低頭撿起了三紙合約，將合約丟在吳鳴母親面前，「阿姨，抱歉，給你們一個月，你們好好考慮。」

墨鏡男接著低頭滑起手機，告訴兩名夥伴：「我叫車了，剛才那個司機好像還在社區裡面，不用等車，走吧。」

「您有新案件。」吳鳴的手機響起通知。

三個非法獸人這才發現載自己來的出租車司機，就是吳鳴。

「走吧，換別台車吧，這個傢伙……現在開不了車啦，要不要乾脆搶他的車？」蟒蛇人將吳鳴父親放下，老人家被勒的幾乎喘不過氣，臉色鐵青，吳鳴母親趕緊拉著老伴，要吳鳴快點叫救護車。

吳鳴望著這三個男子，頓時間，他突然擔心連自己的生財工具都不保了。

「走吧，再招手攔車就好。」墨鏡男這麼說，他催促著兩個同伴快點走。

吳鳴見到見到墨鏡男似乎不壞，他叫喚了對方，問對方道：「你人……感覺還好……你怎麼會跟這種人一塊。」

墨鏡男摘下眼鏡，露出了一顆紅瞳，「跟你一樣，都是為了生活。」

說完後，原本的紅瞳半獸人離去。

吳鳴肋骨沒斷，只是裂開，醫生只囑咐暫時別做劇烈勞動，對於父親……則更沒有大礙，驚嚇大過於受傷。

母親堅持跟那些老早簽了合約的老鄰居一樣，雖然父親遲遲沒有動作，但她迅速找了新的租屋處，半逼迫地要父親配合。

父親雖然頑固，但他也說不動母親，一個月很快就到了，除了些早已不堪使用的舊沙發、廢床墊或者大型傢俱，老家也清得差不多了。

父親一個人返回故居，他說跟建商約好時間簽字，吳鳴怕又是非法獸人，特地陪著父親，還提前報了警，但是當天出面的是建商代表，他們並不承認雇用非法獸人參與協商，還說肯定是其他伴稱是中間人的不肖份子。

父親又回到老進度，他又開始扯著對老家有感情，這合約不能簽，要建商再拿出點誠意，搞得建商代表十分不滿，說這是浪費他們時間。

「你們才是浪費我時間，我們吳家這三戶！不賣就是不賣！」

吳鳴隱約覺得有些不安，當天晚上，他載父親回到母親的租屋處，還交代父親注意安全，有什麼事情，一定要趕快聯絡他。

「哪會有什麼事情，你把我當小孩啊！」父親這麼說。

隔天一早，電話響了，吳鳴接到母親的電話，她告訴吳鳴，聽說老家失火了……租在附近的父親堂哥說，整個社區半夜陷入一片火海，出動好多消防車才撲滅。

「算了，反正那裡都沒東西了。」

「你爸爸不知道去哪裡了，昨天我睡到一半……就好像聽見他出門去了，他以前不會這樣的呀……他跟你聯絡時，記得跟我說一聲。」

不過，吳鳴父親退休後就時常不見人影，有時半夜朋友吆喝喝酒，他也照去不誤，加上很快地就又接到客人叫車的通知，吳鳴就忘了這回事。

一小時後，吳鳴開著出租車，送客人抵達目的地，卻來了通電話。

竟然是當地消防局。

「請問是吳先生嗎……不好意思……我們這裡是消防隊……今天半夜你老家社區發生火警，我們很快就撲滅了，不過今天早上整理火場的時候，才發現有亡者……你……請問你方便來這裡認屍嗎？我們從其他鄰居那裡知道你母親年紀很大了……怕她老人家承受不了。」

吳鳴腦袋一片空白，認屍……我為什麼要去認屍？你們在說什麼東西。

「死者……躺在你家……加上昨天半夜有人說看見一個老人家走進荒廢的社區，他們說那是無名油漆店的『老』老闆……很遺憾告訴你這個壞消息……但可能要麻煩你……」

吳鳴，當天恍如死屍，他走了一趟火場，雖然屍體燒了個焦黑，但從一些配戴的手錶、牙模……幾乎可以確定就是他父親。

他跪倒在地，眼淚卻哭不出來。

這一切都太不真實……太不真實了……眼前這個焦屍……就是我老爸……這不是他……這不是他……

他怎麼還會回去……我分明送他回母親那裡的呀。

「吳先生，您父親的屍體我們會送到……殯儀館。」

「隨便。」吳鳴隨口說，「那不是我爸爸，我爸爸只是出去……」

「呃……好的，這個是我們的名片。」

吳鳴將名片揉成一球，他原本丟在一旁，但殯儀館的人離開後，他卻低頭撿起，塞入口袋。

街坊鄰居圍在附近七嘴八舌，唉，聽說附近監視器案發時都剛好故障了……怎麼這麼剛好，連到底是怎麼起火的都沒人看見。

吳鳴的電話響了，是母親來電，不過，他沒有接聽。

他不敢接，他根本不敢告訴母親這件事情。

他以前就聽說過……那些都更預定地，如果還有釘子戶，最後總是會有無名火推波助「燃」。

吳鳴想起了那三紙合約，還有最後那名男子的單眼紅瞳。

他心情太糟，竟一時找不到汽車鑰匙……我丟在哪裡了……我是丟在哪裡呢？還好家裡鑰匙還在口袋裡……我就走回去吧……我走回去吧……

沿路他只要看見路人，一隻眼睛是紅色的，他都會停下腳步，辱罵、羞辱對方：「你這個怪物，你殺了多少人？」

對方也避之唯恐不及，趕緊逃離，吳鳴追了幾步以後，就會大笑，不知為何地大笑。

吳鳴甚至走進工程工地現場，看見幾個工人就是一頓爆打，幾個人將他架開，他這才發現他毆打的是人類勞工。

「先生，請你安分一點，我們報警了。」

吳鳴趁他們不注意，掙脫束縛，拔腿就跑。

跑著、跑著，他竟然也一路跑回居住的大樓。

管理員看見他一身狼狽，急忙關心，吳鳴以前是成功的小企業家，加上妻子燒的菜好吃，每次社區聚會，大夥都頗稱讚呢。

大家都說，他們是模範夫妻。

「關你屁事。」吳鳴朝管理員吼道。

吳鳴開啟家裡大門，不知為何，他卻是先走進孩子們的房間，他將獸人英雄電影海報撕個粉碎。

他用手機查詢了ＷＣＨ的聯絡方式，對方詢問他有什麼事情，請問是要捐款？也遇到類似遭遇？還是要來當志工呢？

「我要那些怪物付出代價，你們要我做什麼都可以！」

劉子翔的殺人事件，敲響了號角。

如今，吳鳴也成為了怪物。

他即將成為WCH中，一個又一個帶著人類面孔，極端又憤慨的無名暴徒。

獸人寶典

◆非法獸人的犯罪情景：在這個隨處布滿監視器的時代，組織型非法獸人犯案期間，周遭監視器總是容易出現干擾，官方知悉非法獸人應該具有能干擾監視器的電子產品。這也造成追查上的困難，多數僅能事後仰賴人證，或期待特警能當場逮捕犯罪行為人。官方也於近年來內發展了網絡型監控系統，然而，初期警方嘗試每當監控畫面出現干擾，隨即派員前往查看，但因為假警報過多，導致警方疲於奔命，故也取消了此種政策。

這也導致難以追查非法獸人的犯罪，目前警方還在尋找是否有其他更有利的方式追查非法獸人。而未涉入組織犯罪的孤身型非法獸人，較容易因為監控設備的完整而易於逮捕，這也導致有更多一時誤入歧途的非法獸人，投入組織犯罪。

不過，官方也絕非毫無作為，官方頻頻更新監視器韌體，確實能偶而在非法獸人設備尚未更新之際，取得珍貴的監視器畫面，但也導致部分案發當下，雖然未有干擾，但因周邊設備更新，也無法取得畫面。

番外篇　梅姨

梅姨20多年前並不是獸人。

或許這是廢話，誰天生就是獸人呢。

當時轉化人類成為獸人勞工的紅瞳企業，才剛開始崛起。

她那個時代，還沒有所謂WCH（We Care Human），提倡隔離獸人的非營利組織的出現，至少還只是不成氣候的小團體，尚未跨國串聯，只有幾十個悲愴的、被非法獸人傷害的親屬。他們四處集會、遊行，希望透過親人的亡故，喚醒世界對於獸人……也就是那些怪物們的警惕。

不過，當時人們並不真正關注受害者的訴求，人們對獸人的恐慌，主要來自對獸人戰爭的記憶（獸人戰爭雖然過了幾十年，這一代的人類已經逐漸淡忘）。獸人雖然遭到滅絕，但人類也受到了極大傷害，造成善良人民百姓的傷亡更是無數。

幸好，這些大多只停留在上一代記憶中。

人們只記得，獸人極度殘忍，意欲佔領世界。

人類只擔心，獸人捲土重來。

獸人戰爭帶來的傷痛，在人類身上造成了難以抹滅的傷害，如同預言，預告了多年後的悲劇。

梅姨，當時只是個再平凡不過的青年女性。

她胸無大志，只是想要把自個兒生活過好。

兒時的一場事故，讓她從下嘴唇到胸口，爬滿嚴重燒燙傷的疤痕。燒傷所造成的攣縮，恰似一個暗紅色的黑洞，吞噬了她原本的容顏。所以她無論寒熱，都習慣圍條圍巾。

初識的人總覺得有些奇怪，不過，久了，他們也就習慣了。頂多好奇，圍巾下的傷口，到底有多可怕。

一個女孩子家，臉上帶著傷疤，心中的自卑可想而知。那場悲劇，單單只是母親急忙出門赴約，忘了家裡燒得滾燙的開水。聽見鳴笛聲的她，焦急地想把熱水關閉。

媽媽說過，水滾了要快點關熄，不然危險，會發生火災。

何況，家裡除了她，只剩下一個年歲更小的妹妹。

她或許拯救了大火，但卻毀了自己的臉。

也毀了自己往後的十幾年。

母親對此一直感到自責，所以，她一直對受傷的大女兒特別保護，導致她的成就一直不如妹妹。

妹妹是一個成功的保險業務員，梅姨只是個幼教老師。

她之所以會選擇幼教職業，單單只是認為孩子們比較不會因為外表排斥她。

梅姨以前並不叫梅姨，而是阿梅，孩子們大多叫她梅子老師。

她陸續交過幾個男朋友，不過，她自卑的性格，讓她在感情中特別沒有安全感，那些男人或許並不真的在乎心愛的女人身上，有幾道醜陋的傷疤，但他們卻總是被梅姨的不安全感，壓迫地窒息。

沒有人能夠忍受時時刻刻的緊迫盯人，還有突如其來的洩氣。
「我知道，你一定找到更好的、更完美的女人了。」
「阿梅，不是這樣的，那只是我的同事。」
「我這種人……我這種女生……根本……根本……」
男人們都需要多花心力安慰她，關於她的恐懼、關於她的渺小，久而久之，也開始退避。
於是，她已經很多年都沒再交男朋友了。
梅姨知道自己的性格扭曲，母親的溺愛讓她有時展現驕縱，有時也會因為攬鏡自照時，望見自己模樣而想用刀將傷疤劃開；有時她會怨恨，為何這個社會總是以貌取人；她有時候更像是個長舌的八婆，總是如機關槍似講個沒完。
但她專注工作時，卻又嚴肅得令人難以想像。
她時常望著妹妹的成就、妹妹自信向客戶分析的神情、妹妹揚起眼角、眉飛色舞的表情，都讓她變得好美、好美。
久了，阿梅越見妹妹，就又益加自卑。
一直到，母親因為癌症過世。母親本來就是妹妹的忠實客戶之一，而母親一直放心不下她，於是，將多筆保險金的受益人，都填上了阿梅的名字。
從此，她領了巨額的理賠金，這更造成了妹妹的不諒解。
她望著銀行帳戶暴增的數字，數字彷彿象徵與妹妹的距離。
她左思右想，不知道要拿這些錢做什麼，恰巧，自己工作的幼稚園園長退休，想搬去步調較慢的城市，她便用母親的遺愛，將幼稚園買了下來。

園長、梅姨，就是她的新生活了。

三十多歲一直未婚的她，一直都很喜歡小孩，或許是因為兒時受傷的緣故，她對孩子總是特別留神，情感上她或許自卑，不過在經營事業上，終究還是像妹妹一樣，經營地有聲有色。

只是，自個兒搞這些事情，總是力不從心。

唉，要是我阿梅能夠多幾個幫手，一塊兒來把這些事情搞好，不然就給我個三頭六臂吧。

幾年內，幼稚園發展了0－3歲的幼托，甚至是國小的安親班，甚至可以說，交付給梅姨，只要定期繳錢，從孩子出生至中學，你都不用擔心，因為梅姨總是那麼令人安心。

梅姨雖然對男人沒有辦法，不過她卻是天生愛講話，如果妳不回話，她也會一直說、一直說。有些人單身慣了，特別習慣獨處，但她卻相反。

她特別無法忍受沉默，她以為得在對話中填補些什麼。

隨著事業成功，她也總算迎得春天。

幼稚園的營業範圍不僅限於鄰近的住戶，距離較遠的家長，也想把孩子們送到梅姨那，幼稚園開始需要招聘娃娃車司機，一名中年男子便前往面試。而梅姨的雇員，大多都是女性，有保母、幼兒園老師、安親班老師，行政小妹，這名少有的男性員工，很快地在幾個月內與梅姨陷入愛河。

梅姨喜歡叫他寶哥，我的寶貝、寶貝哥哥。

她一直都想要一個可靠的哥哥。

寶哥是個溫柔的男子，離過婚，也多年未再交女朋友，背景十分單純。他的駕駛技術嫻熟，待人和善，重點是妙語如珠，總讓旁人捧腹大笑，梅姨很喜歡他，或許有部分的原因是，她終於不需要擔心沉默，總是得一個人說個不停。

於是，大家漸漸知道梅姨與寶哥，一個顧孩子可靠，一個則保障孩童的行車安全。久了，幼兒園從地區性，漸漸橫跨地域版圖，梅姨的事業蒸蒸日上，不斷擴張規模，從一個小小的幼稚園，變成三層樓的大型兒童教育中心。

幾個月後，寶哥在梅姨生日當天，向她求了婚。

梅姨才終於放下了一個人獨自面對，得攬下所有事情的重擔。

雖然幾年間，梅姨沒法懷孕，或許因為自己年紀太長，沒法圓當媽媽的夢，不過，她卻有著無數可愛的孩子們要照顧，這也挺好。

幸福雖然晚到，但終於到了。

但這一切，直到一名女子登門拜訪，開始起了變化。

這是名年輕女性，拿著一張淡紅色的名片，紅瞳企業……這不是近幾年火紅的大型企業嗎？

「人類企業合作部 Misa。」

梅姨本來想找公司行政打發她，這種大公司怎麼會找上我們？不過，女子執意要跟梅姨見上一面。

「所有人都說，妳對孩子很好，經營的幼稚園在附近的風評，一向頗佳，能夠放心的把孩子交到妳手上。」

這句話總算引來梅姨的注意，但她忍不住糾正陌生人。

「是『最好的』。」

「我們公司想要收購妳的兒童教育中心。」

梅姨先是耐著性子，讓 Misa 把紅瞳的條件說完，「妳說完了嗎？滾。」

她宛如潑婦罵街般，將 Misa 轟出去。

當天晚上，梅姨與寶哥躺在床上，寶哥是個易眠的人，他們講沒幾句話，寶哥似乎即將入眠。

「今天紅瞳公司的人來找我。」

「嗯。」寶哥似乎不感興趣。

「她們想要收購我們幼稚園。」即便事業體已經成長，不過梅姨還是習慣稱呼自己的事業是幼稚園。

「哦？」寶哥將頭轉向梅姨，「他們開價多少？」

梅姨講了一個不可思議的數字。

「她的價格，再多一倍。」

梅姨覺得身旁的寶哥太聰明了，讓對方知難而退。

「我記得紅瞳是大公司吧……這幾年開始搞什麼怪物科技，把人變成怪物。」

梅姨不知道細節，但她知道紅瞳公司這幾年擴展的速度很快。

獸人戰爭是她母親時代的事情了，發生戰爭的時候，就連母親也只是幼童，幾乎沒有印象。

「多兩倍好了。」

梅姨這時候才意識到，身旁的寶哥似乎認真考慮要將公司賣給紅瞳，她不可置信地質問寶哥：「喂，這是我媽留給我的公司耶。」

「妳媽只留給妳錢，那些錢，妳可以變成幾百倍，甚至幾千倍。」

「我不賣。」

「阿梅，妳真傻。」

梅姨當晚沒再開口，寶哥見她有點不高興，念了她幾句，妳又來了。

我就是想當個驕縱的公主，怎麼樣。

Misa 三天兩頭過來拜訪，不過，通通吃了閉門羹。

梅姨交代所有老師不許讓 Misa 踏進幼兒園一步，但 Misa 始終沒有放棄，甚至會在門外等待。有時候梅姨在四樓住家望向窗外，也能看到 Misa 仍在守候，曾一度心軟想要下去跟她碰面。

她知道這女孩只是工作，沒必要不給人活路，不過，難保不發脾氣。當天與女孩初見時，自己說了很多難聽話，想想也覺得有點後悔。

寶哥自告奮勇地下去，說別讓一個女孩子家苦等，梅姨帶著懷疑，她始終記得寶哥前陣子說的，他似乎考慮要將幼兒園賣掉。

梅姨在樓上望著，幸好寶哥沒有讓她失望，寶哥與 Misa 談了幾句，揮揮手要 Misa 離開，兩人沒有交換聯繫方式，也沒有深入談話。

我果然沒看走眼。

這幾天，Misa 果然沒再來訪，不過，里長竟然來了。

Misa 走了以後，換里長過來嗎？紅瞳公司的勢力範圍到底多大，不過，畢竟在這個里開托兒所，里長孫子也在自個兒安親班，算是客戶，梅姨只好帶著忐忑的心，接見里長。

梅姨心裡想，已經給里長孫子的學費打了六折，其實當時也是里長的暗示。阿梅呀，我孫子可是從幼稚園就在妳這呢，已經待在妳那三、四年啦，以前也給了妳很多方便呢，不知道費用上，妳能不能也給我點方便呢？唉唉唉，自己真不會做人，竟然一直都忘記給里長折扣。梅姨便大方了給了八折。最後，里長竟然說，六折行不行？然後又扯到幼稚園前的小花園。據交通處的人說，那裡似乎是道路用地呢，擔心梅姨違法占用，是自己不斷地向交通處的人說情，不用鑑界，由里長來協調就好。

這里長看似做人海派，熱心公益，但事實上卻喜歡利用公務之便拐彎抹角威脅，不過，自己還是安分一點，不敢聲張。

里長難道收了紅瞳公司好處嗎？

「阿梅呀。」

「怎麼啦？黃里長，今天怎麼有空過來坐坐？」

「妳知道妳收了獸人小孩嗎？」

獸人小孩？什麼獸人小孩？梅姨左思右想，自己收的孩子少說也有個上百，欸不對，現在是學期初……來了十幾個新孩子……他們沒一個頭上長角或者有尾巴的呀……？梅姨還不好意思開口，怕一開金口顯得自己見識不足，這算是她少有沉默的時刻。

「不是啦，我是說半獸人的小孩，他們那些怪物的小孩。」

「他們那種獸人，生得出小孩嗎？」

「是變成獸人前生的啦，我有聽我們的里民說，看到怪物爸媽去妳那接小孩。」

我沒有印象呀，我就沒看過什麼恐龍過來接小孩。雖然梅姨現在是園長了，但她也還是不失梅子老師的身分，下課時都會在校門口，與家長們寒暄幾句。或許是因為自己的外表，她都儘量不盯著別人看，僅簡單的表情交會，怕失禮，也怕別人注意到自己的傷疤。

她大多蹲著，跟孩子們一樣高度，抱抱孩子，然後跟小蘿蔔頭揮手道別。

「他們不會大搖大擺地變成怪物在路上走啦，都是用人類狀態來的，但那些怪物眼睛都是紅色，很恐怖的！鄰居都有看到，也有家長來跟我反應。」黃里長好像對獸人十分熟悉，但她卻用了怪物這詞，讓梅姨覺得不大舒服。在黃里長眼裡，自己也是怪物嗎？不過，她當然不會質疑里長。

「獸人小孩……可是會怎麼樣嗎？」

「阿梅呀，這妳就不懂了，他們那些怪物都是得了怪物病，搞不好會傳染給小孩，如果我們這些正常人小孩也被傳染怎麼辦？你們這些老師被傳染了怎麼辦？我們里不就全部都變怪物了？」

梅姨始終覺得里長的話有些誇張，不過為求保險，她還是跟寶哥求證。

她問寶哥，有沒有聽說幼稚園收了獸人子女。寶哥除了載送孩子，處理一些財務外，鮮少過問幼稚園的運作，他也沒法肯定，但拗不過梅姨，用電腦查了查相關資訊，確實有不少網頁都說獸人化的獸人有傳染性，會害得接觸的人類生怪病，產生畸型，不過，雖然在不同的網站都有類似的資訊，但是文章內容卻如出一轍。

隔天，梅姨問了公司的老師們，老師們這才坦承這期新生，有幾個家長似乎確實是獸人，眼睛紅得讓人難以忽視，查詢過後才知道這就是「紅瞳獸人」，紅瞳公司改造的獸人勞工。

她們彼此都以為已有人向梅姨反應，加上梅姨天天在門口，以為梅姨知情，但不以為意，便不敢再主動向提起。

其中，一個老師篤信與他們的孩子接觸，會間接讓自己生病，坦承有考慮要向梅姨提離職。

這些老師大多跟了梅姨好幾年，即便不一定是好朋友，但至少都是好夥伴，不過，她們的學識顯然跟自己差不多，問不出個所以然。

梅姨決定要親自了解情況。

梅姨注意到，獸人子女大多玩在一塊兒，其他人類孩童似乎會稍微避開他們，但孩子們也不知道為什麼要這麼做。梅姨私下問了人類孩子小莉，小莉表示，媽媽說不可以跟他們玩。為什麼呢？因為他們生病了，跟他們玩會讓自己也生病，變成畸形。

其他老師雖然並不明顯，但似乎也會稍稍避開獸人子女，只是獸人孩子們無法敏銳地察覺。梅姨想起自己國小時，也曾因為自己的燒傷疤痕，遭到其他同學欺侮，還有人笑她是醜八怪。因為這樣，自己習慣低著頭，不敢抬頭挺胸，一直到長大後才稍稍能夠釋懷，不過也造成自己眼睛長期斜視。

這些孩子終究是無辜的，不應該受到這樣的對待。

梅姨想起了Misa的名片，打了通電話給Misa。

她電話接通後劈頭就問：「我李筱梅，梅子兒童教育中心的園長，妳拜訪過我。」

Misa似乎對梅姨的來電感到驚訝，一時不知道要如何回應，她有點支支吾吾。當然，讓妳吃了好幾個禮拜閉門羹的客戶，突然打電話過來，總會有點手足無措。

「我沒有要跟妳廢話，妳是紅瞳公司的對吧。」

「對對對，李小姊，真的很榮幸……」

「等下，我說我不廢話，妳對獸人熟嗎？」

「李小姊……當然，我們……」

「我就問妳一句，獸人會傳染嗎？」

「什麼？李小姊妳問的是……我們公司的半獸人……」

「獸人爸媽會傳染自己的獸人病給小孩嗎？」

「不不不……當然不會，獸人不是病……那是我們公司運用獸人科技……」

「等下，獸人能夠生小孩？我怎麼聽說獸人沒有生育能力？」

「礙於獸人法案，我們公司所協助的獸人勞工，不能有生育能力，所以是無法生孩子的……不過我們公司的獸人勞工，本來很多都是因為有孩子，為了家庭，所以自願成為獸人，提高自己的薪資……」

「所以那些孩子都是他們的親生子女，是他們變成獸人前生的。」

「對……我們紅瞳公司致力於，讓社會的底層勞工能夠……」

「然後獸人病不會傳染給他們的小孩，還有其他小孩？」

「對！沒錯，李小姊如果您有興趣，我們可以約個……」

喀。

梅姨掛上電話，我沒有空跟妳囉哩八唆。

她有必要跟 Misa 好好談談，但不是現在，她有太多事情要忙。

梅姨一一打電話給獸人家長，請他們晚些再來接孩子。晚上七點，通常家長們都對於幼兒園臨時改變接送時間感到不滿，但這些爸媽們默不吭聲，這讓梅姨覺得反常。

那天梅姨讓老師們提早下班，自己一個人留在辦公室陪著孩子們，共有七個獸人孩子，他們看起來跟一般孩童並無異樣，一樣天真、一樣純真，當然，也一樣調皮。

不過，梅子老師畢竟是資深的梅子，越陳、越濃。

七點一到，孩子們的爸媽焦急地到了梅子兒童教育中心，他們似乎彼此認識，其中有單親獨自前來，也有一對夫妻一塊到來的，他們不約而同都有一只紅色眼球，也都一樣帶著不安的神情。

「園長……對不起……我們不是刻意隱瞞的！」一個人類母親立刻道歉，似乎是他們遴選出來的發言人。

另外一個母親焦急的掉下眼淚，「對不起，但真的沒有地方願意收容我們的孩子。」

「你們這些人真傻！我不知道你們在想什麼！」梅姨性子急，望著這些年輕爸媽們，自己多希望能夠成為他們，能夠有自己的孩子，但他們這種作法未免太粗糙，怎麼這麼不成熟！

幾個父母趕緊將孩子抱起，準備離去，發言人母親則掏出了大把鈔票，似乎是眾人的集資，說這些要賠償梅姨的損失。

「站住。」梅姨指著準備離席的家長，「不准走！我還沒跟孩子道別呢。」

家長們聽得一愣一愣。

「再說，我們不預收學費的，錢給我收起來。」梅姨繼續說，「你們應該早點跟我講，跟我坦承。」

獸人父母們連番道歉，但他們仍然搞不清楚梅姨的意思。

「我跟紅瞳公司確認過了，你們的怪……不是，你們的獸人病不會傳染，其他老師會怕，我不怪他們，但是其他孩子會怕你們的孩子，所以你們的孩子應該先自己獨立一班，等到人類孩子發現你們的孩子跟他們一樣，自然就會跟你們的孩子玩在一起了。」

「我們知道，可是……沒有任何老師、沒有任何幼稚園願意收容我們的孩子……所以我們才會……」所以獸人父母親們才會刻意分批入學，隱瞞獸人的身分，藉此躲避幼兒園的注意。

「我願意接受這些孩子，孩子是無辜的，他們不應該承受這種眼光。其他老師不教，我來教。」

「我們願意付給園長兩倍費用！」一個獸人父親這麼說，他就是單親的那一位，或許因為他獨自扶養孩子，沒人能夠替他接孩子，所以他的紅瞳總是第一個露餡。

「那些錢你們留著給孩子更好的生活，我只賺我該賺的錢，其他多的我不收。」

家長們聽了，無不感動得流淚，幾個女性家長，忍不住抱住梅姨，梅姨一開始還下意識想閃躲，不過她記得，自己孩提時代也曾被其他同學排斥、躲避著，她接受家長們的擁抱，自己不知為何也掉下眼淚。

「你們也告訴其他獸人同事吧，來幾個，我都願意收。」

當天晚上，梅姨告訴寶哥此事，寶哥似乎有點不快，他雖然對收容獸人的孩子沒有表達反對，但他覺得梅姨真傻，有白花花的鈔票不收，畢竟可是兩倍呀，加上其他幼稚園根本不收這些孩子，梅姨可以壟斷市場，任她隨意哄抬價格，三倍都行。

「妳不是總是說，以前生活很苦嗎？現在，好日子來了，我真搞不懂妳在想什麼。」

「別說這些了，我只傷腦筋再來要怎麼面對里長，按里長的說法，其他里民都開始反彈了。」

「錢，誰不愛錢，那些事情我幫妳擺平。」寶哥似乎一點也不傷腦筋，幼稚園營收基本上都是寶哥在管理的，他處理得很好，梅姨一開始還有點擔心，畢竟寶哥是她事業成功後才一塊的伴侶。不過寶哥十分懂得理財，他們倆共同的積蓄在這幾年不斷累積，寶哥除了投資股市外，房地產也搞得風風水水。

寶哥接著說：「我來搞定。」

後來幾天，梅姨正式約了Misa碰面。

原來，Misa是代表紅瞳公司前來與梅姨談合作，獸人孩子的教育一直都是家長頭痛的問題，若是義務教育的國小、國中以及高中，政府很難甩鍋拒收，但問題出在政府公托中心的數量嚴重不足，所以勢必會有不少孩童得送到像梅姨這樣的私立幼稚園，但家長們陸續碰壁，多數幼稚園都拒收獸人的孩子，願意收的那些，費用總是高得驚人。

獸人的支付價格是現場標價的兩倍起，竟是二十年前就存在的傳統。

獸人家長們打聽到梅姨的幼稚園，部分家長集體向紅瞳公司反應，紅瞳公司便派Misa前來談判，希望談定合作案，讓幼稚園固定收容獸人的孩子，費用當然用公司的名義補助，如果梅姨拒絕，乾脆把幼兒園收購。

只是，Misa畢竟是新進的菜鳥，她見梅姨興致缺缺，加上公司給了她權限，不諳談判技巧的她，竟直接亮出底牌。

她以為任誰聽見那麼龐大的金額，都會動搖，但梅姨卻是一口回絕。

「妳太小看我了，這間幼稚園對我的情感，絕對不只有錢。」

幼兒園收容的獸人孩童，從最一開始的七名，增加到了三十名，其中紅瞳公司補助給梅姨的兩台娃娃車，不再是安全性堪慮的國產改裝車，而是進口的高級保母車；此外也額外提供幾名司機補助——紅瞳公司直接派專員早上到梅姨的幼稚園報到，從各地接送獸人的孩童。

他們本來想要讓更多孩子來，可是，這些孩子已經讓梅姨手忙腳亂，畢竟，就她一個人帶這麼大群的孩子。其他老師無論她怎麼勸說，似乎都擔心怪物病會透過教導這些孩童，傳染給自己。

梅姨不怪她們，甚至還提高了她們的工資，不過，還是攔阻不了，一個又一個老師從幼稚園請辭。

雖然增加了獸人孩子的收托，但人類孩子卻是不斷從幼稚園中退學，家長們都希望梅姨能夠不再收托獸人孩子。

「梅姨，拜託妳，妳知道妳這麼做，會害我們人類小孩也染上怪物病嗎？」

梅姨覺得可笑，那些家長們雖然稱不上是高知識份子，但至少都是社會上有頭有臉的中堅份子，怎麼會聽信謠傳。

「如果怪物捲土重來怎麼辦？怪物戰爭讓上一代付出好多生命才換來勝利的代價，難道要讓我們的孩子也賠上性命嗎？」

竟然拉到了更高層級，梅姨一開始還向家長們解釋，甚至邀請 Misa 來給這些家長們上課，講述獸人衛生教育知識。誰知道這些家長們聽完後，提問的竟然不是衛教內容，而是，「那如果要我們繼續留在這的話，梅姨妳要給我打五折！」、「五折怎麼夠，好歹要四折！」

你們去搶劫好了，不爽不要來，老娘不缺這個錢。

當然，她當然不會這麼說，她只是向大家表達很遺憾，如果在學費上彼此沒有共識，或許可以考慮其他幼稚園及安親班。

一個學期過去，阿梅兒童教育中心從上百個學生，減少到只剩下六十個學生不到，其中將近一半都是獸人子女。留下來的學生家長，除了相信紅瞳公司與梅姨的說詞外，也不完全是對梅姨忠實，而是鄰近的幼稚園知道詳情後，將學費哄抬到兩倍，這些家長權衡後覺得留在梅姨這省事一些。

當然，寶哥對此頗有微詞，他認為人類孩童才是市場主流，沒必要為了極少部分的獸人子女自斷財路，加上梅姨又不願意加收獸人學費，導致公司的現金流大幅減少。寶哥一向都有投資房地產的習慣，一些投資屋貸款支付不出來，只好賣掉。

「現在變成這樣，妳真應該讓紅瞳公司收購幼稚園。」

「我不想討論這個話題。」

「我知道，妳媽留給妳的愛。」寶哥翻過身，似乎有點生氣，「愛能當飯吃嗎？愛能付房貸嗎？愛能錢滾錢嗎？」

寶哥以前不是這樣的，他以前不是開口閉口都談錢的，他怎麼會變成這樣？

即便提高工資慰留，幼稚園老師們也還是陸續提交離職申請，據說是鄰近的幼稚園為了超收的學生，開高價挖角，不過梅姨並不相信她們的談判說詞。畢竟這個產業的雇主，大多就是那個樣子，這些老師原本願意接受一根香蕉，現在兩根香蕉就能夠聘到老師，何必開價一串呢？她試圖再稍微拉高些工資慰留，不過，仍不被接受，而再提高，自己或許也無法再經營下去了。

好吧，既然這樣，那我也不留你們了。

當梅姨走在街上，遇見同業，同業總是會語帶嘲笑地跟她攀談：「李筱梅，真是謝謝妳，讓我們賺大錢了呢！」

梅姨總是皮笑肉不笑的回應：「呵呵，有錢大家賺……呵呵……」

但最讓她受不了的還是黃里長。

收容獸人的幾個月中，免不了受到鄰里謾罵，鄰里都說，李筱梅變了一個人，現在收了怪物公司不少錢，不屑收我們人類小孩了，專收一些怪物小孩，見錢眼開，我呸！

他們會趁半夜在幼稚園的牆上塗鴉，「勢利眼！」、「嗜錢如命！」諸如此類的噴漆批評梅姨。梅姨懶得計較，花錢找人來粉刷一下就行，拖個兩三天自己也不大在意，但要是對方噴上「專收怪物小孩」，她一刻也無法忍受。她會在一大清早，提著油漆抹除，不能讓來上學的孩子們見到。

梅姨當然也報警過幾次，警方調閱里上的監視器，但卻發現對著幼稚園的監視器總是故障。

黃里長雙手一攤，「經費不足，沒錢修理。」然後還會說說梅姨幾句：「我早就要妳別收那些怪物了，妳怎麼就不聽呢？」

梅姨真想掐死里長。里長的孫子還在安親班，沒有離班，但她在外一直揚言要讓孫子離開，絕不能讓孫子染了怪物病。梅姨心想，妳這愛錢的里長只是想砍價吧，便隨口告訴里長：「我想即便我算您免費，也還是留不住您的孫子吧。」

里長一聽見免費，就改口說，她絕對支持梅姨，孫子肯定要留班！

不過，幼稚園門口的小花園，還是被交通處拆除了，三不五時里長就會過來她這關照，說她被人檢舉了諸多事宜，消防安全、孩童噪音，甚至是圍牆旁的排水溝也出問題，三天兩頭就強迫拆除圍籬，藉口要施工整治排水，最後攤了雙手，「沒辦法，里民反應，阿梅我真的很想幫妳，但是，我畢竟是守法市民嘛。」

這些事情，搞得梅姨心力交瘁。

我真的分身乏術了……她有時候會這麼對 Misa 埋怨，Misa 則說，他們公司會想辦法替梅姨解決問題。

「別吧。你們給我製造的問題……已經夠多了。」

壞事總是接踵而至，過了半年慘澹的日子後，梅姨在假日買菜過馬路的路途中，被一台汽車撞成重傷。

很不幸的，該路口的監視器也故障了，不過幸好，肇事人還算負責，不是肇事逃逸之流，梅姨很快地被送到醫院。

她昏迷了幾天，雖然沒有生命危險，但她的雙腿，因為嚴重感染，醫生宣告得截肢。

等到她醒來時，她迷迷糊糊，甚至不知道自己發生了什麼事情。

睜眼醒來，她以為在身旁的會是寶哥，但卻是她的妹妹。

「妹……妹妹……怎麼是妳？」妹妹見她醒來，焦急地抱了她，梅姨從加護病房轉到普通病房後，昏迷了五天，妹妹便在一旁守候了五天。

「姊夫來過，幼稚園那邊不能沒人打理，我讓他先回去，我跟公司請了長假，我來照顧妳吧。」

「妹妹……」

「我們好幾年沒有好好說話了。」

妹妹坦承，前幾年確實被錢沖昏了頭，她不理解為什麼媽媽會獨厚姊姊，加上姊姊這幾年事業越做越大，也讓自己生了忌妒之心，便刻意減少關心電話，一直到接了姊夫的電話，她才意識到梅姨是自己在世間上，除了親生子女外，最後也唯一的血親。

她們哭著抱在一起，彷彿這幾年失去的連結，也重新再串了起來。

只是很遺憾，梅姨這幾個月的過度操勞，使得她的健康狀況不佳，雖然截肢保住性命，但是，傷口又開始感染，得再從膝蓋再往上截。

再來的幾個手術，都會有生命危險。

對梅姨來說，失去雙腿的打擊已經很大，她無法再照顧自己心愛的孩子們，現在，甚至連性命都有可能沒了。

梅姨寫下遺書，寶哥、梅姨與妹妹時常在醫院哭成一團，他們沒想到事情會變成這樣。

龐大的醫療支出費用，讓梅姨與寶哥的現金流卡死，她們持有的大多都是僵固性高的房地產，一時也沒辦法變現，甚至還讓妹妹拿出積蓄，暫時支付大筆醫療費用。

手術前兩天，Misa 代表紅瞳公司過來致意，在她了解梅姨的狀況後，再一次提起了紅瞳公司的計畫。

這次並不是要收購阿梅兒童教育中心，而是……

Misa 要將梅姨轉院到紅瞳醫院，醫療費用由紅瞳公司全額支付，並提出一個解決方案，讓梅姨轉化成獸人。

獸人科技最起初就是因為獸人強大的自癒性，而讓紅點（Redpoint，攀岩術語，透過反覆試攀上岩，有臻至完美之意）生技公司踏入研究，最後在研發透過獸人基因使得人類擁有再生能力的過程，意外發現可以轉化人類變成獸人。於是，紅點公司就變成了象徵獸人紅眼球的紅瞳公司。

「如果妳變成獸人，妳雙腿會再長回來，還能夠有特殊能力。」紅瞳公司的醫學專家這麼對梅姨說。

「獸人……」梅姨想到兒時長輩所說的，那些殺人如麻、面貌恐怖的怪物，但她很快揮別這種回憶……自己小時候也因為長相而被當成怪物呢……

「有一種型態很適合妳，梅姨，妳不是說……妳最想要三頭六臂了嗎？」

梅姨想到神話中的兩面宿儺*，趕緊拒絕。

「不是那樣的……」Misa展示了介紹影片，這種獸人形態，目前正嘗試在一些高智力輸出的產業中運用，好比律師、工程師，甚至是醫生，就連紅瞳科技的工程師，也有少數幾名嘗試了這種獸人形態。

「我得要想想。」梅姨自己拿不定主意，要求讓她跟家人討論幾天。

妹妹只擔心獸人化的失敗機率，當時獸人科技才發展沒幾年，並不是成熟的技術，何況梅姨已經將近40歲，到達獸人轉化的年齡上限，加上她身體狀況不佳，在獸人公司的失敗理賠倍數僅有0.5。妹妹是保險從業人員，她知道那代表什麼意思，失敗率越高、理賠率越高，保險理賠倍數越低。

寶哥也堅決反對，他認為應該接受正規人類醫學，當初就是那些怪物攪亂一池春水，為何要相信怪物公司的人呢？

「妳就這麼想變成那種怪物嗎？」

梅姨住院期間，也有不少孩童家長前來探望，其中多數都是獸人家長，他們得知紅瞳公司的建議，無一不替紅瞳公司說話。梅姨，妳應該相信他們！公司技術很高明的，我們幾乎沒聽過什麼失敗的案例！梅姨，我也有考慮要變成獸人，如果妳要手術，那我也要加入，一個人類妻子甚至這麼鼓勵梅姨。

他們……真的不是怪物，如果人類說他們是怪物……人類還……更像怪物。

---

*兩面宿儺：出處為日本神話中的鬼神，具有兩顆頭、四隻手、四隻腳。

梅姨終於同意。

梅姨也幸運倖存下來。

梅姨進行獸化手術後的幾個月，她都在紅瞳醫院以及紅瞳機構休養，寶哥鮮少探望，甚至可以說幾乎沒來探望過，只有在手術成功，梅姨以人類形態甦醒後曾來過一次。

寶哥看見梅姨張開眼睛，露出的紅色眼球，他似乎十分生氣，對於梅姨選擇成為獸人，他並不諒解。

梅姨不怪他，畢竟，是自己選擇成為獸人。

她其實是為了寶哥。即便在人類醫院復原，自己也還是殘廢……一輩子都需要別人照顧，她不想拖累愛人，不想拖累親愛的寶哥。

這段日子，幾乎都是妹妹與 Misa 陪她，她們兩人知道梅姨與寶哥的狀態，幾乎不敢再提寶哥的事情，怕她難過。

梅姨也落得輕鬆，畢竟是自己的感情，她還是專注在自己的恢復上吧。

梅姨身體完全復原後，她花好長一段時間在獸人機構練習自己的獸人形態。很幸運，她的獸人形態，並不如自己想像那麼「醜陋」，她終於理解，為何紅瞳公司會推薦這種獸人形態。對於自己，這種形態再適合不過。

獸人科技也連帶治癒了陪伴她二十年的燒傷傷疤，但她並沒有選擇將傷疤全部治癒，而是留下了一個雖然看得見，但面積變小許多的，梅花形狀的傷疤。

留在她的下顎，她依然選擇顯眼處。

我以前是梅子，現在我是梅花。

我以梅花重生，往後，我不再需要遮掩。

幾個月以來，梅姨打給寶哥的電話，寶哥幾乎都沒接，傳訊息也沒有回。

她知道，寶哥仍在生氣。

沒關係的，他見到我以後，會消氣的。

離開紅瞳機構當天，或許是想要給寶哥驚喜，連妹妹也沒知會，她叫了計程車往住家前去，但當她下計程車時，她愣住了。

眼前的招牌，竟然不再是「梅子兒童教育中心」，而是「雙峰駱駝兒童教育中心」，她驚訝地搭上電梯，往四樓的住家前去，按了門鈴，卻是陌生男子應門。

「請問您……找誰……妳……妳……」

男子看見了梅姨的紅色瞳孔，嚇得關上了大門。

梅姨奮力拍打大門，質問男子怎麼會住在這裡，這是她家，他憑什麼住在這裡。

「大姊……我……這我買的呀……」

「你買多久了？」

「兩個月！」

寶哥竟然把房子賣了⁉

梅姨沒有選擇進入幼稚園，她六神無主地在街道上行走，一時也不知道自己該去哪裡，她實在應該打電話給寶哥……但是……她又不敢。

我總是要鼓起勇氣的……我……

「哎！這不是阿梅嗎？」眼前來的是黃里長。

但梅姨並不想跟她講話。

「阿梅呀！真是發達了呀！聽人說你們寶哥把幼稚園跟幾間房子都賣了，賣了好價錢呢！真厲害！」

「阿梅！我在叫妳呢！」

梅姨頭也不回的走了

「妳不是老嚷著很累嗎？」寶哥有點不在乎地說。

寶哥沒有跟她約在住家，而是跟梅姨約在咖啡店。梅姨問他，你現在住哪裡？等下再跟妳說，見面再說。

「那是……我用我媽給我的錢……買的幼稚園。」

「妳要講幾次？這些話我這幾年已經聽妳講至少上百次了，不，根本超過上千次，妳還在吸妳媽的奶嗎？妳媽都死幾年了，把她搬出來就顯得妳孝心感動天嗎？」寶哥講話越來越不客氣。

梅姨望著眼前這個男人，她心愛的寶哥……這個人到底是誰？

「不要說我貪心，我幼稚園賣了不少錢，雖然比不上紅瞳那時候說要收購的價格，但也是很不錯的數字了，那些房子也都套現了，這些錢，夠妳過退休生活，也夠我過退休生活。」寶哥接著說，「欸……妳那些醜疤怎麼不見了？」

梅姨沒回話。

「我也該退休了，戲也演得夠久了。」寶哥說，他說這些話時，彷彿變成另外一個人，「我一直忍受跟妳在一起……也夠久了，妳可以好好當人，如今竟然選擇變成這種紅眼睛怪物。」

「你說這話是什麼意思。」梅姨不敢相信自己聽到的，寶哥現在在說什麼？

「我，一直都不愛妳，都只是為了錢，也不想想妳那個疤痕，有夠噁心，我想到就倒胃。」寶哥接著說：「還好最後的投報不錯，不要說我貪心，我只拿一半，不會讓妳吃虧。」

「你說你……」梅姨埋著頭啜泣，「這些年都只是……假裝？」

「我演技不錯吧。」寶哥竟然笑了起來，梅姨則掩面啜泣，咖啡店雖然客人不多，但他們也都開始陸續注意到這一桌上演的好戲。

梅姨哭著，絕望的情緒使得她無法控制地獸化，渾身散發光束，她逐漸分裂成兩個人型……四個人型……最後變成六個人型，每分裂一次，身高、體型就又小了一號。

現在變成了六個梅姨，梅姨從原本的160公分，第一次分裂時，等比縮小成了140公分高，第二次分裂時，則變成120公分高。

現在分裂成六個，每一個都差不多100公分高。

在場每一個人都看傻了眼，包含寶哥。

啜泣的一號梅姨，現在轉變成大聲哭泣。

二號梅姨望著落地窗。隨著外頭漆黑的背景，落地窗形成一面鏡子，她攬鏡自照，似乎對梅花傷痕與現在的容貌十分滿意。

三號梅姨跳到桌上，扯著寶哥的衣領。她怒罵，你這個王八蛋，欺負阿梅，我要你付出代價。

四號梅姨則向咖啡店老闆跟客人鞠躬致意，讓大家見笑了，我們真的很對不起，這是渣男跟純情女，也就是我本人啦，老掉牙的戲碼，大家別在意，做自己的事情。

五號梅姨從一號梅姨口袋中，掏了電話，撥給梅姨的妹妹：「喂，妹妹呀，她知道了，我們現在在老相好咖啡店，地址在……喂，老闆你們這邊地址是什麼？妳快點趕過來！啊對了，順便叫 Misa 也過來。」

六號梅姨則跟其他梅姨說，欸，我從離開幼稚園後就在憋尿了，我憋不住了，我去一趟廁所，大家先等一等，先別搞事，別讓我錯過什麼精彩好戲啦！

梅姨的獸人能力是……分裂，而她的獸人執照上，登記的是六個分裂體，六個人型都有獨立思考的能力，也有顯著不同的人格，人型可以隨時消失、再生。

「怪、怪……怪物！」寶哥嚇得想奪門而出，這時候三號還扯著他的衣服，被他甩到地上。

「噢，真暴力！」她說，「我早說過這男人遲早會動手。」

「你別走……寶貝……你別走……」一號梅姨哭著，似乎想要挽留，她往前試圖跟上寶哥，但卻被五號拉住。

五號掛上電話，說：「喂，人家要走，妳留幹嘛，人家不是說他都是演的嗎？不要去丟我們的臉啦！」

四號梅姨突然在咖啡店門口現身，她擋住寶哥的去路。

「妳……妳想幹嘛？」寶哥害怕的望向四號，接著望向店裡，他幾個宛如複製品但又小一號的妻子們，她們或許互相交談，怒目、深情……或者不知怎麼形容地望著自己，他不自覺後退幾步。

六號梅姨從廁所走了出來，大聲怒罵：「喂，我錯過什麼好戲了！」

四號梅姨質問寶哥：「你這些事情籌畫多久了？」

「……從我打聽到阿梅……妳一直想交男朋友……後就開始了。」

「你真的不愛她……不……你真的不愛我們？」二號走到寶哥面前搔首弄姿，確實，現在梅姨看起來像是年輕了十幾歲，那些疤痕也不再明顯了，「我現在可是很美的呀！」

「別讓他走，我要殺了他。」三號梅姨溜去咖啡店廚房，她拿了把菜刀出來。

寶哥嚇得奪門而出，他把四號梅姨撞個七葷八素，趕緊往自己的座車跑去，他沒摸到鑰匙，正慌張是否要再折回咖啡店，但他一拉車門把手，發現自己並沒鎖車。或許下車時，不曉得梅姨她那纖細又煩人的心思會如何崩潰，心慌意亂地忘記拔鑰匙也不一定。

寶哥坐進駕駛座，正準備要發動汽車，這才發現……呃……嗯……幾號啊？對，是六號梅姨，她坐在副駕駛座，手指勾著寶哥的汽車鑰匙轉圈圈，「帶我走吧，我不想再錯過啦，給我一點八卦消息如何。」

寶哥尖叫逃離，連車都不要了，臨走前，他轉頭過去告訴六號。

「我一定會跟那個王八蛋把錢要回來，我明明要他要把妳們撞死的。」

「噢，原來是這樣呀，看來不只是八卦消息，而是勁爆新聞了，現在她們一定會求我告訴她們啦。」六號打開車門下車，她回頭環伺這台豪華轎車，「這車子應該可以賣不少錢吧？不知道我能不能獨立開戶呢？」

妹妹知道姊夫這幾個月陸續變賣梅姨財產的事情，不過那些事情她都介入不了，加上梅姨的幼稚園，公司營利事業登記的負責人，早已變更登記成了寶哥。兩人婚後購買的房地產，因為梅姨不懂，也沒空處理，所以大多都是以寶哥的名字登記。

她曾問過一次，不過，姊夫也只是說：「妳姊姊康復後，應該得要好好休息，過過清閒的退休生活，這些錢好讓她享福不好嗎？」

妹妹很清楚，姊夫的這種賣法，分明是割韭菜獲利出場，自己的姊姊被當成韭菜收割，即便想阻止也阻止不了，真不是滋味。

妹妹期待，或許只是自己多想，也曾跟 Misa 討論過是不是要讓姊姊知道。Misa 則表示，轉化初期的情緒狀態十分重要，尤其要控制六個分裂體，本來就不是一件容易的事情，以往選擇這種獸人形態的，大多都是智力活，頂多也只有四個分裂體，像梅姨這樣能夠有六個分裂體的，實屬少見，加上又有不同人格的，更是稀少。

這種事情，還是先別說吧，何況這些只是妹妹的臆測……不一定成真。

但願如此、但願如此……

不過，事實總是事與願違，眼下，只能儘量照顧姊姊了。

寶哥依約將錢匯到梅姨戶頭，在妹妹的幫助下，妹妹替梅姨找了間大房子，畢竟未來可是有「六個人」要住的，妹妹也暫時搬到梅姨的租屋處，陪伴梅姨。

除了錢外，寶哥還將離婚協議書寄給梅姨，但梅姨始終沒同意簽字。

因為梅姨的情緒持續低落，在這種危機狀態下，分裂體也會自己出現，替梅姨打理生活，舉凡煮飯

（但因為高度不夠，得墊個小板凳，安全，五號梅姨這麼補充）、整理家務、聽梅姨說話、安慰梅姨、或者替她打氣，她們樣樣精通，都跟梅姨做得一樣好，只差沒出門打工兼差罷了。

對了，六號對於自己不能獨立開戶，覺得實在是違反人權。

雖然有違獸人守則，但 Misa 也是睜一隻眼閉一隻眼，她知道現在是非常時刻，也盡自己所能，關心梅姨，適時提供藥物，讓妹妹能夠暗中使用。晚上梅姨睡前，妹妹將藥物混入梅姨的開水中，讓梅姨不至於過度獸化。

直到一天，最起初將七個獸人子女帶去梅姨幼稚園的家長們前去探訪。幾個孩子玩在一起，好不熱鬧，梅姨也分裂形體，協助照顧、安撫那些宛如小野獸的孩子們。

「好酷哦！有好多梅子老師！」

「妳講話方式跟梅子老師不一樣！」

「喂，我應該是所有梅子老師裡面最美的吧！」

「哎，妳不要跟小朋友亂講話！」

「老師！我們來玩鬼抓人！」

「不要啦！有五個鬼，這樣一下就被抓到了！不好玩！」

「老師她打我！」

「現在有五個老師、十個眼睛，早就看到了哦！明明就是你先欺負她的！」

梅姨看到分裂體們跟她一樣，都有照顧孩子的能力，再加上見了這些孩子的笑容，也終於開朗了起來。

家長們不斷安慰梅姨，其中，單親的獸人父親，更是不斷鼓勵梅姨，「梅姨，我也是失婚父親，可是我真的很幸運，認識了這些獸人好同事。我更幸運，能夠認識妳，是妳讓我相信並不是所有人類都排斥我們。」

梅姨忍不住眼眶泛淚，雖然有時候的負面情緒，會讓她怨恨都是這些獸人害她變成如此……可是……可是……寶哥一直都不愛我……所以根本不能責怪他們。

「可是，我現在也變成怪……」

「不！梅姨，妳不是怪物，我們也不是怪物！」獸人父親堅定地說。

孩子們也聽到了大人的討論，竟然加入話題。

「我爸爸不是怪物！我爸爸最棒了！」

「喂！我媽媽比較棒！」

「屁啦，要說棒，你們爸媽還比不上我爸！」

「你們只有一個獸人爸媽，我有兩個，我比你們兩倍棒！」

「這樣說的話……那梅子老師就是六倍棒了！」

最後，一個孩子這麼說。

梅姨始終記得那個孩子說的話。

幾天後，梅姨在離婚協議書上簽了字，她找律師聯絡寶哥，跟律師簽訂委託後，她打了通電話給Misa，「幫我聯絡那些家長們，明天開始，他們孩子送到我這裡來，我這裡空間夠，我今天會去買一些桌椅、白板，暫時充當幼稚園，我會找時間去看店面。那時候我收了三十個獸人小孩……妳說，妳們公司一共有多少獸人爸媽，小孩沒地方收托？」

結果這座城市共有超過一百個獸人家長，都面臨到這個問題。

我要找更大的……更大的辦公室……

梅姨正擔心，這怎麼著，我只有一個人，算上所有分裂體，頂多六個人，人力絕對不夠……這怎麼辦。

在紅瞳公司的會議中，梅姨提出擔憂，這時候，Misa 叫了會議室外守候的幾名女子進來，她記得一個女子的容顏，那正是其中一個獸人子女的家長，她的丈夫是獸人，自己則是人類。

她之前承諾過，如果梅姨變成獸人，那麼自己也會踏上獸化的腳步。

「這些人都是獸人的妻子，她們正考慮要獸化成梅姨妳的分裂體形態。」

「妳們……認真的嗎？」

她們交由梅姨熟識的女子發言：「我們都願意替梅姨工作，我們都願意為所有獸人付出，梅姨，請妳好好訓練我們，讓我們成為合格的幼教老師！」

梅姨笑了，在這幾個月以來，她第一次開懷地笑了：「我……我可是很嚴格的哦。」

梅姨爆發一陣白光。

「我們可是很嚴格的哦。」梅姨們，這麼說。

一個月以後，在眾獸人家長們協力協助下，工程獸人們都向公司請了假，他們以不可思議的速度蓋了一棟大樓，梅姨的幼稚園再度成立，只是這次，她改了名字——「梅花與獸人們的兒童教育中心。」

若說，梅子兒童教育中心是出自於媽媽對自己的愛，那麼，梅花與獸人們的兒童教育中心，就是出自於自己對獸人孩子的愛吧。

她不再是梅子老師，她是，梅花老師。

無畏冷冽且堅毅不拔的梅花。

隨你們這些人類怎麼說吧，反正，我不是怪物。

如果你們還是堅持要說我是怪物的話……不管啦，反正即便是怪物，我也是最美的那一個，二號梅姨補充。

獸人寶典

◆獸人戰爭：數十年前獸人與人類的戰爭，因為不明原因，產生了眾多獸人，牠們攻擊人類，使得人類大量傷亡，雖然最後獸人遭到滅絕，但人類也因此造成了重大程度的傷亡。

◆紅點（Redpoint）生技公司：紅瞳公司的前身，原本是一所醫療生技機構，研發獸人科技這種創新的醫療技術。有鑑於醫療技術在近年發展停滯，他們便將腦筋動到傳說中有自癒能力的獸人身上，並透過多次的實驗，讓獸人基因與人類基因共融，進而達到治療成效，並推展到將人類「澈底獸人化」。紅點公司後改名，成為象徵獸人紅眼球的「紅瞳公司」。

◆半獸人：工具型獸人，完成實驗後須經過一定時間的「職業獸人訓練」，通常會是終身職，薪資高，由於獸人無生育能力，故大多都是職業已定向的成年男或女子加入實驗。本篇主角梅姨是分裂型獸人，適合從事智力工作，也有各種不同職業、形態的獸人。梅姨的例子讓紅瞳公司意外發現此種形態也適合從事幼教、保母工作。

◆重傷者的獸人療法：獸人的治療因素運用得早，也並非須使病人完全獸化，可以小幅度的進行獸化，但治療軀幹部位會呈現獸人形態，如有鱗片或堅硬的皮膚，眼球只會微微散發紅光。由於治療費用昂貴，故除了權貴外，初期僅用在高風險職業的公務單位，例如，警察、消防等。本篇由於梅姨的傷勢嚴重，僅適用於全體獸化，而不適用小範圍的獸人療法。

盜版英雄

年輕男子坐在長椅，望著會議室魚貫走出的警察，其中有特警，也有人類警察，其中一名年紀稍長者，叫喚男子。

「專案會議講什麼？」年輕男子問。

「機密。」長者見人群逐漸散去，悄聲地說，「出去再說。」

他倆若無其事地走離總局，即便是駕車回到轄區分局時，過程中也絲毫沒有任何交談，受交辦勤務後，他們準備進行例行公事，去所屬轄區進行無聊的巡邏，象徵大於實際意義的巡視。

離開分局準備駕車的路途上，長者開口：「約翰，出大事了。」

約翰其實知道發生什麼事情，不過，這種重大案件不是他區區「約翰」可以處理的，那是多音節獸人特警的事，不過，他更想知道人類警方的對策。

年紀稍長的警察，更正確來說，他是名人類警官，叫做李招財，見這名字就知道他已屆退休年齡，不過，他可說是眾多獸人特警的人類師傅。

現在警察已經不像以前那麼排斥獸人，甚至開始有警察因為公傷申請成為獸人，或以獸人療法治癒小範圍的公傷。但早期，警政體系可是把獸人當成麻煩來源，畢竟非法組織老早就發現獸人科技有利可圖，早早將此種科技當成「打手」的主要來源。

李招財，因為種種原因，早就被長官特殊針對，他二十多年前就被安排加入了「獸人特警合作計畫」，所以他的職業生涯，幾乎都是帶著初出茅廬的初階特警們熟悉警政系統。

招財適才跟一夥總局的警官、警員，以及中高階特警開了會，與會者有紅瞳公司的幾個高層，竟還有受害者家屬錢老闆。

這錢老闆背景不尋常，他帶了一票律師，竟然也攪進警政系統的專案會議。

「目無王法。」約翰補充。

「錢老闆覺得法為他所用，他就是王法。」招財繼續把會議過程說下去。

錢老闆——錢多鐸的獨生子，錢今生，死於廢棄港口的倉庫，死狀悽慘，脖子被扭斷，而腦部更是被擠壓地爆裂，腦漿散落於地面。錢老闆陳述案情的時候，語帶哽咽，這個孩子顯然是他心頭肉，也是他唯一的孩子。

雖然他們都已經預設兇手身分，但事實上並沒有「直接證據」指出是誰幹的。

案發現場與錢公子同行的還有人類打手們，不過人類打手對於案發過程均無知悉，多數人在昏厥後醒來，幾乎都對昏迷前的記憶交代不清，有些人的記憶斷失點，或許只有幾十分鐘，或許長達數小時，竟也有多達數天的。

少數人依稀記得錢公子似乎約了獸人男子談判，或許還帶個獸人女子陪同，據說獸人男子偷拿了錢公子的私人物品。

是強押獸人女子嗎？在場的人類警官曾經問了這個尖銳的問題，錢老闆怒斥，我兒子不會幹這種犯法的事情，只是請獸人男子的姊姊陪同道德勸說，不要亂栽贓，再敢亂說我就告死你。

這群打手完全不記得獸人男子有沒有赴約，他們只知道獸人女子事後消失，有的打手證人甚至連獸人女子是否出席都不確定，所以，也沒辦法直接證明是獸人男子殺死錢公子。

「跟我聽說的差不多，據說那些目擊者，一個一個都開始失蹤了。」約翰有他的消息來源，畢竟這件事情特警圈傳得沸沸揚揚，不過，這些資訊他是不會跟人類分享的，尤其是人類警察。

「對，我猜，不管殺手是誰，至少打手都沒保住他兒子的命，錢老闆可能開始滅口了。」

「有獸人殺了錢今生的直接證據嗎？」

「沒有，頭部有類似繩索的勒痕，頭部因為被擠得支離破碎，幾乎無法辨識，也沒有留下任何兇手的生物DNA。」

當然，獸人若存心要傷害人類，根本不可能造成自己任何損傷，加上嫌犯是水母人，幾乎不可能掉落皮屑類的跡證。

「那對獸人男女，是拖吊獸人吧……姓劉的那對姊弟。」

「對，你根本都知道嘛。」招財歪著頭見著眼前特警，他知道約翰想探他人類口風，不過，他知道獸人也有自己的社群網絡。他會主動跟小老弟談起，也是想要探獸人口風。

適才所開的專案會議，據說會議原先只召集人類警官與警員，是紅瞳公司強烈介入，才讓獸人特警在會議後段加入。特警們也不滿著，難道你們人類下一紙命令，就要我們追殺你們口中的獸人兇手嗎？

自己真不喜歡做這件事情，不過會議前段，局長確實告誡所有有特警夥伴的人類警察，都需要注意自己身邊的特警，是否可能有踰矩行為，事發已經幾天了，錢老闆似乎認定獸人們必定會相互包庇。

「劉子翔，水母人，確實有把人類頭顱擰碎的能力。但麻痺攻擊？而且還讓人喪失記憶？他沒展現過這種能力吧。」

「證據？」

「錢老闆聲稱，錢公子掌握了獸人的麻痺能力證據，不過，證據不見了，也拿不出其他證據。」

「錢公子曾錄下獸人的麻痺能力，有一名打手可以佐證，雖然也是記憶模糊，但總是人證，不過，錢公子手機不見了，所以沒有真正的證據，只有證人的證言。」

「換言之只是旁證。手機不見了？是用手機錄的嗎？」

「不是，手機只是備份檔案。」

「那還不簡單，去查原始檔案呀。」

「原始檔案，錢老闆沒辦法提供，他堅持不願意提供。不過，他撂下狠話，一個月內，警察跟紅瞳公司找不到兇手，他一定會讓所有人完蛋。」

「拜託，又沒有直接證據，不講別的，我就不信法院會發追殺令。」約翰說的是獸人法案中，獸人以完全形態攻擊人類，造成人類死亡，法院書面核准後，就能夠派遣獸人特警以任何手段追擊兇手，包含就地正法。

「會議中就明說了，會後法院一定會核准，我看你很快就會收到通知了。」

「憑什麼？」

「就憑曾經有水母獸人有麻痺能力的紀錄，雖然只有一筆前例，但真的有。」

「就憑這樣？」

「還有憑他們姓錢。」
約翰對這些財大氣粗的人類並沒有好感，他們才是人類之中的怪物，這種認知，他們獸人特警都頗有同感，「這關我什麼事情，反正我又不是負責追查的特警。你說，出大事了，但我看不出來這跟我有什麼關係。」
「錢老闆說他會讓你們這些獸人付出代價，他指著在場的所有特警這麼說。」
「他敢這麼對那些多音節的特警講話。」
「對，所以，你要小心，這把火或許會燒到你們特警身上。」
「我們又不怕。」
「錢老闆還說了一段話，這句話更讓我擔心。」
「他那個廢物又說了什麼。」
「他說絕對要所有獸人付出代價外，還說獸人們肯定會包庇這個凶手，他還說……他兒子交友廣闊，他擔心警方不趕快破案，他自己或兒子的那些好朋友，有些品行不好的，難保不會對一般獸人動手。」
「他這是在警察局長面前公然威脅所有獸人嗎？」
「他說，他是擔心獸人的安危，他自己是最討厭暴力了，他會極力要求手下，還有豬朋狗友們要以和平手段，不過，別人要怎麼做，他真心無能為力。」
約翰翻白眼。
「所以我才好奇，你們獸人那邊有沒有什麼消息？真像錢老闆說的，真可能有獸人包庇兇手嗎？」

招財看約翰神情有異，改口，「如果那個劉子翔真的是兇手的話。」

「你就這點功夫，還想從我口中套消息？」約翰知道招財故意洩漏會議的消息，是要與他交換獸人網絡的資訊。

「除此之外，我也是真心警告你。」

「收到了。」約翰看得出來，這個常年跟特警混在一起的老頭，是真心的。

只是他的套話技巧真是天殺的拙劣。

約翰其實不是他的本名，更精準來說，這只是代稱。

單音節的John，約翰，是初階特警的代名詞之一，並非說初階特警們都叫約翰，有些叫做山姆（Sam）、吉姆（Jim）、保羅（Paul）等，中、高階特警則是必定是多音節，例如強森（Johnson）、亞歷山大（Alexander），或奧古斯丁（Augustin）之流。

之所以會以這種取名代稱，只是便捷警方或媒體能迅速知道他們的警階罷了，他們並不使用人類的官階，而是用音節代稱，約翰也早已習慣被人這麼稱呼。

約翰是棄嬰，他的親生母親在巷弄中產下他後棄之不顧，生命垂危之際，好心人將約翰送到醫院。過了幾個月，送給一對生不出孩子的中年夫婦收養，不過不幸的是，該夫婦收養他三年多後，竟然生下了孩子。

於是，約翰就變成多出來的那一個，加上他個性調皮又好動，在學校時常惹事，他不壞，單純就是喜歡對老師、同學耍嘴皮子，養父母對這個孩子沒有辦法，一開始確實是懲罰，但到後來就失控，甚至到了施虐的地步。

約翰從小到大就不畏懼權威，就連因為嘴賤被欺負也堅持不改毒舌。直到他國中游泳課，才被老師發現背後滿滿傷疤，在社工的介入下，最後送到育幼院去。

他始終沒有再被收養，少子化加上懸殊的貧富差距，富裕人家不怕生不出孩子，只怕財產讓外人繼承，中產階級不敢養孩子，而最貧困的那一群，更不可能再找個麻煩。

他在紅瞳基金會在育幼院舉辦的愛心活動中，主動問起：「我聽說像我這種沒人要的孩子，可以申請成為獸人特警？」

這種育幼院的孩子，基本上紅瞳企業是不碰的，畢竟他們的監護人是政府，但還是好奇地問了問他為何會有這種念頭。

「我弟，一向很迷獸人特警，他覺得很酷，久而久之，我也覺得很酷。」

沒想到約翰雖然長期被養父母施虐，但他跟義弟的感情卻不受影響，據說他們一直保持聯絡，而義弟是個獸人特警迷，當時獸人英雄電影剛崛起，常人最接近超級英雄的連結，就是獸人特警。

加上他的智力測驗、性向測驗基本上都是頂尖水平，育幼院的教保老師們也說約翰幾乎是院裡的老大哥，或許因為進去得晚，很照顧那些年幼的孩子們，風評頗佳。當然，他嘴巴很賤，時常惹得育幼院的老師牙癢癢，不過，老師們都說約翰不壞，只是喜歡吸引大家注意罷了。

獸人特警大多以司法體系的「非行少年」當作養成主要對象。

觸犯法律的少年罪犯，罪刑嚴重者進少年監獄，輕者則保護管束。其中依所犯罪刑輕重，又稱呼他們為犯罪與虞犯少年，後者只是偏差行為青少年，「非行少年」則是個去汙名化的通稱。

非行少年大多來自於破碎的家庭，其中若非個性頑劣或人格偏差者，紅瞳企業會主動介入，提供青少年輔導計畫，他們透過長期的觀察來了解該名非行青少年有無矯正可能，若有向善機會，會與家長和少年法院法官討論，改定由紅瞳企業監護，輔導成為獸人特警。

孩子們本不壞，若有偏差行為，大多是因為生在支持系統較差的破碎家庭，即便是結交壞朋友，因此變壞，也是因為家庭的拉力不足，使得他們走向偏途。

其中不少家長根本都是犯罪者或毒犯，對他們而言，孩子大多是累贅，也樂得輕鬆，讓政府接手這些麻煩貨。

17歲是施打獸人基因的重大分水嶺，從他們進入特警生涯的22歲前，他們進行了很多思想教育，其中大多是對於政府以及紅瞳企業的認同，同時也會選定品行敦厚的獸人夫婦當作暫時監護人，週一至週五在紅瞳思想機關求學、工作、訓練，六日則返家讓青少年們擁有家庭的支持。

這個計畫也讓許多獸人夫婦受惠，畢竟獸人沒有生育能力，但他們也會相愛，也會想要組成家庭，培育這些獸人特警，陪伴他們從非行到正義之師，也是他們相當願意付出的家庭動力。

約翰對於自己的獸人家庭十分滿意，他們的關係不像父母親與孩子，而更像是誠摯的朋友，不過進入特警圈後，他們就避免見面，大多以視訊或電話聯繫，就連「真名」也是幾乎不再使用。

政府或紅瞳機關對這些資訊也是一切保密，畢竟獸人特警確實是很多非法獸人組織報復的對象，所以，他們只要成為特警，就必須完全捨棄過去了。

由於約翰不是非行少年，他在獲得政府同意後，便移轉監護權，開始施打獸人基因，但卻遲遲到19歲的那一年，才成功獸化。

約翰在青少年特警中算是較晚的一群，青少年獸化的歷程與成人完全不同，成人通常是一次性的進行轉化，而且也會針對職業適性，選定合適的獸人形態。青少年由於還在成長期，只會一點一滴地施打藥物，而且是全種類的獸人基因都會施打，一切端看每一個不同的青少年獸人何時「覺醒」。

當然，也不乏有青少年因為獸化失敗死亡，紅瞳公司也會提供不少撫恤金，所以對於某些家屬來說，更提高轉換孩子監護權的意願，反正即便獸化失敗，自個兒還能領一筆錢呢。

或許因為施打藥物長達數個月的關係，所以半獸人勞工的單眼紅瞳特徵，在特警身上，變成了雙眼紅瞳。

半獸人通常需要藥物的輔助，協助他們在人類與獸人之間轉換，而且需要數下心跳左右的時間才有辦法獸化（少數人時間則更短，視操控能力而異）；獸人特警則是能夠大幅減少轉化時間，加上他們永遠都處在備勤狀態，能夠自由選擇以獸人或人類形態見世。

約翰的室友早在18歲前幾個月就能夠獸化成為一頭黑色的大公牛（甚至能夠射出牛角遠程攻擊，牛角也能夠立即再生），而約翰的初始獸化形態則是詭異的人型公牛——公牛的上半身，但卻有人類的下肢（但很強壯），頭上的角也只有半截長，而且不能射出牛角。

室友「蠻牛」一見到約翰首次覺醒的的獸人形體後，對他的評論是：「哇靠！你根本就是個盜版仔。」

那是約翰快要滿19歲的事情，他幾乎比多數人還要晚一年以上，他差點還以為自己的身體對獸人基因免疫呢。

所以盜版英雄（這個名字被紅瞳公司美化過了），就是他的獸人英雄名。

不過，這只是他特殊能力的其中一部分，特警們通常都擁有一個以上的獸人能力，端賴其獸人原型而定。

招財與約翰一如既往地去巡視特地場域，除了巡守據點外，再來就是民防體系通報的人類抗議現場。

約翰真搞不懂，到底哪來這麼多人這麼多時間，四處在不同地點抗議，而且通常都沒申請集會遊行（但警方似乎不會找他們麻煩）。他們大多都會對路過的獸人叫囂，只是這樣的抗議現場，在去年發生非法獸人攻擊人類的事件後，獸人通聯繫統會告誡所有獸人，並預告了ＷＣＨ，也就是We Care Human即時的集會場地，請獸人同志避開。

也要求他們，即便發生非法獸人攻擊人類的類似事件，切勿像李杰一樣挺身而出，勢必冷眼旁觀，避免觸法。

約翰沒怎麼關注他們抗議的主題，大多都是一些沒營養的主題，不看也罷，總之，就是一群沒知識的暴民。

特定情境關閉自己的獸人聽覺，像是降噪功能，這也是約翰能夠輕易辦到的事情。

集會人看見警察巡視，趕緊出來與招財打聲招呼，招財與集會人閒聊攀談幾句，警告別再搞出什麼激烈行動啦；集會人也是語帶曖昧地說，絕對遵照警察大人的建議，但卻斜眼望了望約翰，看似有點敵意。

當然，約翰也不會給這些人好臉色看。

「喂，你這怪物怎麼瞪我。」集會人揚聲說，為了聽見這個人類的挑釁，約翰開啟聽覺能力。

一旁幾個幹部，也開始嚷著，唉唷好兇喔，不會殺我吧。

殺你？我還嫌浪費力氣咧。

招財推著約翰，想把他帶離麻煩，縱使在過去經驗中，人類絕對不敢找特警麻煩。

不料，集會人接到通電話後，突然拿出備妥的大型圖卡，圖卡竟然是錢公子倒臥在倉庫中的照片，當然，頭部已經以馬賽克處理。

抗議人群見狀，改變了抗議訴求。

「在這裡巡邏，還不快點去抓殺人兇手！」

「善良老百姓遭到水母獸人虐殺！」

「抓出殺人兇手劉子琪與劉子翔姊弟！」他們甚至拿了兩人的人類形態照片。

「格殺勿論！人類看到也要格殺勿論！」

「他們這樣大肆聲張嫌疑犯的名字，合法嗎？」約翰不滿地問了招財，「而且他們哪來兇案現場的照片？」

「還用說，肯定是錢老闆給的，凶殺案本來都是保密，今天跟錢老闆開完會後，我就猜，再來肯定媒體都會知情了。」

「錢老闆？他跟ＷＣＨ也有掛勾？」

「以前沒有，現在肯定有了，剛才集會人不是才接了通電話嗎，你看，立刻就拿出預備好的圖卡。」

「善良老百姓，我呸。」約翰不屑地說，他總覺得錢老闆方的受害者證詞，有哪裡不對勁。

他們駕車離開後，竟然看到錢老闆帶著一大夥隨從，背後浩浩蕩蕩至少十來個人，他站在隊伍最前頭，就在市中心ＷＣＨ的總部受訪。

鏡頭前，他穿著一套深色長袍，卻滿頭白髮，整個人顯得十分憔悴。

「喂，他剛才在總局裡看起來根本就是不同人。」招財回憶半天前的專案會議，當時錢老闆可是西裝鼻挺，還梳了個大油頭，現在看起來卻是一日白髮，造型設計師真不簡單呀。

「他在總局裡很兇齁。」

「豈止兇，我差點懷疑他就是我們局長啦。」李招財也很幽默。

數十家媒體聚在WCH總部，錢老闆聲淚俱下，談論他是多麼想念命喪在獸人殘暴攻擊下的兒子。錢老闆看起來難過得說不下話，WCH發言人搶過麥克風，大聲疾呼，「希望所有人類能夠團結一起，別忘記多年前獸人戰爭，那些獸人是怎麼殘殺人類的，如今，歷史竟然走上相似的軌跡。人類絕對不可以再犯同樣的錯誤，一個獸人犯罪，所有獸人都有嫌疑，誰知道下一個受害者是誰？」

「走吧，你還停留在這裡做什麼。」開車的人是約翰，他見到錢老闆的記者會，刻意將警車停在會場邊，招財問約翰幹嘛要留在這裡。

「他根本就是獸人。」

「什麼？你感應到什麼了嗎？」招財指的是約翰其中一個特殊能力，而他的特殊能力鮮有人知道實情。

「臭鼬人。」

「什麼？」

「他用嘴巴放屁，臭死人了，我都快昏了。」約翰打了嘴砲。

當天他們共巡視了三個WCH的抗議現場，他們大多拿出類似的圖卡，但卻有不同程度的訴求，有對兩姊弟格殺勿論的，也有質疑紅瞳公司的，也有懷疑獸人特警包庇嫌犯的，更有集會的訴求是，所有獸人都是嫌疑人的共犯，他們都是共犯結構下的一環，否則怎麼可能找不到兇手呢？應即刻逮捕所有獸人。

約翰刻意在接下來的巡視，讓自己的眼睛散發紅色雷射光束，果然光束照到的人類，都會緘默或收起圖卡。

「變成超人是等下想飛上天嗎？」招財開玩笑地斥責約翰。

嚇嚇他們，讓他們住嘴，我可不想影響下班後的心情，約翰冷笑地說。

「米婭齁，你們到底交往沒？」

「辦公室戀情不好吧？」約翰反駁。

「人類女生也不會喜歡你呀，你有得挑嗎？」招財也一樣毒舌。

下工後，約翰與隸屬同分局的米婭（Mia）碰面。雖然總局還有不少中、高階特警，不過在近幾年的人類抗議行動中，願意成為特警的年輕人卻是越來越少，嚴格來說，獸人特警也開始有招募的斷層了。

約翰雖然隸屬於總局，不過他大部分都派駐在分局辦公，分局裡也就七個初階特警，其中只有兩個是女性，米婭就是其中之一。

在執行任務上，初階特警都需要學習在體系中工作，所以大多不會被交付第一線任務，所以巡查任務，往往落在初階特警身上，這些工作，通常既無趣又乏味。

更多時候，跟人類警察一樣，從事機械化的呆板工作：交通指揮、違規取締，甚至是在分局待著受理報案。只是，報案人通常都是獸人，他們針對被人類欺侮，或者不平等待遇向特警申訴。例如，前去市場卻硬是被店家刁難一物兩價；或者房屋、汽車疑似被人類惡意噴漆寫上「獸人去死」。不過，這些案子人類警方通常也只是敷衍了事，道德勸說，嫌疑人若非違反刑法，頂多是告誡了事，畢竟法律並沒有禁止人類不得對獸人有明確的歧視，而只規範獸人不得因為自身體態的突出傷害人類。

畢竟，獸人是絕對的少數，人類歧視他們的同時，卻也更擔心受到傷害。法律終究是站在人類這一邊的，畢竟法律保障的是多數人的權益。

他們倆人在麵攤用餐，麵攤老闆雖然掛上了WCH的標誌「無條件反對獸人接觸人類」，不過對於特警倒是客客氣氣，畢竟麵攤位置就在總局附近。

或許因為如此，約翰特別喜歡來這吃飯。

「你聽說了嗎？梅姨的事情」米婭先開口。

約翰與米婭並非戀人，雖然曾有肉體關係，畢竟多年前初識時，都是血氣方剛的青少年，但他們現在卻保持若即若離的狀態。

「梅姨？又怎麼啦？又換寶哥了嗎？」

梅姨為了方便，都對每一個朋友介紹，她的男朋友叫做「寶哥」，她的寶貝小哥，據約翰所知，梅姨幾乎每幾個月就會換個寶哥。若你知道梅姨以前的故事，你就會覺得梅姨這麼做是自我保護。

「寶哥真的換了，不過，這不是重點，她收到黑函，對方警告她敢再營業，繼續照顧獸人小孩，會把她的幼稚園燒了，連同那些孩子一起。」

「妳怎麼會知道。」約翰把碗裡的麵一口吃完，今天這頓他請客，便去向老闆付了錢，他一向付雙倍價格，這是他的堅持。

「她來報案，我受理的。」

「值班台怎麼說？」付完錢後，約翰望向隔壁桌的客人，鄰桌客人一直對著他們竊竊私語，說他們兩個人似乎是特警，正上網搜尋兩人的資料。約翰聽在耳裡，他反而對梅姨的話題不太興趣，梅姨本來就很常收到黑函，特警們也幾乎是見怪不怪，反正對方沒一次是來真的。

約翰正在考慮要不要故意用紅色光束嚇嚇鄰桌。

「我跟正樹學長一塊過去，有看到黑函，剪剪貼貼的，上面竟然還列出她的安親班、幼兒園跟托嬰中心的部分孩童、還有他們獸人家長的名字。」雖然人類警員與他們沒有從屬關係，但特警們還是會以學長稱呼前輩，米婭尤其遵守。

「哇，這個疑犯做足功課了。」現在明顯吸引了約翰的注意，「葉正樹怎麼說？」

「不當一回事，他把證據收回，稍微紀錄了一下，有調閱附近的監視器，但監視器剛好故障，整條街都故障，一路延伸到三公里遠。」

「真巧。」那些該死的人類里長，約翰心想。

「對阿，世界上總是充滿巧合。」

「妳跟我說這個，有其他話想說吧。」

「我跟梅姨說，我下班後會跟你過去她那邊一趟。」

「我就知道。」約翰嘆了口氣，催促著米婭趕快把麵吃完。

約翰喜歡梅姨，對於獸人來說，年屆六十的她，就像是所有獸人們的家長，不過梅姨話實在太多，總讓他聯想到育幼院裡煩人、嘮叨的教保老師，所以約翰如非必要，否則都會躲著梅姨。

不過，梅姨實在太喜歡約翰了，而她多想讓約翰與米婭湊成一對。

「你們郎才女貌的，又在同一個轄區，多好呀！」

「米婭是很漂亮啦，大概排第二。」

「第一是誰？」

「妳呀，美梅不是總說她是獸人裡第一美嗎。」美梅是梅姨的獸人能力中，產生的人格分裂形體的其中一個人格，她總是說自己是最美的獸人。

「妖獸哦，妳這樣講等下她出來後絕對爽死了。」

約翰正沾沾自喜轉移話題，不過，梅姨顯然不死心，「你們一起待在訓練機構過，難道都沒有互相喜歡嗎？」

不知道算不算有，不過我們可是早就發生肉體關係了唷，但約翰沒讓梅姨知道。雖然梅姨頻頻換男朋友，但她把這些特警都當小孩看待。他說，「我這個年紀不適合談戀愛，加上我只是過來巡邏。」

接著約翰放下巡邏本，加速與招財逃離現場。

這段對話是約翰分發後，第三次去梅姨的幼稚園巡邏發生的事情，從那時候起，梅姨見到他，都會這麼跟他說，三天兩頭就約米婭跟約翰去她那坐坐。

「你們總算來啦。」在幼稚園門口迎接的是梅姨的其中一個分裂體，她是智梅，負責對外交涉，是處理事情的人格，「你們等下可別嚇到了。」

當我膽子多小，約翰嘴角上揚。

「怎麼兩個人沒牽手過來呢？」約翰與米婭進入幼稚園時，才發現梅姨的另一個分裂體正在二樓陽台探看，她看起來似乎在打掃環境。

呵呵，約翰冷笑幾聲，接著望向米婭，米婭則吐了個舌頭。

「我怎麼覺得，梅姨妳又小了一號？」米婭轉過身，對智梅這麼說。雖然她倆能分辯出梅姨的各種人格，但她們只容許各分裂體互相稱呼小名，對於「外人」，她們還是喜歡被叫阿梅，或者梅姨。

「妳們進去就知道了。」

約翰本來以為梅姨會因為收到黑函，尤其這封黑函看似與過去不同，大概會十分慌張、擔心，但一進辦公室，梅姨卻若無其事地收拾辦公室，而不同的梅姨們正在打電話通知家屬，暫時別讓孩子來上課。上百通電話，如今卻只有其他五個梅姨撥電話，人力顯得十分短缺。

「咦，其他老師們呢？」米婭這麼問。

梅姨散發白光的本體坐在會議桌，替兩個特警各倒了茶，嘆了口氣，說：「我讓她們先回家了，家庭重要。公司的事情我一個人來處理。」

約翰泰然自若地走到梅姨身旁，抬起梅姨的左手，掃描了梅姨的獸人執照三維碼，「梅姨你執照登記的是六個分裂體……門口有一個……樓上有一個……這裡怎麼還有六個妳。」

「嗨，我是今天新來的。」八號梅姨恰巧結束電話，便向特警們打聲招呼。她指著一個趴在桌上，愁眉苦臉，好似十分焦慮與擔憂的梅姨，「她也是新來的，因為她太吵了，又一直哭個沒完沒了，我得出來治治她。」

「媽媽，我跟妳說，妳孩子明天起先別來上課，又有人恐嚇了，但這次真的完蛋了，那些人知道你們的名字，八成也知道你們家地址，很快就會對你們不利，千萬要小心呀！千萬小心！」七號梅姨這麼對電話另一頭說。

一個梅姨聽見七號這麼說，跑過來對七號咆哮：「妳這個新來的不要亂講話，信不信我掐死妳。」然後拿起電話，改變語氣對家長說：「媽媽，對不起，剛才那個是我們新聘的小妹，她膽子小，沒事的，這些事情我阿梅能擺平，沒事！沒事！」

啊……原來梅姨又分裂了一個緊張焦慮的梅姨，難怪她這傢伙看起來老神在在。

「真不應該讓她打電話。」梅姨嘆氣，「我會聯絡完所有家長，今天來是想找你們幫忙。」

「我們能幫什麼忙」米婭問。

「這個忙只有你們可以幫。」梅姨看似嚴肅地說。

「你們應該交往看看。」

約翰差點把剛才喝的水吐出來。

梅姨解釋，開個玩笑啦哈哈。

智梅從外頭進來，對本體訓斥：「都什麼時候了還開玩笑，連最愛八卦的梅花都在認真打掃了，妳這個本體在亂講什麼。」

梅姨這才改口：「你們高層認為這只是威脅，沒當一回事，但我總覺得沒有這麼簡單。」

米婭看約翰懶得理梅姨，在一旁打圓場，便回應梅姨：「怎麼說。」

「我們的學生資料得登錄進去政府的托兒資料，也得上報紅瞳公司，資料都是由我登打的，其他老師都沒經手。」

「梅姨你的意思是……」米婭皺了眉頭。

「政府部門或者紅瞳公司……可能有內賊。」梅姨接著說，「否則威脅我的人哪來學員的資料。」

兩個特警這才明白梅姨的意思。

「加上劉子翔攻擊那個富家子弟的新聞鬧得厲害，那些愚民人類很快就會變成暴民了，你們這幾天暫時住在我這，對方很快就會來這裡找我麻煩。」

約翰歪了頭，欸，這豈不把特警公器私用了，還有梅姨到底從哪八卦到劉子翔的事情，意欲拒絕，不過米婭跟梅姨關係匪淺，她肯定同意。

哎我可不要。約翰正打算開口，米婭卻在桌子下踩了他的腳。

「再說……」梅姨看似嚴肅。

「你們也要在這裡培養感情。」

梅姨說完後趕緊擺了擺手，「開玩笑的、開玩笑的！」

約翰真想把七號焦慮梅姨從電話前塞回梅姨體內，這樣梅姨就不會滿嘴幹話了。如果他辦得到的話，他真的會這麼做。

除了特警外，獸人們也會有自己的資訊網絡，而看顧眾多獸人孩子的梅姨，顯然成為了資訊中心。獸人們雖然不敢肯定真如新聞所說，是水母人劉子翔殺死錢公子，但法院太快就發了書面裁定（以往都需要警方介入調查一段時間後，才會發追殺令），獸人們也嗅到其中不同的味道，似乎有一股肅殺之氣在蔓延。

自從媒體大幅報導，ＷＣＨ的抗爭變得更加激烈，似乎有更多人類上街頭，因為新聞中的錢家是熱愛慈善事業的大企業家，而錢公子則是國外留學的超級資優生，致力於家裡的慈善基金會。如今聘雇的獸人消失，自己則慘死於陰暗角落。

據政論節目推測，錢公子發現家中的財物短少，雖然揭發了劉子翔的犯罪事實，但仍希望能夠給年輕人一個機會，不料兩姊弟共謀，除了家中短少了數幅名畫、珠寶以及高級手錶外，劉子琪還從錢家將錢公子綁至廢棄港區，再由劉子翔殺人棄屍。

這個故事看似天衣無縫，不過所有獸人都覺得有異，劉子琪在獸人圈子很知名，畢竟她開創了獸人拖吊事業，她也顯然不是貪圖財富的人。劉子翔雖然懶散，偷東西或殺人卻不可能為之，那就代表有人試圖抹黑獸人。

梅姨從口袋裡掏出一張紙條，原來黑函不只一頁。

「李筱梅，今晚我就來看你那五個小老太婆有多厲害。」

米婭嚇了一跳，這張紙條梅姨怎麼不早拿出來，應該要讓警方知道的呀。

「人類警察一直都有收黑錢，他們看到也不會當一回事的，你們難道不知道嗎？」

特警遲疑，人類員警大多將獸人的業務推給初階特警，重大刑案也是發生了以後才會通報給中高階特警，他們認為人類頂多只是推卸責任罷了。

要說收黑錢……雖然不能排除，不過，付錢給警察要警方無視對獸人的威脅警告？

「如果只是推卸責任，這二十年來，就不會總是抓不到噴漆的兇手了。」梅姨從抽屜裡倒出厚厚一疊恐嚇信件，「我只是有很多分裂體可以替我粉刷，所以我都懶去報案而已；有報案的，大多是我那些阿妹員工堅持。」

梅姨嘆了口氣，「我也跟你們的學長學姊說過這件事情，但他們授命要去追殺劉子翔，撥不出時間；再說，他們是高階特警，有些人甚至被叫去保護更知名的獸人，好比叩叩教授、火速或其他知名的獸人，那些名人也都收到威脅了。是你的老特警學長姊建議我找你的，約翰。」

約翰驚訝，學長姊竟然指名要我來這。

「那我呢？」米婭問。

梅姨笑而不語。

她在幫妳，其他梅姨用唇語說。

米婭跟約翰都能明白，梅姨成為目標的原因。

最初代的寶哥，在與梅姨離婚多年後，前幾年也在ＷＣＨ的慫恿下，上電視台報料梅姨是多麼貪心、寧願收受紅瞳怪物公司併購，也不願意收容人類小孩，這點確實是很好的宣傳材料。

梅姨懶得跟寶哥計較，雖然曾有媒體邀請這個或許是獸人界最知名的幼稚園園長上節目表達意見，但她都拒絕發表聲明，或許在她心中，那個男人還是獨特的存在，雖然傷她最深，但她也愛得最深。

反正，她根本不在乎那些人類講她什麼，她已經非吳下阿蒙了。

對梅姨不利，便足以對那些孩子還小的獸人爸媽造成威脅。如果說叩叩教授艾德華是白領獸人的代名詞，火速是明星代表；親近獸人爸媽與年幼子女的梅姨，則成了更貼近普羅獸人百姓的象徵。

約翰雖然對梅姨的媒婆行徑汗顏，不過他倒是認真看待這件事情，跟米婭有模有樣地巡了整棟大樓。

「梅花與獸人們的兒童教育中心」是一棟地下一層，地上七層的大樓，一樓是辦公室與體育場，二樓到六樓是孩童與學生的教室，七樓則是倉庫、禮堂與與梅姨的住家。

頂樓平台嘛……又不是警方攻堅行動，不可能會開著直升機大搖大擺從空中進攻，地下室則是停車場，據說設了兩道鐵捲門，除非對方開坦克車來，否則也不可能突破。

突破口只可能會是一樓大門與運動場的圍籬，偏偏這整棟大樓是工程獸人所建，是蓋給自己孩子們以後上學用的，所以搞得堅不可摧，窗戶都是防彈玻璃，只留了小小的活動排氣孔，圍牆也是用軍用規模，鋼筋水泥也不馬虎。

這些家長大概是被人類欺負慣了，把整棟兒童教育中心當成堡壘來蓋。

正門口跟運動場邊的逃生門，就成了唯二突破口。

米婭的獸人形態比較需要空間，讓她來看守運動場較合適，約翰則留在大門口防守。

梅姨本來不想讓兩個特警拆開的，畢竟她多希望這兩個年輕人湊成一塊兒，不過，約翰堅持。哎，我們不就是來這保護妳的嗎？妳就少說兩句。

梅姨還沒回應，約翰就走到外頭透氣，畢竟剛才除了場勘外，他跟米婭也不免俗地替梅姨整理幼稚園，一夥員工走得匆忙，特警對這種家務也並不排斥。

才過十點，約翰正想打電話詢問招財有沒有什麼消息，不料，招財竟然先撥了電話過來。

「喂，沒打擾到小倆口約會吧。」

「正打得火熱呢……廢話少說，這麼晚了打來幹嘛？」

「有人要你去李筱梅那邊注意一下呢。」

「分局長還是局長腦袋燒掉了嗎？」

「不，不是人類。」

約翰看了看自己的獸人通聯裝置，也查看了自己手機，咦，沒什麼未讀訊息呀。

「我假意回到分局，說我打牌輸了不少錢，回分局跟大家借錢。」李招財接著說：「我問葉正樹，聽說李筱梅今天又收到恐嚇啦，聽說這次內容不大一樣。」

「葉正樹怎麼說。」

「他說八成是哪個員工把資料賣了，有內賊，過幾天就沒事了啦，出事再說。」

約翰緩兵不動。

「我說，要不讓小老弟去跑一趟，巡邏一下，他說也好，不然出事了他會被分局長說沒作為。他還補充，這些初階特警過太爽，你們獸人每天應該要值勤十六小時才對，這樣人類才可以輕鬆一點。」

「你沒必要一字不漏的轉述，你會被討厭不是沒有原因……還有我已經在這了。」

「你這小鬼頭真不會選約會地點。」

「廢話少說。」

「給我消息的人說，他們暫時不能幫你，有風聲說……有人請了人類打手……還會有非法獸人，不過，不會是什麼厲害的腳色，畢竟只是個老獸人要對付。」

「消息怎麼這麼靈通，到底是誰跟你講的。」

「有機會再讓你知道，對了，今天酒店小姊跟劉子翔朋友上節目爆料，所以劉子翔的麻痺能力被確認了，他朋友也證實他如同錢老闆的聲明，偷了不少東西。」

「那重要嗎？反正法院在證據不足的狀態都核發追殺令了，我敢保證錢老闆找到劉子翔的朋友也沒給他們好過。」

「對，劉子翔的朋友在節目上，拜託警方庇護。」

「局長怎麼說。」

「我們警方不能淪於特定人士的工具。」

「又是一個臭鼬人，你確定局長不是獸人？」

「無聊，我要去打牌了。」

「所以你真的打牌輸錢。」

嘟……嘟……嘟……

竟然會有消息……暗中給李招財消息的人，到底是什麼來頭。

李招財嘛……你說他為人清廉，倒也不一定是，畢竟他那個人除了打牌，還喜歡釣魚，老婆因為他三天兩頭不見人影，早就跟人家跑了，還好兩個人沒小孩，若真的有，小孩也跟人家姓了。

不過一個人愛打牌也不代表什麼，真好賭成性，揮金如土，就不會有能力照顧自己在火場中被人救出，卻留下嚴重後遺症的消防老弟。除了老弟外，還把幾個侄子姪女拉拔長大，視如己出。

雖然李招財不太講私事，但約翰可是看到李招財的手機桌布，是自己跟弟弟一家人合照，他弟弟坐在輪椅上，侄子姪女都已經長大成人，據說前幾年還生了個小侄孫呢，可見他們確實感情很緊密。

所以警方內部還是以為這是單純的恐嚇……

至少葉正樹那傢伙不當一回事，看來他們不知道資料外洩的事情，不過，真的是這樣嗎？

約翰與米婭守了好一會兒，他們基本不太感到疲累，全獸人雖然不是個個都有愛德華一樣的能耐，但一天睡三、四個小時基本就夠。轉眼間，過了十二點，梅姨已經將所有分裂體收回，準備服用抗衝突藥物了。

「先別吃藥，等下不知道用不用得到。」米婭勸了梅姨。

約翰哼了一聲，梅姨那些分裂體有什麼用，他脫口而出，老人家還是別浪費精神。

「喂，你這小子小看我呀，虧我還對你評價這麼高。」

梅姨再度爆發一陣白光，她開始使喚所有分裂體找地方去監視動靜。

梅姨們紛紛抗議。

「喂，把我們當狗叫啊！」

「加班費呢？」

「我該睡美容覺啦！不是才叫我們回去的嗎？」

「我們要保護阿梅！」說完後這個梅姨隨手拿了一把愛的小手，她轉頭問梅姨有沒有像樣的武器。

「去廚房，妳不老最愛去廚房。」一個梅姨提出建議。

「好恐怖哦！我想回家！」

「新來的不要吵啦！」

「我比較想要監視你們。」卦姨指的是兩位特警。

約翰嘟噥，說：「幹嘛叫她們，去看監視器不就好了。」

話雖如此，梅姨的分裂體還是頗有用處，畢竟監視器存在死角，梅姨派了最可靠的分裂體去看監視器，其他幾個則去了不同位置，從大樓內部往窗外窺探。

果不其然，過沒半小時，一個梅姨看見幾台轎車往幼稚園前來。

大半夜一夥車子高速行駛，肯定不是飆車就是尋仇，八成是後者。

這可是監視器看不到的地方呢。

約翰稍作暖身，說要一個人去外面迎敵。

米婭想跟上前去，不過約翰要她保護梅姨，畢竟這可是他們來的原因。

「要記住，妳的獸人能力要在空曠地才能發揮，加上妳對人類來說太致命，一弄不好會讓他們脊椎斷裂，搞不好會被告執法過當。」約翰說的是事實，「雖然我是個半調子的盜版仔，但擺平人類還算簡單。」

「你確定他們都是人類打手？」米婭看似擔心地問。

「我確定。」

再說，我可是被我以前那怪物養父母搞過，都能夠面不改色繼續嘴砲了，區區獸人，算什麼東西。

約翰伸了伸懶腰，測試一下自己的能力……哇……這個有意思、有意思啦。

他先傳訊息給招財，老頭八成在睡：「我敢打賭，今天劉子琪現身了。」

未讀。人類過了四十歲，熬夜根本天方夜譚，太可憐啦！

一整群轎車從大樓四面八方停車，衝下來至少五十個人類，他們手持棍棒，還拿了伸縮鋁梯，看起來不想殺害梅姨，只是想要破壞大樓。

砰！砰砰砰砰砰砰砰砰砰！

噢搞錯了，他們有槍。

不過，他們是朝大樓窗戶射擊，子彈咚咚咚咚咚咚地落了下來。
他們似乎十分傻眼，區區一個幼稚園，竟然用防彈玻璃。
約翰拿了一把傘，主要為了抵擋掉落的子彈，他從幼稚園走了出來。
「李筱梅，你還敢出來呀！」幾個人類開始叫囂，他們以為傘下的是梅姨。
「怪物！」
「噁心八婆！」
「叫你那些小老太婆出來呀，我看她們多厲害。」
「不敢說話是不是？」
「他們這種怪物有再生能力，死不了的，大家不用擔心，給我打下去！」
「老大說過，不小心打死也沒關係啦」
「怕什麼，過去打啊！」
「錄影沒？絕對要錄下來，這老太婆傷越重越多獎金！」
但他們似乎光說不練。怕什麼，不就是一個老太婆嗎？
真是沒膽，約翰這麼想。
「開始錄了。」一個人類打手喊著，此時人類打手開始朝約翰一擁而上，原來是要等錄影呀。
啪。
攝影機開始冒煙。
街道上的燈具也全部熄滅。

這是約翰的獸人能力之一，電磁癱瘓，他可以癱瘓一定範圍內的特定電子產品，這也是為什麼人們總以為他是盜版仔的原因，他們以為約翰只能使用最初展現的半調子公牛人能力。

在為數不多的同學、特警學長姊見識過他的真正的能力後，都不敢小看他，嚴格來說，他們其實害怕他。

因為他的盜版公牛能力的源頭，其實是「複製能力」。

約翰身上爆發一陣白光，此時突然變成六個約翰，手上各拿著一把傘，拜梅姨今天「突破限制」所賜，他本來只能頂多有三到四個分裂體，現在能夠有六個。

由於他們一樣身材嬌小，加上沒有燈具的輔助，人類打手一一揮空。可是，我們獸人的夜視能力，比你們人好多了。

六個120公分高的小約翰們，開始一一朝人類反擊。

梅姨從來沒有戰鬥過，她不知道分裂體可以發揮什麼樣的能力，約翰隨時收回被擊中的分裂體，又另外讓分裂體從打手們的背後重生。

約翰能夠複製最近接觸的幾個獸人能力，尤其是獸人化的，他能夠複製更完整。隨著接觸範圍與時間越近，盜版的品質越好，離接觸到的時間、空間越長，他就越無法複製使用。

「打他的本體！」人類打手這時才發現攻擊的並非梅姨本人，但他們也沒有就此退卻，擒賊先擒王。

啪！

一個人類打手用球棒敲到約翰身體，但不痛不癢。

約翰對於自己盜版的第一個特警，蠻牛，始終有特殊情感，第一次拷貝盜版，品質最好，也最忘卻不了那時的滋味。

「我一定要跟弟弟炫耀！」第一次成功獸化時，這是約翰冒出的第一個念頭。

他單掌就把對方砸到牆上。

好像太大力了，希望你別死啦。

約翰又陸續遭到不少攻擊，但以蠻牛的姿態，他根本不痛不癢。

「讓開！」人類打手們疾呼，這時候已經有超過一半的人類打手被打趴在地。

一個打手開了車，準備朝約翰撞去。

無論你體態再怎麼堅硬，怎麼樣也不可能抵擋上噸重的轎車吧！

但約翰的雙腳卻各長出六根又細又尖的細刺，這是米婭的特殊能力：扎根。細刺將約翰牢牢地嵌在地面上。另外，約翰的身體開始散發出金屬般的紅光，這也是米婭的特殊能力。

汽車迎面朝他撞去，磅！約翰毫髮無傷，汽車的鈑金凹陷，反作用力讓汽車朝約翰身旁翻了出去，撞上在一旁虛軟的打手們。

喂，這不能也算在我頭上吧。

「別動，再動我就開槍。」

倖存的打手們，紛紛掏了手上的槍。

「你們不知道我是特警嗎？」憑藉著月光，約翰秀了自己的警徽，他向所有人展示，「現在梅姨這裡歸我管，我受命在此巡邏，執行公務，你們若有點腦袋，還不趁現在快滾。」

少數幾個人類你看我、我看你，似乎不知道該怎麼辦。一個人影去了最後一台黑頭車上，似乎正打算討救兵。

看來最後那個角色就是非法獸人了。

幾個人類竊竊私語，約翰聽見他們在說，如果這一趟失手，上頭不會善罷干休的，至少要拖一個獸人陪葬。

「我打賭你們不敢開槍，哼，一群人類孬……」

砰砰砰砰砰砰。

好樣的，竟敢真的開槍，我真應該改掉這種愛放炮的習慣。

約翰探出了超細的觸手……這是劉子翔的能力。

他的觸手將所有子彈抓住，一顆不漏。

但是天色太暗，沒有人類看到他用的是什麼能力。

「怪物！」

「他……他可以控制子彈！」

「這個小子是萬磁王嗎！！」

幾個人類見狀，立刻逃離現場，連受傷的夥伴都丟下了。

拜託，不要詛咒我禿頭。

（欸……不對，禿頭的是X教授啦！）

最後的非法獸人走了上前，雖然約翰勢如破竹的擊敗所有人類打手，但對獸人來說，人類根本算不了什麼。這時候約翰已經將所有能力收回，畢竟要同時長時間釋放這麼多能力，他也會精疲力盡。

非法獸人渾身肌肉，以人類來說，他十分魁梧。

「喂，你沒聽見嗎？我是獸人特警，我是來保護幼稚園的，識相就快點滾，我懶得把你打暈以後還要送回分局。」

「誰管你什麼特警，你又是哪根蔥，小角色吧，報上名來。」

「約翰，所以你是想要對獸人特警動手嗎？你知道獸人特警受到你們這些非法獸人主動攻擊，可以把你們殺了的嗎？。」

「誰管那些狗屁人類法律，啊你是說完沒，從頭到尾就在那裡唸個沒完沒了。約翰……什麼爛名字……不過就是個小毛頭呀。」非法獸人此時獸化，他全身散發綠光，變得有三公尺高，他雙手則變成鐮刀。

螳螂形態的獸人，雖然前幾年很多，但近幾年在本國不常見到呢。

「特警在此，你有權即刻離開現場，但你的一舉一動都可以在法庭上作為指控你的不利證據。在你尚未攻擊前，我不會主動攻擊，要是你使用客觀上足以造成傷亡的任何獸人形態武器，我也有權利將你就地正法。」約翰快速朗讀特警宣言，雖然他知道很多特警不來這一套了，但他畢竟是菜鳥，得遵守。

「@＃%%^＃^$＃^＃。」

變身後的非法獸人開始沒辦法講話了，口齒不清。

唉，在非正規機構變成獸人，總是會有劣質品沒法說話，誰叫你們不支持正版呢？

約翰高速現身在非法獸人身後，自己的手臂也變成鐮刀，將非法獸人的手臂斬了下來。

非法獸人轉過身去，約翰卻又現身在另外一側。

唰！

非法獸人拚命再生自己的鐮刀，但是一瞬間便倒在地上，自己四條腿也被斬了下來。

「＄＠＃＄＠＃％％。」

「阿鬼，你還是說人話吧。」

把你打死對我沒有好處，我才懶得寫報告咧。

手銬銬上了非法獸人的手臂，他被強迫退化回人類。

他顯得不知所措，只好改口，「你……你主動攻擊我……我要舉報你……傷害我們……我們獸人。」

約翰指著幼稚園門口的攝影機，他毫不在乎的表示，「你省省吧，我剛剛有強制恢復那台攝影機的功能，想不到吧？它早就錄到你攻擊的過程，我可是先說過宣言的唷。」

約翰除了可以電磁癱瘓以外……還可以強制性的將非法獸人干擾的電磁產品，恢復原本功能，這件事情，更是鮮有人知。

過程中，約翰刻意讓非法獸人的身軀，遮住自己複製對方的過程，所以鏡頭只拍下他不斷從背後攻擊非法獸人，讓他倒地。

在與學長姊的對練中，他會儘可能地、小心翼翼地複製對方能力跟鄰近獸人的能力，結合並在戰鬥中尋求最佳的組合策略，以最小限度反擊，有些人甚至沒有察覺，但其中的翹楚，絕對知道約翰在做什麼。

「從背後攻擊，讓你打倒的人根本來不及意識到發生什麼事情。」

少數人推測他能夠複製能力，但僅限於蠻牛或對戰者的能力，而且只是盜版水平。

因為他總是現身在敵人背後，沒有人知道他是怎麼辦到的。

至於即便有目擊者見到他大量複製不同獸人的模樣，約翰只要否認就行了，這太荒唐，他這種能力幾乎是絕無僅有。

獸人歷史上幾乎從沒發生過。

約翰呼叫米婭過來，也通知了分局。

「我在李筱梅的幼稚園……啊……怎麼說呢，我來巡邏啦，然後跟梅姨聊天，一堆人類拿槍過來，就剛好擺平了……對了，還有一個非法獸人，他攻擊我，我就順便讓他『退化』回人類了。」

電話才掛上，米婭就憂心匆匆地跑了過來，梅姨則露出懷疑的目光，幼稚園的監視器從戰鬥一開始就突然沒有畫面，她們也不知道發生什麼事情

米婭說，不知道為什麼，約翰的戰鬥過程，總是鮮少被錄下來過。

「我這個人比較低調。」

「你沒事吧。」米婭看起來稱不上擔心，不過她看見倒在地上上銬的非法獸人……她認出那是專門用來逮捕非法獸人的手銬，「有獸人？」

「我也是很意外……哈哈。」

「你怎麼不叫我過來支援？」米婭質問。

「沒事啦，我不是好好的嗎？而且妳要去防守體育場呀。」

「這是什麼形態的獸人？」米婭問，她會這麼問，因為非法獸人的形態，大多沒有創意。

「妳不會喜歡的形態。」約翰似乎拒絕透漏。

一連吃了兩次閉門羹，米婭似乎真的不高興了，她不發一語地走回幼稚園。梅姨嘆了口氣，說：

「你真的……啊……算了……我去安撫她，要叫人在這裡陪你嗎？」

梅姨指的是她的分裂體。

「拜託不要。」

約翰以往最多只能同時發動至多四到五個獸人的能力，他自己的、蠻牛的，以及最近接觸到的幾個獸化獸人，米婭今天還沒獸化過，所以沒辦法使用米婭的完全形態。

不知為何，這幾年來他即便刻意避開再跟蠻牛接觸，不過自己卻是始終能夠複製他的能力，雖然他的超獸化能力很泛用，但蠻牛的形態太過「打手」，佔了一個缺額，不免有點可惜。

梅姨不知道的是，約翰與米婭劃清距離，正因為自己的特殊能力。

他推測是因為過去長期跟蠻牛同居一室，所以他擺脫不了蠻牛的能力，這也帶給他「盜版仔」的罵名。

如果自己有獸人伴侶，那麼是不是會長期拷貝伴侶的能力，他曉得蠻牛始終對約翰複製了自己的能力耿耿於懷，畢竟每一個特警都希望自己是獨一無二的。

再怎麼強大的獸人都會有顯而易見的缺陷，如果他與伴侶都是相同能力……太危險了，絲毫不可能互補。

在受到針對性的復仇攻擊時，兩個人只會一同被擊敗，而特警被人針對性攻擊，並不罕見。

不過，約翰的心思並不在這裡。

我到底是在哪裡接觸到劉子翔的呢？

難道是WCH會場？

難不成劉子翔埋伏在會場，想對WCH下手，那個小王八蛋，他想跟大鯨魚鬥？

唰。

一個人影從幼稚園旁的牆面浮了出來。

是誰？又是非法獸人嗎？

約翰急欲再度獸化成公牛形態，這也是他最不費力的形態，但對方卻是擺了擺手。

「放心，我不會攻擊你。」

「放屁，你當我三歲小孩。」

對方又再度從牆面隱身。

對方改從約翰身旁的地面，從柏油路上浮了出來。

「我的能力是擬態，絲毫沒有攻擊能力，弱得可以，跟你打我會死得很慘。」

約翰歪著頭，這傢伙難道全程目睹剛才的戰鬥嗎？

「我是『說客』，是要來問你，願不願意加入我們。」

約翰嘲諷，說：「加入什麼，我可沒聽說過警察有什麼公會，何況是獸人特警。」

「看看你身旁的這些人類。」擬態人指了指約翰周遭那些倒在地上哀號，甚至仍在怒罵約翰的人類。

「王八特警……」

「怪物！」
「妖怪！」
「仗著自己是特警，警察的狗，有什麼了不起。」
「下賤怪物公務員……」
「特警的職責在保護人類……看看你身後這些人類……這些真正的怪物。」
遠處開始傳來警車的鳴笛聲，分局派人過來了。
陌生人倏地消失得無影無蹤。
對方在對街的牆面再度浮現。
「再想一想你今天保護的獸人……蘇安平，你想一想吧，你要站在哪一邊？」
咻。
「你身後的那些人類……那些真正的怪物……」約翰呢喃著。
不對。
他怎麼會知道我的真名？
擬態能力……有高階特警有這種能力的嗎？剛才那傢伙說他幾乎沒有戰鬥能力……
難道特警也有這種偵查類型的存在嗎？
還是，這傢伙不是特警？
「您有新訊息。」
「對，今天劉子琪現身了，她去她母親的養護中心過，飛行特警追不上她，她太快了。不過這是機密，你又是從哪裡知道的？」

約翰打迷糊仗。

招財沒睡，難道他這個老傢伙打算通宵打牌嗎？

「今天大潮，我在釣魚，你的訊息聲害我的魚跑啦。」

身為辦案的警官，手機竟然會調鈴聲，是想要在攻堅前被嫌犯抓包嗎？你腦袋有洞啊。

約翰哼了一聲，想到等下還要寫報告就覺得煩。

獸人寶典

◆特警宣言：特警在接獲報案後，如獸人或非法獸人已有攻擊行為，可予以反制，除非已造成重大傷害，應儘量避免嫌疑人傷亡。但，如遭遇嫌疑人，其尚未攻擊，特警得朗讀宣言，或以相同意義語詞代替之。特警宣言全文如下：「特警在此，你有權即刻離開現場，但你的一舉一動都可以在法庭上作為指控你的不利證據。在你尚未攻擊前，我不會主動攻擊，要是你使用客觀上足以造成我傷亡的任何獸人形態武器，我也有權利將你就地正法。」

本篇故事中，約翰至少朗讀，或以近意語句陳述了兩次。

◆獸人特警的弱點：獸人特警並非無敵，每一種獸人形態都有對應的弱點，約翰雖然可以同時使用多種能力，但過於耗費體力，故較不適合進行消耗戰（使用單一能力除外）。另外，在一個不小心之下，獸人特警也是會害怕普通子彈的，打擊心臟及腦部，他們仍然會死亡，也並非所有獸人都有瞬間自癒能力，普通半獸人皆然。

◆米婭的獸人形態：不詳，目前已知有軀體硬化與嵌爪，軀體可以變成擁有紅色的類金屬護甲，嵌爪則是可以在自己的四肢上生長，可以用於飛簷走壁，或承受各種衝擊。

◆約翰的特警執照登錄以下能力：

1. 牛角人蠻力

2. 電磁干擾
3. 高速繞背
4. 劣質且短暫複製對戰獸人能力／或幻覺再現（無法確認）
＊第四點因未經詳細研究，遭到反覆塗改，故未登載於獸人執照中

約翰的原始能力1：複製，約翰從訓練過程中，無意見發現自己的複製能力，而多數人以為他僅能仿冒蠻牛的能力，唯在少數的戰鬥中，能夠劣質地複製與其對戰的獸人能力。

但事實上，約翰能夠同時運用多種獸人的能力，目前僅有極少特警知悉（推測招財應該也知悉，他曾在車上詢問約翰是否「感應到什麼」），而雖然曾有少數人聲稱目睹過約翰的複製能力，但因為從無影像佐證，故多數人並不採信，加上遭逮捕的犯嫌，無論人類或非法獸人，多會誇大並謊稱特警的暴力行徑，故警政系統也不當一回事。

更多人則推測約翰更像是幻覺系獸人，透過幻像混淆獸人對手，對於他是否真的能複製他人的獸人能力，採存疑態度。

約翰的原始能力2：電磁干擾，獸人形態不詳，約翰能夠針對特定電子產品發出干擾，除了電子產品外，也可以針對自己或特定人的聽覺進行濾波，這種能力對監聽十分有效。此外，由於非法獸人犯案時，大多都造成鄰近監視器受到干擾，推測此種能力也跟非法獸人的特殊干擾器有關係。不過隨著非法獸人的裝置被警方查獲，官方已經知悉干擾能力的動物原型，但由於約翰除了蠻牛外，未

以其他動物形態獸化過，故紅瞳認為約翰擁有干擾能力只是個巧合。

約翰的原始能力3：高速繞背，獸人形態不詳，約翰在對戰中，時常輕易地繞到敵手背後攻擊，由於速度太快，故無法得知其如何做到。部分研究人員推測，電磁干擾與高速繞背是來是同一種獸人形態，但約翰在使用上述能力時，是以人類姿態辦到，並不改變其外觀形態，極為罕見。

◆梅姨的六種分裂體：

梅花（梅姨的本體），具有所有分裂體的共同人格特徵。

二號阿梅（美梅），為阿梅的自戀人格，較為驕縱、浮誇。

三號阿梅（怒梅），為阿梅的攻擊機轉，性格火爆、富有正義感。

四號阿梅（社梅），為阿梅的社交與公眾互動能力。

五號阿梅（智梅），為阿梅的高效率機轉，其人格較為理智、謹慎。

六號阿梅（卦梅），為阿梅的八婆與長舌。

新增分裂體：

七號阿梅（慮梅），為阿梅的焦慮與失措。

八號阿梅（為了反制慮梅而產生的分裂體），主要控制焦慮與失措的理想化人格。

她一直想要個「正常家庭」，她一直都以為這只是個再簡單不過的期待，但是，這些似乎難以企及。

宇宓雅左臉天生就有一大塊朱紅色胎記，就在她的左眼上緣，足足有將近一個拳頭大，但若刻意視而不見，你能夠發現她的五官極其標緻。

胎記不可避免地讓她在幼時引來其他孩童的訕笑與排擠，小朋友們相互起鬨，讓她忍不住向父母哭訴。

爸爸媽媽告訴她，妳臉上的胎記，是爸爸媽媽送給妳的禮物，這樣我們才能夠在人群裡找到妳呀！從鏡子裡，她知道自己是個很漂亮的小女孩，加上爸爸媽媽這麼說，讓她對那些小朋友感到不滿。她氣呼呼地罵那些小朋友，這是我爸爸媽媽送我的禮物，你們沒有，是因為他們不夠愛你們！

這些話引來幼稚園老師一陣驚訝，她們曉得孩子們本來就容易因為別人的長相，有些排擠言論，所以她們盡力協調、鼓勵其他孩子。「宇宓雅跟妳們沒有什麼不同，她臉上紅紅的，但她也跟妳們一樣可愛，不能因為宓雅的長相不同，就欺負她。」

久而久之，或許是因為老師的教導，其他孩子們漸漸地習以為常，減少了對宓雅的嘲笑。

但是，除了胎記，宓雅跟其他孩子也仍有其他不同之處，更讓她困擾的是雙手的六根手指，這點一直都讓她在同年齡的孩子們之間，格外受到注意。

雖然人們對於顏面的異常，總是排拒，但對於孩子而言，六根手指倒是很鮮。

「這根手指可以動嗎？」

「好酷哦！」

「一點都不酷，這哪裡酷？」小宓雅氣鼓鼓地說。

小男生都覺得六根手指很驚奇，但是小女生，卻覺得再噁心不過，加上宓雅一直比較受到小男生的歡迎，更讓她們不滿；而宓雅，卻更想要跟小女生當朋友。

尤其她們的衣服都好漂亮。爸爸媽媽沒有多餘的錢，替她治裝。

這便是清寒家庭的悲哀，她也是到長大後，才明白。

窮比病還要可怕。

「宇」不是一個常見的姓氏，據說她的祖先曾經是古代大官，但因為後代子孫沒守住財富，好幾代前就已經家道中落。

宓雅的父親宇文治是個工地工人，年輕時貪玩，沒有累積一技之長，只能在工地打零工，母親周巧婉則是火鍋店的服務員。

這樣子的生活，雖稱不上窮困，但確實辛苦。不過，他們小夫妻儘可能地疼愛孩子，希冀給孩子父母能力所及的最好生活。

醫生說宓雅的多指症並不是大問題，她十二根手指操作自如，甚至曾有幼稚園老師說，這樣的手或許很適合彈鋼琴呢？

彈鋼琴……似乎是更遙不可及的夢想，她只對多出來的兩根指頭感到厭煩，畢竟，她知道胎記會逐漸變淡，但是，指頭卻不會縮回去。

難道我要跟這些手指相處一輩子嗎？

父母親知道她的困擾，便與她約定，會在這幾年攢錢，幼稚園畢業後的暑假，帶她去手術，將多出來的手指移除。

只是，人算不如天算，宓雅的弟弟在她幼稚園中班的那一年誕生，不幸的是，弟弟是早產兒，而且還有腦性麻痺的問題，出生後幾年不得不頻繁進出醫院。

父母親都是底層勞工階級，籌來替宓雅開刀的錢，便全部挪作弟弟手術以及後續復健的費用。母親因為弟弟的情形，或許自責，也可能是疲於在醫院與住家奔波，開始有了憂鬱傾向。父親為了籌錢，只好多兼幾份工，之後宓雅幾乎就很少見過父親回來一塊吃晚餐。

宇文治總是很晚回家，但他儘可能地趕在她入眠前返家，跟女兒道個晚安，或者說個兩句話，而天一亮就出門，四處詢問今天哪個工地有工可以做。

他們一家團圓的時刻，一週通常只有一兩天，宇文治會帶全家去公園，或者其他「免費」的地方玩耍。逛逛商場、吹吹冷氣，又或許帶他們去河堤騎腳踏車。

既然沒錢，也有沒錢的玩法，畢竟孩子總是要玩耍，不可能給孩子沒有歡笑的童年。

小宓雅卻總覺得不夠，她更想要爸爸的陪伴。她曾經問母親，爸爸呢？爸爸去哪裡了？

宓雅呀！爸爸他去工作了，要賺錢。

爸爸為什麼要一直賺錢？

因為弟弟很容易生病，他生病要花很多很多錢。

我的手指呢？我的手指也生病了。

妳的手指只是小問題，弟弟優先，弟弟比妳更需要治療！

所以宓雅幼時對弟弟並不諒解，是弟弟害父親得一直工作，加上母親的情緒常因弟弟胡鬧，時不時地歇斯底里，更加深了她對弟弟的怒氣。

「你怎麼就是學不會呢！」

「你怎麼又摔倒了呢？」

都是你、都是你。

日子過了很快，轉眼間，她已經是個受歡迎的小女生，胎記隨著年紀稍稍變淡，加上她又是個品學兼優的大家閨秀，小男生們都很喜歡她，甚至可以說，三天兩頭就有隔壁班男同學前來告白，遞給她愛的小紙條，但是她的女同學人際圈還是個大問題。

女生們排擠她，四處說話中傷她，說她根本就是個多指怪物，不是一般人類。她們當時還不會用獸人詆毀她，不過，這些事情小男生們根本都不在意。

與其去嫌宓雅的多指，他們可是更巴望著要牽牽宓雅的小手呢。

國小六年級那一年，弟弟升上小學，宓雅的惡夢才正要開始。

當時宓雅母親的憂鬱症越發嚴重，安眠藥副作用導致她時常在早上睡過頭。幼稚園時代，缺勤跟幼稚園老師說一聲就罷，但國小可就不一樣了。

國小老師三天兩頭打電話替母親 morning call，母親雖覺得抱歉，但自己卻不能不用安眠藥，否則徹夜難眠，這樣只會打擾到宇文治的休息，不行哪。

媽媽問她，可不可以把弟弟託付給宓雅，讓宓雅帶弟弟去上學，中午再由媽媽接回。

宓雅當然不願意，就是這個弟弟，才讓爸爸媽媽變成這樣，為什麼我要為他做這些事情？

媽媽打了她一巴掌，說她是個自私的孩子，竟然連帶弟弟上學都不願意。說完後，媽媽自己忍不住嚎啕大哭，宓雅當時嚇壞了，她沒想到母親的反應竟然這麼激烈。年幼的弟弟見到媽媽打姊姊，一拐一拐地走了過來，宓雅以為弟弟是要安慰媽媽。

這個小惡魔，你還看不出來是因為你，家裡才會變成這樣的嗎？

不料，弟弟竟然是擋在宓雅面前，告訴媽媽，妳不要欺負姊姊，姊姊沒有壞壞。

原來，宓雅也是刀子口豆腐心，母親精神狀況不好時，很多時候都是自己協助照料弟弟，雖然從沒給過弟弟好臉色，不過她的照顧，弟弟都看在眼裡。

雖然母親那天沒再跟宓雅說話，但宓雅隔天也是起了個大早。

果然，無論鬧鐘怎麼響，媽媽仍然賴在床上文風不動，自己便協助弟弟刷牙洗臉、穿衣服、整理包包，再牽著弟弟上學去。

這一趟上學，害得她遲到，畢竟弟弟得拿著拐杖行走，移動速度較慢，她便替弟弟揹著背包，在一旁監看、保護弟弟。

她知道要讓弟弟多練習走路，自己不可能一直陪伴在他身旁。

所有人這才知道，原來宓雅有一個「奇怪的弟弟」。

腦性麻痺本來就是腦部功能缺損，雖然智能無礙，但弟弟的身軀與四肢，包含頭部，都會不自覺顫動，講話也總是口齒不清，加上拿了輔具，儼然就是在挑戰這些國小生的三觀。

從那時候開始，告白的小男生變少，小女生們的訕笑卻越來越嚴重，宓雅也是咬著牙忍耐，陪伴弟弟上學的過程中，她見到不同年齡層的孩子，紛紛避開弟弟，似乎把弟弟當成怪物。

「姊姊，為什麼大家都離我這麼遠。」弟弟會這樣問她。

宓雅也是這時候才意識到，其實弟弟遠比她在乎別人的觀感，或許自己相對比較幸運，幼時受到父母親的支持鼓勵還要好得多。

那時候爸爸跟她們相處的時間長，媽媽也還沒生病，可是現在爸爸幾乎不在，媽媽的情緒狀況也每況愈下。

弟弟還沒長出面對的勇氣，就進入如洪水猛獸的團體生活，她能夠理解弟弟的心情，畢竟小時候，她也曾經被同學欺侮跟排擠，弟弟只是生病，他不是故意這樣的。

她只能鼓勵弟弟，那些笨蛋不知道什麼是腦性麻痺，不要跟他們計較，沒關係，姊姊挺你。

後來，即便升上中學，宓雅也會堅持要陪弟弟上學，她儼然取代母親的角色，一直到其中一天下課返家，發現父親竟然在家裡等候她回家。

她興奮極了，但是，宇文治卻開口，說：「今天，有件事情得要跟你們說。」

宓雅膽戰心驚，不知道爸爸要說什麼事情，難不成爸爸要跟媽媽離婚嗎？

吃完飯後，爸爸終於宣布，因為家裡的經濟缺口實在太大，所以他要成為獸人。

原來，獸人戰爭後的幾十年裡，獸人戰爭的發源地「獸人廢土」，已經多年未有人類定居。那是一片廣袤無垠的沃土，植被逐漸繁盛，經過各國的討論（與瓜分利益），劃分「共同經濟區」，計畫開放讓各國有限度的資源開發。

伐木業成為新興產業標的，加上獸人戰爭前，人類無止盡地濫墾濫伐，木材已經成為稀缺資源。研發獸人科技的跨國巨擘，紅瞳公司當然也不會錯過，它計畫在各國徵才，由於林業面積廣大，預計能持續開墾數十年，破天荒招募無經驗的新鮮獸人。

以往成為獸人的最低門檻，必須職業定向，得在特定產業工作多年，才能申請該產業的獸人執照。但這次的紅瞳林業計畫，讓無相關工作背景者也可以送交履歷，若資格符合，便能成為適合伐木的獸人形態。

伐木獸人？不是已經有取代人工伐木的伐木車了嗎？為何還需要獸人呢？

伐木車體型巨大，加上獸人廢土並非人類有計畫性的植苗造林，高經濟木材，例如柚木、檜木等，並非均勻分布在「獸人廢土」上。目前國際重建組織只針對部分區域開放砍伐，加上人類都擔心獸人廢土受到詛咒，徵召人類勞工遭遇困難，畢竟原來就是那塊土地孕育了獸人族群，與其如此，不如讓勞工獸人前去第一線工作。

「所以爸……你要變成獸人嗎？」宓雅與父親已經多年鮮少深入談話，沒想到竟然是這番大消息。

「變成獸人……加上又是出國工作，可以多領津貼，這樣家裡的經濟狀況會變好的……妳的手，就也能手術把多的手指移除了……」

原來爸爸一直惦記著這件事情。

幾天後，宇文治便去了紅瞳公司報到，經過幾個禮拜的集訓，他雀屏中選，成為本國前去「獸人廢士」的數百個獸人之一。這些獸人各有不同的形態，宇文治因為職業未定向，加上身體素質不錯，被選為第一線的伐木獸人，負責砍伐樹木。

那是什麼樣的形態呢？宓雅這樣好奇，不過，宇文治沒有讓她知道，反正我不會以獸人的姿態在本國出現，爸爸我每幾個月會放長假回來一次，到時候妳可別忘記我呢。

哼，才不會忘記你呢，你把我當成三歲小孩呀！

幾個月後，父親順利成為獸人，她也從父親跟她視訊的過程中，看見了父親的紅瞳。

宇文治會開著玩笑跟她說，「妳看，我現在也跟妳一樣有紅眼睛了。」

自己的眼球才不紅呢，我是眼睛周圍的皮膚紅啦，在說什麼東西。

「媽媽就麻煩妳照顧了。」宇文治語重心長地這麼說。原來，對於成為獸人，妻子一直是持反對態度，她寧願宇文治留在本國，多兼幾份工。

周巧婉的精神狀況不穩定，無法承受丈夫的缺席。但是，宇文治深深知曉，自己沒有一技之長，兼再多份工，都沒辦法撐起這個家。

周巧婉自從罹患憂鬱症，再也沒法工作，她的精神科藥物越吃越多，宓雅上中學懂事後，甚至連晚餐都是她負責料理。

或許是為了強調自己的母親職責，她時常聲稱弟弟哪裡不舒服，帶著年幼的弟弟四處求醫。

宓雅某一次陪著母親前去精神科看診，醫師請母親離開診間，讓宓雅留下來。宓雅以為醫生是要叮嚀母親的用藥須知，不料，醫師卻是說：「我懷疑妳母親有『代理型孟喬森症候群』。」

代理型孟喬森症候群？這是什麼？醫生解釋「孟喬森症候群」的定義，這是一種虛構自己病症的疾病，病人藉此尋求他人關注，而代理性孟喬森症候群，則很有可能歪曲受照顧者的症狀，甚至故意傷害被照顧者，使其就醫以獲取他人注意。所以醫學上，又有一個稱呼，叫做「代理性佯病症」。

雖然母親雖不至於對弟弟施虐，但確實誇張弟弟某些症狀，例如弟弟分明使用輔具就能夠行走，但母親卻故意讓弟弟以輪椅行動，如果弟弟摔倒受傷，母親還會刻意將弟弟送去大醫院檢查，深怕哪裡骨折或者傷及腦部。

母親這麼做或許只是出自於關心，但更大的原因是想要證明自己是個疼愛家人的好母親，從中得到信心。

「我告訴妳，是希望妳多關注弟弟與母親的互動，千萬注意母親的情緒狀況。」醫生語重心長的說，這對一個才剛上中學的孩子，壓力可謂山大。

宓雅以為父親去當獸人，家裡的經濟好轉，也能夠逐漸成為「正常家庭」，但是經濟好轉，卻沒有改善母親的病情。

畢竟，丈夫不在身邊，仍是個莫大的衝擊。

周巧婉購買大量保健食品，也聽信朋友建議，嘗試各種偏方，她帶著兒子前往各式密醫求助。

宓雅聽著母親向各種不同「治療者」誇大弟弟病癥，各種不同民俗療法也施加在弟弟身上，火療、水療、冰療、磚療、鳥療、酒療、痛療，甚至是業障療，隨便幾個字，後面加上「療」字，就變成了一種新的治療策略。

幾個月間，弟弟的癲癇越來越頻繁發作，甚至讓宓雅開始接到國小老師的電話，她不得不向中學請假。

「請問老師，您沒打電話給我媽媽嗎？」宓雅第一次是這麼問弟弟的老師。

「宇宓雅同學，不好意思，上次妳弟弟癲癇發作，幸好很快就穩定下來，我事後通知妳母親……但是她情緒失控地在學校大鬧，說都是我們這些老師害妳弟弟發作，還打電話去教育局投訴……可是……唉……我們也盡力協助了，過程中保護他的頭部，至少沒釀成二度傷害，但我們真的怕妳媽媽又來把事情鬧大，所以我們不敢再打電話給妳母親了……」

宓雅在中學的人際狀況，可謂是雪上加霜，不知為何，父親成為獸人的事情，也流傳到學校去了。現在學校盛傳，宓雅的父親變成紅瞳獸人，甚至前往獸人戰爭的發源地，獸人廢土工作。

「獸人廢土以前是有國家的，卻突然冒出一大堆獸人，獸人開始朝人類國家進攻。你們看，宇宓雅她爸爸竟然去那裡當獸人，搞不好會再搞出什麼奇怪的事情。」

宓雅嘗試尋找流言來源，不過她在學校毫無斬獲，但卻從鄰居口中得知，竟然是媽媽四處放送出去的。

原來，周巧婉在經濟狀況改善後，或許是過去時常遭人看不起，她刻意告訴諸多鄰居，自己的丈夫現在是獸人，家裡寬裕不少，除了陸續清償向親戚鄰居的各種調頭寸外，還能夠嘗試各種療法治療兒子的腦麻，便委託鄰居們，幫忙打探偏方。

鄰居也不是故意洩漏，只是身旁有人成為獸人，而且還出國去了敏感的「獸人廢土」，本來就是一件值得嚼舌根的八卦話題，便從他們身邊的子女傳到了學校。

這些事情，與宓雅交惡的女同學當然不會放過，不過，宓雅也沒花心思理會。要說，就給妳們說去，家裡的事情都快操煩不完了。

這些事情她一個少女默默承受，除了要面對母親不穩定的病情，也要安撫弟弟的情緒。她會趁著母親不在的時候，跟還年幼的弟弟說：「媽媽她是愛妳的，她只是不知道要怎麼照顧你。」

「那姊姊會好好照顧我嗎？」弟弟會天真地問。

「我不知道……但我會努力。」

成為獸人後，父親第一次放長假回來，那是宓雅中學升上二年級的暑假，父親告訴宓雅，這次的假期有兩個月，是希望能夠好好陪伴家人。

宇文治回來後，很快注意到妻子的異樣，她一見到宇文治，就開始大肆宣揚，這半年以來讓兒子試過各種不同治療，大有進步，但宇文治知道兒子狀況沒變差，已經是不幸中的萬幸。回來幾天，兒子癲癇頻繁發作，有些傷腦筋。

宇文治還注意到，家裡各式不同藥包，妻子三天兩頭就要自己陪著她，帶兒子四處就醫，除此之外，各種輔具凌亂地擺放在房子各處，光是兒子的矯正鞋就有五、六雙，防摔倒的安全帽有四組，還多了幾台站立架跟跑步機。

他知道，妻子病得很重，每天夜裡，她幾乎都無法入眠，半夜兩三點也會將他搖起來，告訴他，這半年來她多努力地成為好媽媽。

宇文治二話不說，帶著妻子就醫，果然醫師建議，周巧婉得立即安排住院，幾乎整個暑假，妻子都得在精神科病房度過。

當然，妻子鬼哭神號，說自己沒有生病……自己是多努力照顧這個家庭……

母親住院後，宓雅彷彿鬆了一口氣，但她並沒有落井下石，告訴宇文治母親的不是。

她也只是淡淡地說，或許這麼做最好。

宇文治在整理完家裡後，望著自己的女兒，這個純真可愛，卻充滿倦容的女兒宓雅，似乎發現了什麼事情，他先是帶著弟弟去了隔壁城市的姑姑那邊，請姑姑暫時幫忙看顧一天。

宓雅不明白，然後父親說，宓雅總該放假了，這是她中學第一個暑假，她應該好好玩去，但首先，他有其他事情得先帶著宓雅去做。

是什麼呢？宓雅好奇。

父親走在前頭，自己忍不住去牽了父親的手，父親卻覺得有點難為情，向她說道：「妳勾我手就好啦。」

「宇文治，你也會害羞哦。」

「喂，沒大沒小，叫我爸爸。」

「遵命，老爸。」

宇文治竟然是帶她去大型商場，告訴宓雅，只要合理範圍內，爸爸都能夠買單。

宓雅驚呆了，以往母親總是帶她們去量販店購買特價服飾，現在卻能夠自己選想要的衣服。

她已經被班上的女同學嘲笑是老土很久了，畢竟量販店大多都是過季，或者款式過時的服飾，她知道自己要不是胎記，漂亮得很，但是家裡不允許，她也只能讓自己看起來不要太像老媽子就行了。

沒錯，宇宓雅的男性緣，上了國中以後一落千丈。國中開始便是少女梳理打扮的年紀，這點宇宓雅遠遠地被女同學甩到後頭。

她不知道獸人的薪資具體是多少，相當保守地替自己挑了幾套衣服，宇文治掏出信用卡，讓宓雅自己去結帳。

這是宓雅第一次見到信用卡……刷卡時她還很心慌，卡片給店員，我就能夠拿走衣服嗎？

拿到發票後，她有點緊張的將信用卡還給父親。

「這麼便宜呀。」

「哇，老爸，發達了哦。」

父親似乎覺得宓雅太客氣了，他堅持要女店員再替自己的女兒多挑幾套。

「唉唷，這位把拔，女兒要參加什麼典禮嗎？」女店員好奇地問宇文治。

「沒有啦……就……我只是希望能夠替女兒買漂亮的衣服，不然可惜她長這麼美。」

店員似乎注意到宇文治的紅瞳，她猶豫了一下，說：「我們獸人……通常都要收兩倍的……」

宇文治似乎不是第一次見到店員的這種要求，假裝自己並不在乎。

「可是，爸爸替女兒買衣服除外，我一樣算你人類的價格。」

「看，這就是跟女兒出門的好處。」宓雅向父親邀功。

「對對對，都託妳的福。」宇文治開懷地笑了。

當天兩父女在商場大肆採買，甚至連內衣褲父親都不放過，但當然，這種尷尬的事情，他也是丟給宓雅信用卡，讓她自己解決。

最後，離開商場前，她們行經一樓的化妝品專櫃，宇文治突然停下腳步。

宓雅那時候正在偷瞄化妝品櫃位的櫃姊。哇，她們好漂亮噢！沒注意到父親步伐，她差點被絆倒。

「喂，怎麼突然停下來。」

「還有人笑妳的胎記嗎？」

「什麼？」

「對不起，媽媽生病，心思都在弟弟身上……她一定都忽略妳了對不對。」

「沒有……沒有媽媽她還是……」

「對不起，爸爸沒有能力照顧好這個家庭，沒有照顧好媽媽，讓她變成今天這樣。」

「幹嘛突然說這些。」

「來替妳買些化妝品吧，雖然妳這麼小還不用化妝，不過，如果在意的話，也可以買遮瑕膏來蓋住胎記。」

「爸。」宓雅一時不知道該說些什麼，本想拒絕的她，被父親強迫坐在櫃檯前的椅上子，櫃姊招呼父親，推銷了幾罐遮瑕膏，宓雅只好隨便挑了一罐。

「以後，妳就可以塗遮瑕膏來蓋住胎記啦。」

「你不是說……這個胎記是你們送我的禮物，是要提醒我，你們有多愛我，我不想忘記你們，也不會忘記你。」

父親聽完後，眼淚忍不住掉了下來。

那是宓雅記憶中，最快樂的一天，也是最幸福的一個假期，雖然這麼說對媽媽並不公平，但是，她卻是強烈地這麼覺得。

快樂的時光總是過得特別快，轉眼間，周巧婉也出院了，她的狀況似乎穩定多了。

在宇文治收假前的那幾個禮拜裡，周巧婉按時服藥，也都推掉了原本預約的密醫行程，雖然她免不了還是會因為上網查到了什麼資訊，聽說哪裡有厲害的物理治療師和語言治療師，想趁著丈夫還在國內，一起去就診。

宇文治稍稍過濾資訊，選定了兩間離家近的治療所，他也沒有完全否認妻子的建議。

在他離開前，他跟全家人說，或許，這兩年就能夠存到房子的頭期款也不一定。

他羅織了一個美夢，殊不知，這個夢，永遠都不可能實現了。

母親在父親離開後，便又故態復萌，她開始自行減少服用藥物，埋怨那些藥的藥效太重，讓她昏昏沉沉。

她還會告訴宓雅，雖然妳爸爸說他能夠存到房子的頭期款，但是，光靠他一個人太辛苦了，我又沒瘋，吃這些藥做什麼？我若是繼續吃藥，根本不可能出去上班。

宓雅也說不過她，只能望著她的精神一天比一天差，於是母親病情周而復始地循環，隨著父親休假，母親會做做樣子看醫生吃藥，但當父親返回職場，她又往下掉了。

雖然母親的狀況時好時壞，但宓雅在學校的人緣卻有顯著改善，雖然自己有諸多缺陷，但還是不改她美人胚子的底，在遮瑕膏的輔助下，再加上男生們一向膚淺，現在宓雅稍有打扮，再度輾壓同年齡的女同學。

不過，她始終沒有交男朋友，畢竟，交男朋友就代表有人要深入的認識她、認識她的家庭……還是作罷吧。

雖然女同學仍會四處放風聲，說宓雅的爸爸是獸人，難怪宓雅會有十二根手指，肯定也有獸人基因。

她們甚至覺得宓雅刻意自抬身價，不交男朋友，這樣她就能夠一直保持黃金女郎的地位。

無聊，妳們這些沒知識的草包，腦袋是很好用的東西，不，搞不好妳們根本沒有也不一定。

又過了兩年，雖然母親精神狀況如昔，弟弟也動不動就得去醫院手術，不過，自己總算有個像樣的中學生涯，其他的，她就不管了。

至少，爸爸放假回家時，她感覺自己有一個家，而跟爸爸一起去採購，似乎就變成父女的既定行程。

雖然稱不上是正常家庭，但至少沒有這麼「不正常」了。

一直到，她接到一通電話。

電話背景有眾多雜音，但她聽得出來，那是她父親的聲音。

「宓雅……我現在在警察局。」

爸你怎麼會在警察局？你在哪裡的警察局？

「我在獸人廢土……爸被抓了。」

「你被抓了？怎麼了？」

「爸爸想要賺更多錢……只好去當山老鼠……我是要讓妳知道，我沒有傷害任何人……」

原來，各國企業已經針對林業進行嚴格規範，隸屬於紅瞳企業旗下的宇文治，在中間人的媒介，再加上其他獸人同事鼓吹，同時他也為了提早實踐買房的夢想，一時迷惑，同意趁著夜間，替沒有合法開發權的企業盜伐木材，並從中收取高額酬庸。

有利益的地方就有誘惑，他們這一夥盜伐的獸人橫跨各國，沆瀣一氣，東窗事發後，他們紛紛叛變、反抗執法組織，雖然第一時間已經有特警請纓前往鎮壓，但也只能把少數人類雇員救出，戰事還未能結束。這件事情鬧得很大，加上又是發生在廢土之地，即便是紅瞳公司這樣巨型企業，也沒辦法完全把消息壓下來。

WCH，We Care Human反獸人組織早在伐木產業徵招獸人後，發動激烈抗議，這件事情讓他們大作文章。他們透過媒體的力量，惡意散布犯罪者資訊，宇家人也是這時候才終於見到父親的獸人模樣。

伐木獸人多數都是螳螂形態，少部分木材需要保存根部，而有鼴鼠型態。

螳螂獸人大多二到三公尺高，保留人類頭部，手部長出一對巨型鐮刀，腿部則因個人差異，而有兩或四條腿。

這些螳螂獸人擁有鋒利的鐮刀巨手，甚至能急速震動鐮刀以利砍伐工作，雖然速度比不上伐木車，但可以根據特殊需求砍伐不同部位的木材，加上移動速度快，當天夜裡就能將木材採集至違法船隻，成為盜伐者的最佳獸人形態。

這次的「獸人廢土大戰」造成五百餘名「非法獸人」死亡，三百餘名非法獸人被捕，兩百多名特警重傷不治，人類雇員更是死傷難以估算。

據稱仍有上千名非法獸人在逃，各國已經調度了特警前往搜索，不過因為各國亂成一團，擔心特警支援後也會像非法獸人一樣倒戈。國際組織第一時間拒絕紅瞳公司的增兵策略，延誤了好幾個禮拜才集結兵力前去獸人廢土，當然，非法獸人早就流竄至各國了。

話雖如此，不過，宇文治倒是堅稱自己在被發現犯罪事實後，棄械變回人類投降，所以他雖然盜獵事實明確，僅僅被判了十年徒刑。

第一時間，他想到的並不是替自己尋求律師，而是打電話給女兒。

這些事情，宓雅不敢向家人說，一直到幾週後，媒體大肆報導，母親才曉得。

「據傳前往『廢土之地』的獸人發生叛變，他們破壞重型機具、駐地組織，還造成三千多名人類傷亡，駐守廢土之地的特警也死傷慘重。本國紅瞳企業派駐的獸人中，也有約五十名牽涉其中，這些獸人預計將會以獸人法案論罪，判處20年至100年的有期徒刑，其中造成人類傷亡者，將會考慮判處死刑。目前本國正積極交涉談判，研擬是否有引渡回國受審的可能性……」媒體雖然沒有公布非法獸人的姓名，不過網路上卻四處流傳犯罪者名單，雖然大多去除部分資訊，但是「宇」畢竟是罕見的姓氏，很難讓人不聯想到宇文治牽涉其中。

「紅瞳公司表示，除了刑法論罪外，這些獸人也違法了獸人同意條款，即便出獄後，也需要支付大筆的賠償……」

母親看見新聞後，發瘋似的嘗試撥打電話給父親，但是，電話的另外一頭，不曾再接通過了。

對於父親現在人在何方，沒人曉得。

周巧婉從此一蹶不振，她也不時揚言自殺，甚至多次在家裡開瓦斯或燒炭，在精神法規的強制下，她頻頻被員警扭送醫院強制治療。

因為母親瘋狂的行徑，房東也拒絕她們再承租，雖然父親前兩年留下不少錢，不至於斷炊，但是他們找遍了新的租屋處，都遭人拒絕。

妹妹？怎麼是妳來看房子？爸爸媽媽呢？

他們忙工作，所以叫我來看。

不行哦，我們要簽合約書，要妳爸爸媽媽出面，妳年紀太小，不可以哦。

幾次讓母親出馬交涉，但明眼人都知道這女人精神狀況不好，誰敢租給他們呀。

要不然，就是要母親出示工作證明，她會突然發飆，我老公賺很多錢，我是家庭主婦，怎麼樣，我有錢，你不租給我嗎？

想當然爾，他們一次又一次的碰壁。

宓雅好不容易趁著母親其中一次出院，勉強還像是個人的時候，找了一個善心的房東阿姨，房東阿姨雖然一眼就知道母親有狀況，但她還是同意讓這家人入住。

一次下課途中，宓雅巧遇房東阿姨，房東阿姨還將她拉了過去，說：「妳媽媽……精神病齁？她看起來……有點不正常。」

宓雅以為又要重新找租屋處了，但是房東阿姨卻是揮了揮手，告訴宓雅要堅強，有什麼問題，就來跟房東阿姨說，「妳年紀這麼小，就要處理這些事情，妳爸爸呢、妳爸爸呢？」

宓雅忍不住哭得像是個淚人兒，她真的說不出爸爸犯罪的事情。

房東阿姨嘆了口氣，但也只能拍拍她的肩膀，鼓勵她。

可是，好人真的不夠多，總是不夠多。

那年宓雅剛上高中，有機會考上前幾志願的她，最後選擇離家近的公立學校，她本來不想升學，是舅舅、姑姑與房東阿姨鼓勵，才讓她決定繼續上學。

這時她已經是個亭亭玉立的小美女，胎記已經淡得你若不仔細看，幾乎無法看得出來。當然，在學校追求她的人眾多，那些人，也壓根不在乎宓雅的十二根手指。

甚至有學長為了追求她，爭風吃醋，大打出手。
或許因為她這麼受到男性的歡迎，卻反而讓那些學姊，甚至是同年齡的女同學產生了惡意。
這個紅臉婊子憑什麼？她有我美嗎？
一連串的惡夢才正要開始。
幾個國中同校同學，在新學校伺機散播宓雅爸爸是非法獸人的事情，這些事情讓學姊們見獵心喜，她們會在學校佈告欄，甚至是班級牆上，最後，竟然是在宓雅的座位上，張貼父親被捕的報導。
「非法獸人殘殺無數人類！」
「邪惡獸人殺害特警英雄上百人。」
「本國非法獸人遭到引渡，即將面臨數十年的徒刑。」
「獸人法案的合理性遭到質疑，難道我們要再讓人類活在種族滅絕陰霾下嗎？」
「我的爸爸是一個好父親，但他卻被獸人殺了！」
「以下為本國非法獸人清單（依筆畫順序排列）：王○融、宇○治（遭人用螢光筆特別標註，還寫上，這就是宇宓雅的殺人狂爸爸）、周○方……等。」
最後，她們甚至在宓雅的桌子上用粉筆寫：「殺人怪物的女兒」。
宇宓雅強忍難過，她也不想再解釋什麼了……好累……真的好累……她總是靜靜地將剪報摺得整整齊齊的，拿去垃圾桶丟，她多想揉成一團，憤怒地拿來砸那些人。
她知道是誰幹的，當她每天進教室，看見那些女同學竊喜的表情，又或者在學校的走廊上，人們會讓開一條道路，總是有人不懷好意的衝著她笑，她知道是誰。

但是，她們說的……或許是真的……

或許爸爸說他只要關十年……是騙我的……說不定……他再也不會回來了。

學姊及女同學們以為追求者會就此收手，不過，你千萬別小看膚淺的男生了，他們血氣方剛，誰管這麼多，即便是殺人怪物的女兒，那又怎麼樣？

雖然確實有些男性退出隊列，但是，還是有人趁著宓雅受到欺負，為她挺身而出，藉此吸引宓雅注意。

「喂！妳們這些女生很過分！」幾個男生衝進教室，他們替宓雅收拾了每天不同的剪報，揉成紙團，四處亂砸，「妳們最好別再欺負宓雅！」

或許因為有人替自己助威，自己也鬆懈了，宓雅總算替自己發聲，她走到了那幾個女同學的面前，將女同學的桌椅翻倒。

男生們大聲叫好，但是，好戲還在後頭呢。

當天下課，宓雅在回家的路上，受到一群學姊包圍。

「宇宓雅，怎麼樣，有男生喜歡，現在很屌哦。」

「怪物的女兒，哼，現在真的把自己當成六指怪物了嗎？以為我們真的怕妳嗎？」

宓雅嚇了一跳，她不知道這群女人會採取這麼激烈的作為，轉身想跑，但圍住她的人越來越多。

這些女學生們，都對眾多男性追求的宓雅吃味，她們最一開始只是想要讓男學生遠離宓雅，不料卻收到反效果，讓宓雅吃了熊心豹子膽，爬到她們頭上。

她們得讓宓雅知道，身為小學妹，最好還是安分一點。

學姊們將宓雅強行拖到離學校較遠的公園，那裡住家較少，附近也沒有什麼公務單位，十幾個人將宓雅團團圍住，甚至嚇得小朋友與家長們紛紛遠離，不敢淌這個渾水。

她們開始揍宓雅，她們並非像是男性鬥毆那樣，存心傷害對方。

她們傷害的是，宓雅的自尊。

她們不斷的打宓雅巴掌，甚至拿麥克筆塗宓雅的臉龐，將宓雅的胎記塗得更紅。幹什麼呀醜八怪，唉唷，原來是塗遮瑕膏呀？難怪妳同學說妳的胎記現在變得很淡，婊子，原來是靠化妝品呀！

其中甚至有人扯著她多餘的手指，讓她痛得跪倒在地。

怪物的女兒，難怪會有這種畸形，妳爸殺了多少人呀？我們現在不是在欺負妳，是在伸張正義！我們在跟妳玩啦，宇宓雅，妳同學說妳一直很想跟女生當朋友，我們當妳朋友好了，好不好玩呀！

宓雅想反抗，但她們人數實在太多，自己根本無法掙脫。

她哭著，但誰又能幫她？要是那些男同學再出手解救，自己只是被欺負得更慘、更慘而已。

「喂喂喂！妳們這些女生在做什麼？」

一對年輕夫妻本來想帶著孩子來公園散步，見到這群高中女生將宓雅團團圍住，見她們行徑越來越過分，伸出援手。

「大叔！少管閒事，這個婊子是螳螂怪物的小孩，就是之前新聞說的，殺死好多人類的怪物的小孩。」一個學姊嚷嚷著。

「那又怎麼樣，她爸媽殺了妳家人嗎？」男子不懂女學生們的邏輯，「她爸爸是她爸爸，她是她自己，妳們怎麼可能因為她爸爸是獸人……就這樣欺負她？」

「我們在伸張正義！走開啦！」一個女學生再度打了宓雅巴掌。

「妳們再對她動手，我就要報警囉。」女子拿起手機，作勢撥電話。

這些女學生才開始不甘心的鳥獸散，臨走前，還不忘對年輕夫妻嗆聲，「阿姨，這些事情跟妳無關。」

女子氣瘋了，她朝女學生們大吼：「妳敢再叫我一次阿姨試看看！」

女學生們這時才開始四處狂奔。

「不要報警。」宓雅阻止女子，而女子這時候還在氣頭上。

「什麼？」

「我求妳們……不要報警。」

年輕夫妻湊到宓雅身邊，詢問她、關心她有沒有受傷。

「報警……最後還是要我媽媽去警察局接我……她得了精神病……我還有一個很小的弟弟……我不能讓她擔心……」宓雅一五一十地說出了自己家裡的事情，她坦承母親飽受精神病折磨，而她的父親，真的是個非法獸人。

「但是，那也不代表妳應該被這些人欺負。」

「你們別管我……」

「妳要回家嗎？我們送妳回家。」

「我不能回家……不能現在回家。」母親這幾個星期以來，完全沒把心思放在她身上，母親安頓弟弟後，早早就吞了安眠藥睡覺，至少得等到母親晚點用藥以後再說……如果她真的有乖乖服藥的話。

「別管我……謝謝你們……但是不用管我……」

「我好像知道妳能夠去哪裡。」女子像是想到什麼地說。

梅姨來了。

梅姨的幼稚園其實不在附近，只是她太過於知名，畢竟誰敢在自家幼稚園招牌上，大喇喇地寫上「與獸人們」的兒童教育中心。

她的知名度不只在幼稚園周遭，紅瞳公司送給她的保母車，正是她最佳的移動廣告。

只可惜，她的分裂體並不能離本體太遠，所以，她不能如你們想像的，派個分裂體過來。

梅姨到公園後，搞不太清楚狀況，電話中，她只知道是獸人的孩子遭到霸凌，便急急忙忙地出門，見到宓雅的背影，才發現是高中生。

「妹子，妳是不是以為我開的是什麼獸人補習班？」

「姊姊，對不起，我見妳們的廣告打很大，以為有關獸人孩子的事情，都歸妳管呢。」

不過，梅姨也沒反駁，確實她都把獸人孩子的事情當自己的事情來辦。

「這女孩是怎麼了？」梅姨與女子在一旁談話，男子則待在宓雅身邊安撫她，女子先是簡單了交代宓雅的家庭狀況，談及她母親的情形。

隨著女子透漏越多訊息，梅姨的表情也越來越沉重。

「她的父親好像是非法獸人，不知道為什麼，她被班上的女同學欺負，她們用筆畫她的臉，還打她巴掌，說她是獸人的小孩，她們在伸張正義，替那些被非法獸人殺害的人類報仇。呃……她們是用另外一個詞彙……嗯。」

「她們一定說她是怪物的小孩吧。」梅姨哼了一聲，「那些臭人類……真沒創意……她們還比我們更像怪物……噢抱歉，我不是在說妳。」

宓雅聽見關鍵字，轉頭過來望梅姨一眼。

梅姨看到那些惡霸在宓雅臉上畫的紅色塗鴨，當下她十分惱火，她以為只是用口紅還是什麼易擦拭的顏料塗鴨，竟然是麥克筆。

她想起自己小時候的遭遇。

「醜八怪！」惡毒的謾罵聲，迴盪在梅姨耳邊。

梅姨已經獸化十幾年了，什麼大風大浪沒有見過，她沒想到現在的孩子們，比數十年前更加惡劣。

「我知道了，你們走吧，這小孩交給我。」

宓雅以為大人們是要讓自己走了，起身，但梅姨卻是單刀直入攬她入懷。

「妳沒有錯，錯的是她們那些人類。」

宓雅本來想要反抗，但是，除了父親外，已經沒有人再給她溫暖。

她望向梅姨的紅色眼球，想到了自己的父親。

「如果不想回家，就來我這吧。」

不知為何，雖然眼前這個女子是陌生人，她卻點頭答應了。

梅姨不會開車，當時她剛分手不久，沒有免費司機，她是騎腳踏車去公園的，雖然腳踏車搖搖晃晃，但不知道為什麼，宓雅卻有種莫名的踏實感。

「喂，抱好。」梅姨直率地說，一開始她只是怕後頭那個剛認識的小女生，跳下車而不自覺。

宓雅有點羞澀，莫名其妙地，她想起了多年前父親將她手甩開的情景。她忍不住抱了前頭的梅姨，她只感到安心。

梅姨讓她好好地梳洗一頓，讓她又恢復乾淨，梅姨靜靜地聽了宓雅說了十幾年來，宇家的故事。她難以想像，這是一個十六歲的女孩需要承受的，她告訴宓雅，梅花一直都在，如果她不知道要去哪裡，就來這裡吧。

梅姨想要告訴周巧婉，宓雅今天經歷的事情，她希望周巧婉多關心女兒一點，不過，宓雅卻是搖了搖頭，她說媽媽的煩惱已經太多了，她不想再增添困擾。

梅姨也只能尊重她。

後來的日子裡，宓雅當然也沒有好日子過。學姊以及女同學照樣欺負她，但強度已經沒有之前那次在公園這麼高，她們對宓雅冷嘲熱諷。唉唷，果然是獸人，臉上塗紅，也能夠很快恢復。

宓雅知道，不能回嘴，不能正中她們下懷。

同一時間，宓雅幾乎天天到梅姨那邊報到，她會在梅姨的幼稚園讀書、準備功課，她甚至會跟留課的小朋友一起玩耍。

那些獸人家長們，見到新來的女孩，也熱情地與她攀談，說：「妹妹，妳也是我們獸人的子女嗎？」

宓雅起初會拒絕承認，她擔心獸人家長知道父親是非法獸人的實情後會排拒她，但到了後來，她與梅姨關係越好，也似乎越來越能夠接受，父親是非法獸人的事實。

梅姨們也會鼓勵她，妳爸爸是非法獸人，他犯了罪，可是不管怎麼樣，他也還是妳爸爸，他也還是愛妳的，不是嗎？

「梅姨，妳可不可以動用關係，幫我查……我爸爸到底有沒有騙我……他是不是沒有傷害任何人類……是主動繳械的。」

「這些事情重要嗎？」梅姨語帶疑惑地望著她，「在妳心中，他是個好爸爸嗎？」

宓雅點頭如搗蒜。

「要是我……我會相信他。」梅姨拍了拍宓雅的肩膀，「我相信妳的父親，沒有傷害任何人。」

「我也相信……可是……」

「千萬不要被那些謠言扭曲了，妳要相信他。」

好。我會努力相信的。

宓雅終於大方地向家長們承認，對，我是獸人的小孩，可是他……他是……

「是什麼？是什麼又怎麼樣？」

一個人類母親知道宓雅父親的事情後，她告訴宓雅：「非法獸人的孩子……雖然犯罪是錯的，但是我相信他做任何事情，都一定有他的理由，再說，我們也不會因為妳爸爸的事情，就看不起妳。」

「妳是宇宓雅，我們認識這樣的妳，就夠了。」

宓雅漸漸地在幼稚園得到溫暖，她甚至想問梅姨，未來畢業後能不能到梅姨的幼稚園上班。

但梅姨搖搖頭，自己只招聘獸人員工，宓雅是人類，又是讀書的料，應該好好讀書、發揮所才，並不是一定要成為獸人才能夠有高薪資。

「妳要像叩叩教授一樣，做對人類更有貢獻的事情，這樣，就可以改變世人對我們獸人的偏見了。」梅姨改口，她似乎認為自己舉了一個不好的例子，畢竟叩叩教授仍是獸人，而即便是他這麼德高望重的人，還是不免被捲入口舌是非。

「我們獸人還是會受到人類的排斥，我是過來人……妳還年輕，還有大好前程，妳值得更好的人生。」

但宓雅，她要的很簡單，她只是要一個平凡的人生。

一天的美術課，宓雅收到了學姊給的小紙條。

那天正好是宓雅生日，宓雅的追求者們在宓雅的桌上、座位邊，放置了大量的花束。

男孩們趁著節日獻殷勤，他們傳了文情並茂的訊息給宓雅，但是宓雅卻只注意到那張紙條。

「今天讓姊姊們來幫妳慶生。」紙條上只寫了這一句話。

當天有許多學長或男同學邀約宓雅，要帶宓雅去看電影或吃大餐，但她都以家裡有事為由推開。

她知道，她可以利用那些男生，逃避那些學姊。

可是，逃得了一時，卻逃不了一世。

宓雅宛如死屍地被學姊牽到一座廢棄工廠。

那座工廠前陣子發生兇殺命案，據傳就是獸人廢土逃竄的非法獸人，在此洗劫縱火，才會讓這裡變成一片廢墟。

螳螂形態的非法獸人在本國陸續造成不少人類生命財產威脅，對這些青少女惡霸來說，這正是羞辱宓雅最好的地方。

她們這次準備的更加充足，她們不要任何好管閒事的人打擾。
她們撥開黃色封鎖線，拉著宓雅走進廢墟深處，還從背包裡掏出噴漆，紅色噴漆，她們即將對宓雅做出更過分的事情。
而有人，甚至拿出手機，準備拍照。
她們這次想澈底讓宇宓雅難看。
「好恐怖哦，這裡就是妳爸爸他們那些螳螂怪物殺人放火的地方。」
「我們就看今天會不會有人來救妳這個怪物。」
「哼，怪物的女兒，我看也根本是怪物。」
「那些男生一定不知道妳的真面目，才會迷妳迷成那樣，妳可真會裝模作樣。」
「妳爸爸，就是殺人怪物！」

「妳是宇宓雅，我們認識這樣的妳，這樣就夠了。」
「妳沒有錯，錯的是她們那些人類。」
「妳還年輕，還有大好前程，妳值得更好的人生。」
對不起，大家。

嗡的一聲，宓雅的腦袋彷彿炸開。
正當學姊們朝宓雅一擁而上，宓雅掏出了美術課預藏在口袋裡的雕刻刀。

「我爸爸不是殺人怪物。」宓雅悄聲地說。

她狠狠地刺向準備架住她的學姊。

她本來只是想要嚇嚇她們，但掏出武器以後，她才發現，她真心恨這些人。

宓雅轉頭，又朝另外一個學姊刺去。

她不想要讓這些人死，她只是想要反抗。

既然妳們說我是怪物，那我就讓妳們看看，什麼是怪物。

宇宓雅至少刺了六個學姊，其他人一哄而散，宓雅望著抱著傷口，不斷向後爬行的學姊們……這些原本惡狠狠的惡霸們，現在，她們跪倒在地，央求著要宓雅原諒。

再看看地上的血漬，我做了什麼……我做了什麼……

遠方傳來消防車跟警車的鳴笛聲。

她手裡還緊緊地握著雕刻刀，不願意放開，直到警察來到現場，宓雅才將凶器扔下，依著警方指令，呆滯地坐上了警車。

梅姨趕到警察局見她。

「妳是她的母親嗎？」少年隊警員問了問梅姨，他揚起眉毛，覺得梅姨看起來好像有點眼熟。

梅姨以為員警是在注意她的紅色眼球，「年輕人，看屁啊，沒看過美女獸人啊，我是她阿姨。」

一旁經過個中階獸人特警，他像是想起什麼一樣，止了腳步回頭，「哎，這不是梅姨嗎？」

「這孩子的爸爸是非法獸人……所以她也算我管的，能不能讓我帶她回去。」

少年隊警員嘆了嘆口氣，他想起梅姨是什麼來頭，那個獸人老媽子，不過礙於法規，青少年犯罪還是要由家長帶回。

周巧婉來到現場後，當然是澈底的崩潰了，她似乎知道女兒因為丈夫的緣故，飽受同學欺負，不過，這些早就超出了她的能力範圍。

先是丈夫犯罪被抓走，現在女兒又拿刀刺人，她一時情緒失控，突然沒辦法呼吸，便在警局昏倒了。

她又發病了，警方不得不緊急將周巧婉送去精神專科機構治療。

後來社工強制介入，暫時將宓雅跟弟弟依兒童與少年保護法暫時安置在庇護所。

安置期間，梅姨幾乎代替周巧婉的角色，先接宓雅的弟弟下課，再帶著弟弟一塊跟宓雅從（轉學後的）學校走回安置機構。她認為，宓雅這時候更需要家庭的溫暖，弟弟正是她在這個世界上，唯一也是最後的連結了。

這點，梅姨清楚得很。

雖然在少年隊與少年調查官的調查下，宓雅長期受到學姊霸凌，反擊情有可原，但幾個學姊的父母親堅持提告，加上其中一個受害者的肝臟破裂，差點連命都不保，所以宓雅仍然需要處刑。最終她的判決是……需要去少年感化機構半年，相當於需要入獄半年的意思。

宓雅的人生澈底毀了，她一清二楚。

進入感化機構後，只要允許，梅姨都會拉著周巧婉一塊去探望她（因為限制需要一等親才能探親），周巧婉當然還是那個不正常的瘋癲樣，現在她與兒子分離，幾乎只能以慘不忍睹形容她。

但是，梅姨已經懶得管周巧婉了，她只是利用她母親的身分，好讓自己能夠探望宓雅。

「梅姨……看來我以後除了去妳那邊上班以外，根本不敢有人用我啦……」

「沒有，妳還有別條路。」

宓雅不語。

「獸人特警，妳符合申請加入獸人特警的資格。」

「我……？我犯過罪……爸爸也犯過罪……我也能夠當獸人……獸人特警？」

「獸人特警的資格，正巧就是要有犯罪前科……妳這種犯過罪，但惡行情有可原的青少年，正好符合資格。人類對於這種安排，滿意得很，畢竟這再諷刺不過了。加上，犯罪只跟環境有關，跟基因沒有關係，難道我的祖先……如果牠們算是我祖先的話……牠們發動獸人戰爭，難道我就是個喝人血的怪物嗎？」

宓雅不知道該怎麼回應。

「我以前幫過紅瞳公司不少忙，妳只要在監……感化所表現良好，肯定沒問題。」

宓雅答應了。

宓雅如期釋放，她在感化所裡考完期末考，甚至拿了全校第一名。

感化所的幾個月以來，她持續寫信給母親，還有正在姑姑家居住的弟弟，她明白表示自己未來會成為獸人。

她要成為獸人特警。

她多想詢問父親的意見，但是她根本不知道父親現在人在哪裡。

我相信，他要是在我身邊，他會支持我的。

雖然在特警資格上，不免有些爭議，非法獸人的女兒，加上是造成重大傷害的青少年犯罪者，紅瞳公司起初也有點擔心，會受到政府青少年機關的拒絕，不過倒是有不少人替宓雅擔保，那些都是多年來陸續為獸人子女付出的獸人們，他們大多都是透過「梅花與獸人們的兒童教育中心」認識宓雅，獸人們甚至發動連署及抗議，紅瞳公司便獨排眾議，遞交向政府的申請書。

周巧婉雖然嘴上說著不同意，但她也知道宓雅這一趟是為了家人，加上丈夫留下來的積蓄已經幾乎完全耗盡，自己跟兒子確實需要宓雅未來成為獸人後的薪水，所以最後，她仍然在同意書上簽下名字。

宓雅即將進入特警學院就讀，她依然可以在學院就讀高中學科，只是，她需要額外研讀法律、獸人生理學、獸人犯罪學、犯罪學、非法獸人學、紅瞳文化……等各種學科。

入學前，她與幾個特警學院的教師面試，他們大多都是紅眼睛的獸人，只有少數幾個是來自政府的監督雇員或紅瞳企業員工，他們替宓雅做心理測驗，針對宓雅的個人性格進行了解，並不關注宓雅的家庭環境，畢竟，這裡哪一個孩子，不是來自破碎的家庭呢。

「不好意思，我可以問一個問題嗎？」宓雅鼓起勇氣。

教師們揚起眉毛，通常面試的孩子，大多不敢問問題，畢竟被眾獸人包圍，這些孩子們往往是害怕多了一些。

「我的爸爸……宇文治……他是非法獸人。」

教師們似乎都知道。

「他有傷害過任何人嗎？」

他們彼此面面相覷，似乎對於這個突如其來的問題毫無準備，一個雙眼紅瞳的男子見沒人回答，便開了口。

「我對他有印象……他是主動棄械投降的……他是第一批棄械投降的獸人。」獸人特警見其他人似乎沒有印象，又說：「你們忘了嗎，那個在戰場中，四處勸戒非法獸人，放棄抵抗的那個螳螂獸人。」

「啊……我好像有印象……我們有替他爭取減少刑期。」

教師們這才此起彼落地回應。

他沒有騙我……他沒有騙我。

宓雅默默地掉了眼淚。

宓雅去獸人學院報到的第一天，她緊張地不知道該說些什麼，班上的同學們跟她一樣，大多是曾經犯罪過的青少年，他們都對這名初來乍到的女同學，有些刻意耍帥般地，不與她談話。

宓雅坐在教室最右邊的位子，所有人都只看見她的左臉，難道這些同學也會在意我的胎記嗎？

原來，宓雅的胎記根本沒有隨著年紀變淡，雖然嘴巴這麼說，但她長期以來還是在臉上塗抹遮瑕膏，試圖遮去臉上的紅印。

她根本沒有從兒時受到的欺凌中走出來過。

加上她入班的第一堂課，正巧就是非法獸人學，台上的教師正在講述近期頻頻出現的非法獸人形態——螳螂獸人，這種形態的獸人在這幾個月屢屢在各國肆虐。因為這些獸人前幾年密集從事高負荷的勞力工作，導致他們的攻擊能力超群，也造成了不少特警的傷亡，不得小覷。

宓雅感到一陣反胃，就是這群壞獸人害得我的爸爸被貼上標籤……

一整天，她幾乎都沒說話，其他同學也不敢關心她。

轉眼間，這是自己在這個奇怪的特警機構的第一頓晚餐了，她已經忘記入學時，輔導員的導覽了。餐廳在哪裡，她毫無頭緒。

這時候，一個大男孩走了過來，這個大男孩在一整天的課堂中，拚命插老師嘴，搞得大家哄堂大笑。

「嗨，我叫做約翰，妳還好吧？我看妳一整天都沒說話。」名為約翰的男子，竟然是望著她的眼睛說話，他跟其他人不一樣，多數人都會先將目光聚焦在她的胎記，或者用她多出來的手指，做為話題的開端。

「第一天來這裡總是會緊張，畢竟我們都是一些少年犯嘛，多少做過一些殺人放火的事情～不過，這裡是特警單位，沒人敢再做那些事情啦，所以我們暫時人都很好，不用擔心。走，肚子餓了吧，還記得餐廳在哪裡嗎？」

其實，這是約翰的習慣，他以前在育幼院時，他都習慣帶著初來的孩子，陪他們吃在育幼院的第一頓晚餐，協助他們排除緊張。

「什麼狗屁擔心的事情，吃頓飯就忘了啦！」約翰露出大大的微笑。

宓雅不知為何，選擇跟著眼前這個大男孩背後。

約翰回頭，說：「這裡沒想像中的可怕吧。」

「嗯……謝謝你。」她小小聲地說。

「不客氣。」約翰跟宓雅說：「妳還沒告訴我，妳叫什麼名字呢？」

約翰不待她回答，「如果妳願意的話，未來還會有很多人陸續加入，我們一起幫新同學適應環境吧！」

「好。」宓雅大聲地說，她似乎又變回了小時候那個爽朗的大家閨秀，「我叫……」

宓雅很順利在滿17歲的半年後成功獸化，這在同齡來說算是相當早的年紀，變成獸人的她，沒有刻意將胎記抹除，也沒有改變形狀，她只願意改變顏色，讓胎記變成再淺不過的淡紅色印子，她終於不用再靠化妝品遮瑕。

但是，她卻仍然保留了自己的十二根手指。

那時候特警學院的青少年與青少女們，確認自己成功成為獸人後，他們也開始探索、嘗試自己「沒有生育能力」的身體。

他們幾乎是不帶情感地跟所有已經獸化的同學發生關係，純粹為了好玩，但宓雅沒有加入。

她直到某一個懷疑自己與獸人基因互斥的拙蛋，終於在19歲獸化後，才加入那場肉體盛宴。

「我叫米婭，很高興認識你，約翰。」她露出迷死人的微笑，而這是她頭一次，試圖希望吸引異性。

宓雅在入學面試當天，特警學院的教師們就建議她替自己取一個最好是單音節的英文名字，還跟宓雅說，這個名字會陪她好幾年，如果想不出來的話，學院會指派，但通常都是一些很拙的名字。

（像是約翰）

Mia，米婭，跟她的「真名」讀音差不多。

她希望哪一天，她再與父親相逢，她能夠驕傲的告訴她，她並沒有捨棄他。

她留下了胎記，是為了提醒自己爸爸媽媽確實愛她。

同樣的，她也沒有忘記他。

六根手指……也沒必要截除了，多出來的手指，她要用在扶持，支持她的家人。

他們是那麼支離破碎，但現在，她要努力把這一切拼湊回來。

或者哪一天父親出獄後，他會因為聽見了自己的名號，主動找上她。

我在這裡，我在等你。

我不會忘記你的。

爸，我好想你。

幕後故事

故事跳轉到宓雅第一次與非法獸人的對抗，當天本來應該要呼叫支援的。

畢竟她跟人類學姊黃凝只是執行單純的巡邏任務，當天因為塞車，延誤將近一個多小時才到銀行的巡邏點。

也是這樣陰錯陽差地遇見了躲避巡邏時間的一組非法獸人。

他們在銀行內獸化，一個是黏性獸人，另外一個則是鼴鼠獸人；後者，當然也是獸人廢土事件的逃竄非法獸人。

黏性獸人將銀行出入口用黏性物質包覆，不讓任何人進出，為求保險，還釋放黏膠讓攝影機鏡頭全部變成馬賽克。

「把錢交出來。」他們在銀行內大喊，鼴鼠獸人將櫃台鑿開，所有人厲聲尖叫。

宓雅見著銀行異狀，立即獸化，她試圖撬開大門，但因為黏性獸人的功夫了得，堅硬得很，她不由得退後了幾步。

咚——

大門依然不動如山。

裡頭的非法獸人注意到警察來了，鼴鼠獸人便開始在櫃檯前尋找人質。

黏性獸人則將幾個人類客戶黏在椅子上，要他們不得動彈。

迫於無奈，她只好轉而將牆壁打破。

啪——

牆面被宓雅打穿。

她一眼就見到即將失控的局面，黏性獸人朝她吐出黏液，她利用腳上探出的八根尖刺，瞬間嵌入腳底踏過的牆面、天花板，她頭下腳上地飛簷走壁。

這裡空間窘促，真不適合活動。

她從背後探出了一對巨螯，其中一隻巨螯，電光火石之際，將鼴鼠獸人舉起，往黏液獸人砸去。

黏性獸人此時正準備對突如起來的訪客反擊，釋出黏液，卻讓自己跟鼴鼠獸人黏在一塊。

他們一塊撞到牆邊。

黏液對自己無效，但對夥伴跟牆壁可是有效得很。

人類學姊迅速地在鼴鼠獸人腳上扣上手銬，鼴鼠獸人不一會兒便退化回人類。黏性獸人呢……

暫時就讓他跟人類形態的鼴鼠獸人一塊黏在牆上吧。

呼……還好這兩個獸人猝不及防，要是真的讓他們抓了人質，那可就要中高階特警出來啦，宓雅對於自己的輕率有點後悔。

學姊安慰她，畢竟學姊本來也只以為只有一個黏性獸人而已，沒注意到正在搬錢的鼴鼠獸人。

「宇宓雅？」

一個女子似乎認出了宓雅。

鼴鼠獸人在受攻擊的前一刻，正將她拉到身邊，似乎打算抓她來當人質。

宓雅的巨螯正是在千鈞一髮之際，劃過了她的身邊，精準地將兇手「夾」走。

宓雅轉頭過去，她發現那個人正是曾經霸凌她的學姊。

但很遺憾，竟然不是當時她刺傷的那幾個八婆。

她應該在外面守候，呼叫支援的，真應該讓這個女的多痛苦一點。

一瞬間，她想起了多年前，那些包圍她的怪物們，是這麼罵著她的。

「怪物的女兒！」

「我不是宇宓雅，」她說，「我是獸人特警，米婭。」

我是獸人，我同時也是獸人之女，而我以這個身分為榮。

她轉身離開。

獸人寶典

◆獸人廢土：數十年前，初代獸人在此塊區域大量產生，目前尚不確定獸人出現的原因，但因獸人產生的數年前，此地區國家因搶奪資源進行軍備競賽，甚至曾發生小規模的作戰，有人推測是因為核子實驗，或因為病毒研究，導致獸人的產生。獸人出現後幾年，獸人暫時與人類共處一段時間，然而，隨著人類戰事進行，獸人們集結向人類進攻，造成此塊區域人類幾乎滅亡，並波及到周遭國家。

據稱，當時人類總人口據此減損超過五成。

但具體的歷史，似乎遭到國際組織刻意掩蓋。

◆米婭的獸人形態：巨螯，她的原型為方蟹總科生物，除了背後探出的一組巨螯外，四肢也可以隨著環境伸出八只細刺，嵌入各種硬質地面或牆面，做出飛簷走壁的移動形態。此外，她的身軀能另外產生紅色甲殼，將身軀覆蓋住，硬如鑽石，或可以單純硬質化，讓肉體堅硬，不過肉體堅硬化的硬質程度，遠比不上甲殼。

米婭的巨螯夾力驚人，可以直接將牆壁搗碎，甚至可以輕易地將人體脊椎夾斷，故她多數情形都會刻意減少施力。

在她稚嫩的特警生涯中，不曾遭遇過螳螂獸人。

據傳可能是同期夥伴刻意掩護，大家應該都猜得到是誰暗中讓她避開。

◆特警生：仍在特警機構研讀中的準獸人特警。

◆真名制度與收養制度：獸人特警在入學後，均會刻意隱蔽「真名」，避免原生家庭遭到報復，但是，多數獸人特警生都會切斷與原生家庭的所有聯繫。不過，在他們主動要求下，仍會允許其與原生家庭聯絡，甚至可以設定定期提撥生活費。

惡性洩漏獸人特警原生家庭（包含收養家庭）者，也會遭到獸人法案制裁。收養制度則是嘉惠中年獸人夫妻的制度，他們多是獸化成獸人後，因種種因素失婚（1獸人＋1人類的獸人夫妻，離婚率高得難以想像）而再度結合的獸人夫婦。雖已無法生育，但他們能透過收養特警生，再次於照顧他人、提供良好家庭身教的過程中，重新體會家庭感受。

同樣地，在特警生畢業擔任獸人特警後，也會減少與收養家庭的聯繫，但他們大多都會成為超越家庭關係的誠摯友人，也有部分中年獸人以身為特警生的暫時監護人為榮。

間曲　警報

錢今生遭到獸人殘殺的新聞露出當天，「叩叩教授」愛德華在幾個小時後，便在新租的研究室收到威脅。

對方用立可拍拍攝研究室所在別墅的遠、中、近景照片，似乎清楚掌握他辦公室的位置，還用剪報拼湊一封威脅信。

幾個月前，愛德華在自家門前的傷害事件，鬧得人盡皆知，網路、電視更是連續幾天放送，「你們人類，都是怪物」宣言，還被有心人事做了惡搞迷因梗圖。

媒體與反獸人的自媒體網紅，揶揄愛德華教授是「會叫的野獸」，畢竟人類根本不明白也不承認自己是怪物，加上愛德華第一次見世的毛茸茸巨猩上身，搭配廣為周知的恐爪龍下身模樣，實在嚇壞眾人。

校方以影響校譽為由，暫停愛德華的教授課程，醫學中心進一步取消他所有門診，不過，因為聲援的病人太多，他們灌爆學校官方網站，表達對於剝奪自己就醫權的抗議，醫學中心這才恢復了愛德華的門診。

病人都知道愛德華是為了保護陌生警衛，甚至是自保，才會變身成為獸人朝兇手反擊。再說，兇手不過丁點皮肉傷，但是受到兇手刺傷的小王，卻生命垂危。

即便如此，德高望重的叩叩教授獸化傷害人類，仍然是對紅瞳公司十分不利的材料，他們罔顧愛德華反對，迅速地將所有網路上的相關影像硬性下架。所以仍會執意放送的，只剩下WCH的抗議現場，跟以往較親近WCH的自媒體。

愛德華認為，與其遮遮掩掩，不如坦蕩蕩地將畫面公諸於世，部分媒體完整放映劉先生持刀畫面，即便無良媒體惡意流出的，是遭到惡意摘錄的版本。但人類應該有獨立思辨的能力，不會只相信片面的訊息。

「愛德華教授……很遺憾，以我們對人類的認識，他們只願意相信自己相信的，所以，那些被畫面影響認知的人，不會去找尋完整影像來看。」紅瞳公司為了本次事件，成立危機處理小組，小組長Zack是這麼告訴愛德華的。

「叩叩叫獸，你很會叫嘛？今晚來看你多會叫？」愛德華反覆看了威脅信上的這一句話，忍不住笑了出來。

讓人哭笑不得的威脅，他本來不當一回事，直到發現信封還有另外一張照片，他女兒穿著制服的相片。

女兒的照片背後寫著：「我們當然不會對你女兒動手，女子第一高級中學，未來的國家棟梁，國家棟梁是不能倒的，不過，你是怪物，不能算數。」

自從被劉先生襲擊後，他知道利刃根本傷不了他，除非對方拿槍，否則一般威脅，他根本不當一回事。

但是，他的女兒？

關於女兒的事情，即便外頭謠傳滿天飛，卻鮮有人知道實情，這事情非同小可。

為求謹慎，他去了鄰近的分局報案。

受理的警員知道他是什麼來歷，無奈研究室附近的街道監視器正在升級更新，查詢不到威脅者的畫面，員警要教授稍作等待，一會兒後，分局長竟然親自接待，還給局長打了通電話。

電話中，局長下了指示，調度兩名高階獸人特警協助保護愛德華，還派了一支20人的人類小隊，前往研究室駐守。

愛德華認為一名高階獸人特警即已足夠，分局長則對局長的積極作為解釋道：「您是政府重視的科學顧問，我們對於您的安全，還是謹慎為妙。」

愛德華這時候才覺得，自己的名氣，總算給自己帶來一點好處，可是，一般獸人呢，他們是否能有我這種特殊待遇？

不過，同胞的事情他暫且無暇關注，他有更重要的事情要擔心。

愛德華並沒有帶女兒的照片去警局，關於女兒的事情，他還是想要對警方保密。雖然恐嚇方顯然知情，不過，關於郭雯的事情，他認為少一個人知道，就是保障她的安全。

「您認為有誰會給您這樣的威脅？」人類員警詢問他。

王維？不，那傢伙自從劉先生落網後，愛德華也沒向警方舉報過他。不過，王維各項計畫都與愛德華息息相關，當愛德華不再支援，很快也會丟了工作。

愛德華確實對王維背刺感到訝異，不過依愛德華對王維的認識，威脅信上的字句實在不像是飽讀詩書的王維會幹的事情。再說，就連王維也不知道關於女兒的實情。
畢竟，他們只是工作夥伴。
就在分局等候高階特警薇恩斯（Vines，植物系獸人）與鹿西法（Lucifer，人形鹿身獸人）從其他勤務返回的過程中，愛德華滑開手機，翻到了紅瞳公司Zack的通訊錄頁面，不過，他遲疑了一會，沒有選擇撥通電話。
知道我女兒內情的人，全世界絕對沒有幾個，其中當然包含紅瞳公司的少部分高層，紅瞳公司內部或許不可靠。
至少公司新派來的這個Zack，不一定信得過，他只能跟熟人聯絡。
郭雯自殺前，曾經撥了通電話給愛德華。
當時愛德華正在上課，他對於女兒的來電感到訝異，一向穩重的他，神情驚慌地告訴在場學生自己有事，暫時離開課堂。
他曾向前妻郭娜要過女兒的電話，不過，他也只是輸入手機通訊錄而已。郭娜對獸人並無好感，愛德華不理解，到底郭娜是因為愛德華才會討厭獸人，或者原本就對獸人有偏見。
雖然郭娜定期提供愛德華女兒的近況、照片或影片，但是，他們倆卻是談定要讓愛德華退出郭雯的生活。畢竟愛德華是獸人，身為獸人，就是有遭人排斥的原罪。
「喂。我……我是愛德華。」
「爸。」
「郭雯……？」

「爸。」

他好久沒聽見女兒叫自己爸，眼淚止不住地滑落下顎。

「你愛我嗎？」

面對女兒突如其來的提問，一向知無不言的愛德華語塞，自從郭雯懂事後，他只透過郭娜的影片，聽見過女兒的聲音。

她的聲音，聽起來怎麼……這麼憂傷？

我的寶貝，妳怎麼了？但是這些，他都沒有開口，後來幾個月裡，他都後悔自己竟然沒有將心裡話說出。

郭雯沒等愛德華回答，便繼續說：「媽說她真不知道該怎麼教我，對我感到失望，我連學生的本分都沒辦法做好，她知道我沒有用功讀書，心思花在其他地方……我真懷疑在她眼中，她是不是只關心我的考試成績，不關心我。」

愛德華知道郭娜自我要求甚高，但他並不認為郭娜不關心郭雯，「妳媽媽她不是這樣的……她只是……」

「我只是希望能夠有人愛我、關心我而已。」

愛德華聽見這句話，忍不住淚濕衣襟，他幾乎無法再呼吸。

「但是為什麼，你不要我了，我在媽媽的手機裡，看見你的電話……『孩子的爸』……我記得你……很小很小的時候，我看過你。但是，我忘記你的樣子了……我真的忘記了……我真的好想好想記住你……」

原來她一直知道我……郭雯年幼時，郭娜勉強還允許愛德華去探望女兒，但是自從愛德華獸化後，再加上他逐漸嶄露頭角，變得知名，郭娜便嚴格禁止。

郭娜清楚地知道，身為獸人的女兒，要受到什麼樣的欺凌，她也曾在女兒的幼稚園，見過獸人的幼子是怎麼被欺負的，後來聽說那個孩子轉去獸人子女專門的兒童教育中心了，她不能允許自己的孩子被這樣對待。

「媽媽不愛我，你也不要我……」

「不是這樣的……你聽我說。」

我並沒有不要妳……是沒有我妳會……

妳會更好……但這句話，愛德華來不及開口。

咻——

當天晚上，直到郭雯醒來後，郭娜打電話告訴艾德華，他才知道女兒跟自己通話後，跳樓自殺了。

他強硬地要求讓郭娜再見她一面，所以整個暑假，他都在陪伴郭雯，彌補十年來的空缺。

他也透過電話，去聯繫拯救他女兒寶貴性命的人。

現在，他需要她。

快姊。

「喂，孫女士您好，不好意思這麼晚打擾了。」

「郭爸爸？」快姊驚訝地接通電話，她才剛替兒女煮好晚餐，這幾個月以來，她都忙著與前夫訴訟兩個孩子的監護權官司，自從兒女知悉前夫為了私利，將快姊資訊賣給無良媒體後，威嚴早已蕩然無存，所以女兒跟兒子老早就將行囊收拾好，搬去跟快姊同住。

「媽，是誰呀？」女兒正喊著要母親一起來吃飯。

「郭雯她老爸。」快姊壓著話筒，回答女兒。她疑惑郭雯爸怎麼會來電，上次愛德華也曾經戴著口罩墨鏡，前去學校拜訪快姊當面致謝。愛德華解釋，自己得了重感冒。

生病怎麼還來找我，是不是有點不恰當呢？

還有，這傢伙聽說也是獸人，難道戴墨鏡是為了遮紅眼睛嗎？我也是獸人呀，何必這麼見外呢？總覺得郭爸爸神神祕祕，算了，人總會有祕密，我還是別多問吧。

今天他卻沒頭沒腦地說，自己被人威脅，對方似乎握有郭雯的資訊，擔心對女兒不利。

「你報警了嗎？」快姊下意識地問。

「報警了，不過因為我的身分特殊，我沒有告訴警方女兒的事情。」

雖然快姊在三井壽3C的事情，未曾報警，不過人民若對警方失去信任，我們還能相信誰呢？

「你身分特殊……？」

「太複雜了，以後再跟您解釋，我想先問您一件事情。」

「你說吧。」快姊的女兒也湊到電話旁偷聽，快姊驅趕女兒。

「請問您有沒有收到威脅呢？」

快姊皺了眉頭，急忙否認，自己是什麼小角色，誰要對自己不利？

「沒有就好……雖然有點冒犯，但我想請您幫我一個忙，請問您現在仍然住在紅瞳公司的宿舍裡嗎？」

快姊肯定。

「不知道您是否方便，將郭雯與郭雯她媽，接到您那裡住呢，讓您來保護她。」

什麼!?先別說什麼保護了，我有這種辦法嗎？欸不對呀，我現在住的是單人宿舍，前陣子 Ada 幫忙，好不容易換成兩房一廳，得跟女兒擠一間，根本住不下呀，快姊坦承自己的擔憂。

「您不用擔心這件事情，我會跟紅瞳公司反應，讓您換更大的房子，您只要回答我就行了，能不能讓她們倆母女暫時跟您住一陣子呢？」

「住一起這是沒問題啦……不過……要保護的話……我……」

「我也會請紅瞳公司延長您的獸人執業時段，讓您不至於違法，再讓您下課後以獸人姿態陪同郭雯回到您那。」

「我要用獸人狀態保護她們？那我的藥物怎麼辦？」快姊想起自己下班後都會服用抗衝突藥物，服用藥物過後，自己很快地就會變回人類。假設真如郭雯爸所說，有危險，自己還得打激化藥物，緩不濟急。

「您已經突破限制了，加上您已經認同了獸人身分……不用擔心，現在的您，只要想，都能夠隨時獸化。」

「這是什麼意思？」這傢伙在跟我說中文嗎，我怎麼都聽不懂？他聽起來有點外國腔調，肯定不是本國人。

「以後再跟您詳談，如果您同意的話，我馬上去辦。」

「郭雯她們什麼時候要搬過來？明天嗎？」

「我會讓這些事情在一個小時內搞定，不好意思，警方找我了，我稍晚再跟您聯繫。」

快姊掛上電話，跟女兒埋怨剛才郭雯爸講了一堆自己不懂的事情，但話還沒講完，手機上卻顯示Ada來電。

「喂？Ada嗎？」快姊不明白，怎麼今天全天下的人都要找她。

「快姊嗎？我替妳們安排樓上的空房，四房兩廳三衛，包含兩個雙主臥，半個小時內，我就會請孫不群倆夫妻去替妳們搬家。」孫不群是快姊以前晚上兼差的搬家公司，搬家公司的老闆是一對獸人夫妻，他們是一對螞蟻形態的獸人。

「搬家跟房租費用會由公司全權負責。」

「Ada等等……怎麼這麼倉促？郭雯她爸到底是什麼來頭？」之前樓上四房型的員工宿舍空出來時，快姊可是很想帶著兒女往上搬，但價格不便宜，自己實在租不下手，但郭雯爸話才講完，怎麼全都搞定了。

「這件事情其實是祕密，不過妳總是要知道的。剛剛跟妳通電話的人，是叩叩教授，我跟他也是老朋友了，他申請成為獸人時，正是我受理的。這件事情，我希望妳也能夠保密，我也會幫妳核發緊急獸人執照，將執照延長到全天候24小時，搬家的事情……三十分鐘，妳們能在半小時內整理行李嗎？」

「我是誰？我是快姊，沒人能夠催促我。」快姊開玩笑地掛上電話。她先是喊了兒子，「喂，幫你老媽查查『摳摳教授』是什麼東西？應該是摳門那個摳。」

兒子用手機稍微查了一下，向母親喊著：「是叩叩教授吧，口字邊那個叩。」隨便啦。

然後快姊喊了女兒：「妳們十分鐘內要把飯吃完，我們半小時後要搬家。」

「還懷疑呀！快一點！」

只有我催別人的份，誰都不許說我快姊還要人家催。

突破限制……我觸手已經多到超過二十隻的事情……這件事情應該只有 Ada 知道而已，那個摳門教授怎麼會知道的？

電話又響了，這次換成郭雯她老媽。

這時候快姊才正準備要洗鍋具而已，正想著手快不夠用了，她不自覺獸化，開始用二十隻觸手多工任務。

「喂，我還沒吃完啦。」兒子手裡的碗，被強行拉到洗碗槽。

女兒只是抬頭看了電視，轉眼間桌上的碗盤全都不見了。

兩個房間門被打開，探進好幾隻觸手拉了行李箱開始整理衣服。

另外兩條觸手從紙箱裡掏出吸塵器，搬走也要替人打掃乾淨才行。

咦？我不是才剛服用過抗衝突藥物而已嗎？

「喂，郭媽媽嗎？啊……等一下。」快姊瞧見背後的兒子將手伸進櫃子上的零食袋中，她扣住話筒，「正餐時間不要吃垃圾食物，晚點再弄給你吃。」

「齁！」

幾個小時後，一夥人在愛德華的研究室枕戈待旦，等待敵人的出現。

愛德華租了位在郊區，附有圍籬與庭院的別墅，他沒將老母親接來同住，而是另外請了24小時看護陪伴母親。

這裡主要作為研究跟接待用，愛德華的研究夥伴與研究生，白天來這工作，傍晚則會跟業界的夥伴談生意，他沒想到現在這裡即將受到攻擊。

沒將母親接來是對的。

兩位特警依照自己的能力開始部署，薇恩斯在庭院裡灑滿種子，愛德華不改好奇心，問她的種子是否受到土壤的限制。薇恩斯搖頭，說即便柏油地也可以，只是容易破壞柏油地板，所以她避免在道路上部署。

對於鹿西法，愛德華則問他，知不知道「路西法」是撒旦的意思，眼前這個超過三十歲的大男孩，咧嘴地點頭，接著變成鹿身人，他說即便愛德華上廁所……包含小號，他都會隨伺一旁。

大號呢？愛德華忍不住問他。他知道高階特警除了警方任務外，大多被派去保護重要人士，舉凡政府高官、國外使節，或者像他一樣受到威脅的善良百姓。

「我們還是會在廁所外面等，但教授你知道，我們的嗅覺也都加強過了。」

噢，真是辛苦的工作，還好我沒有便意。

20個人類警員，則是分成兩組，一組在別墅內部防禦，他們在頂樓架設狙擊線，或在庭院中防範爬牆進來的敵人，另外一組則沿著通往研究室的道路，盤查上下山的車輛。

不過，愛德華畢竟不是住在深山僻野，山上還有其他社區，倘若敵人早已埋伏在鄰近社區，這些手段也只是徒勞。

他們還是把防禦重點放在愛德華的別墅。

一連等了好幾個小時，毫無動靜，愛德華也確認郭娜與郭雯都已經住進快姊的宿舍中，說是要讓快姊保護，但更重要的是紅瞳宿舍有門禁管制，倘若真有不懷好意的人類意圖闖入，也會被擋在門外；再說，宿舍裡還有其他獸人鄰居。會拜託快姊主要是要讓她護送郭雯從學校返家，以後再好好跟快姊道謝吧。

他本來擔心郭娜會反彈，但郭娜也只是嘆了口氣，說這些事情她早有預料，「我早就說過了，你會給我們帶來麻煩。」

愛德華也只能不斷道歉。

「不過，我們畢竟是一家人。」說完後，郭娜便掛上電話，她一貫風格。

「謝謝妳，郭娜。」即便對方早已不能聽見，愛德華也是對著話筒另一頭道謝。

到了十二點多，一隊分局新派遣的人類隊員上山說要增援，鹿西法聽到無線電呼叫後，拒絕讓這夥人交班。「誰知道這些人類到底是什麼底細。」

這還讓鹿西法跟守在庭院內的人類警員爭執好一會兒，對於鹿西法這種擔任保鑣任務的特警，大多不再需要人類夥伴，他們習慣與獸人同胞搭檔，或許是因為跟獸人相處慣了，他們對人類越來越排斥、也越來越多疑。

鹿西法手上握著兩公尺幅的巨型鹿角，站在別墅門口防衛，不過，這夥新的人類隊員示意支援，來讓疲累的同事可以暫時休憩。

鹿西法雖然讓他們進了別墅圍牆，但不讓這群支援進入主體建築，惹得一大夥人類不快，甚至讓愛德華出來打圓場。

「喂！你！沒你的事！不要出來！」鹿西法吆喝著要愛德華住嘴，滾進研究室，愛德華似乎才是他的小弟。

「這傢伙真認真，難怪會派給我。」愛德華記得，分局長對這些特警沒有直接管轄權，所有高階特警都是由調查局與紅瞳公司共同管理，他們還為高階特警指派特警長，負責勤務交辦。

愛德華坐在別墅接待廳中，他透過巨型落地窗，見到將近三十多名人類員警在自家庭院，個個都是荷槍實彈，陣仗似乎過於龐大。

說真的，他一直覺得光是薇恩斯跟鹿西法兩人就足夠了。

此時，無線電裡傳來一陣急促的呼叫聲，平地的員警傳來回報。

終於要來了嗎？

愛德華不由得手心冒汗，他望向庭院正中央的鹿西法，現在鹿西法全身冒了鹿角，卻更像是個刺蝟。

薇恩斯的種子紛紛萌芽，藤蔓快速生長，植被越長越高、越長越高，慢慢將別墅包圍，卻巧妙地閃過頂樓的狙擊手。狙擊手們一開始還嚇得不知該往哪躲，但薇恩斯從他們身後走了出來，她指向遠方天際線，一陣白影從天際線飛了過來。

是一台直升機。

「尋找掩護！」人類員警大喊著，薇恩斯也讓藤蔓在一個個人類員警面前，長了出來，藤蔓彼此相纏，呈現盾牌狀，讓員警可以依此作為掩護。

對方竟然開戰鬥直升機來？

到底是什麼來頭？

對照宛如戲言的威脅信，落差未免太大。

正當所有人做好準備，上膛迎戰時，直升機在庭院四周盤旋，才見到機身並未附掛任何武器。

幾個人類記者駕著攝影機，俯望研究室周遭的人類員警。

對他們而言，製造新聞就是武器。

「離開現場，你們已經違法進入私人領空。」人類小隊長拿著大聲公朝媒體直升機呼喊。

但直升機沒有立刻離開，選擇在庭院周遭盤旋。

當人類小隊長再度揚聲警告，朝天空發射一枚警告意味濃厚的紅色信號彈，媒體直升機這才選擇離開。

當天夜裡，一片寧靜，倒是幾個鄰居先後打了電話過來，向愛德華埋怨，他們早就向社區管委會表達拒絕愛德華入住的意見。

「叩叩教授……你是又惹了什麼事情？」

「愛德華先生，你不用睡覺……但是我們還要睡覺呀。」

「我們在你搬進來前的生活是很平靜的，你到底在搞什麼鬼？不是有什麼怪物宿舍讓你們這種生物住嗎？」

「你不是很看不起我們人類嗎？為什麼要搬來我們這個社區？」

「我知道你是好人、是名醫生，但是難道你不知道睡眠對人類來說，很重要嗎？」

愛德華總覺得哪裡不對勁。

另一片樹林中。

一棵棵高聳的樹木，輪流飄落大片落葉。

青的、綠的、黃的、紅的，都因為乘載擺盪的獸人，無差別地掉落地面，這些新葉打亂了微生物的步調，也攪亂了一池春水。

啪——

劉子翔驟然憑空出現，他從廢棄鐵皮屋外的矮櫃上，拿了一件連身長袍。他簡單著裝，稍微敲了敲房門，如果倚靠在牆面上且殘破不堪的木片，還能夠稱得上是門的話。

「是我。」劉子翔叫著姊姊。

聽見弟弟呼喊，劉子琪才讓身子從黑暗裡前傾探出。

她正擔心弟弟不知道跑哪裡去，每次他出門都讓自己提心吊膽的，今天一早就載著弟弟前往市區，她應該把弟弟留在山上的，但是，她拗不過弟弟。

「妳去看媽媽，很快就會被發現了，但是他們追不上妳，妳能繞多遠就繞多遠，我現在可以隱身行動，不用來找我，我去收集食物，會自己想辦法走回山上。」

倆人將手臂上的獸人通聯裝置摘除，他們都知道身為獸人，通聯裝置必須不離身，否則就會發出警報。以前獸人需要植入晶片，不過被獸人抗議太像寵物，所以最後用穿戴式智能裝置取代。

前人的人權抗議，變成最佳掩護，這也可真諷刺。我不就是因為被人毫無尊嚴地對待，才會朝人類反撲嗎？

你問劉子翔後悔嗎，他當然後悔，要是不殺錢今生，這些事情都不會發生。

劉子翔知道自己手腳不乾淨有錯，而且還相信那些朋友，如果那些王八蛋算是朋友的話，但你錢公子大可報警，我也願意接受法律制裁，錢再還賺就有。我不是不願意還錢，但是你帶了一夥人，押了我老姊，說自己大發慈悲，臨幸她，還用那副沾沾自喜的語氣，我實在是吞不下這口氣。

這幾天他都睡在地板上防衛，姊姊半夜總是做惡夢，從床上驚醒，自己得不斷安撫，告訴她沒事了、沒事了。現在那個王八錢今生已經死了，個性害羞保守的姊姊被那個禽獸侵犯，想想就覺得送那傢伙上西天也好。

「我想自首。」劉子琪開口。

她雖然穿著新衣服，但還是顯得衣衫不整，劉子琪龜縮在角落，模樣讓劉子翔看了不忍。

「別說這麼多了。先來吃吧。」

他將一袋從飯店 buffet 裝來的食物，在地上稍微整了一整，看起來好不豐盛，只差沒點上燭光。

劉子翔現在已經今非昔比了，對於麻痺攻擊，他已經掌握得更好，他能夠讓對方僅僅滅失幾秒鐘的短期記憶（當然，是拿姊姊實驗的，劉子琪不知道自己被當成實驗對象），加上自己現在可以變成「完全透明狀態」，在觸手的包覆之下，他甚至可以讓自己手持的物品也一塊隱形。

只要被自己觸手包覆，獸人能力也能夠視為是所有物，便一塊隱形，這是很好用的能力呢，對於他這種竊賊來說再方便不過。

劉子翔能夠完全在人群中隱遁，即便被人發現行蹤，也能夠立即讓對方遺忘。

如果是早先時候，他鐵定會四處向朋友炫耀，但是，他只慶幸這種能力及時在浪跡天涯時發現。

他甚至認為自己能夠這樣躲藏一生，所有資源任他取用，每天去健身房洗澡，再溜去高級餐廳大快朵頤。

不過，姊姊就沒辦法了，她只能憑藉過人的速度逃離追緝，雖然劉子翔給了她幾件新衣服（從百貨公司拿的高級貨），但幾天沒洗澡的她，整個人滿臉是灰，也開始散發味道。

他們倆姊弟從案發現場逃離後，在深山繭居幾天，不過劉子翔下山看過幾次賣場電視，竟然沒有任何媒體報導，還有點沾沾自喜，推測屍體沒被發現，還想拉老姊回去毀屍滅跡，劉子琪當然拒絕。他只好自己繞回港口，才見到現場被警方設了層層封鎖，屍體早就被人移到不知道何處。

直到今天，劉子翔才看到電視牆上的錢老闆發表聲明，他一知道錢老闆人在哪裡開記者會，還繞了過去。

那傢伙，竟從一個大光頭，變成滿頭白髮的灰白老人，重點是台下一大夥人類拚命簇擁，還為錢今生掉了眼淚。

那個強暴犯，富家子弟，竟然也會有人同情、可憐。

怎麼沒有人來可憐我們，我呸。

當時他真想衝上台上給錢老闆難看，不過姊姊在自己殺了錢今生後，可是惡狠狠地將自己臭罵了一頓，別再惹禍好了。

不過那個WCH，We Care Human「我們關心人類」組織，看了真是討厭；「我們關心人類」怎麼沒人成立個WCM，We Care Monster？發言人把我們當成幾十年前那些發動戰爭的惡魔獸人。拜託，也不想想要不是錢今生仗著老爸財大勢大，做了不少骯髒事。以前替錢今生載女伴回豪宅時，有不少女生都是醉倒狀態，他根本是撿屍體趁人之危。

聽劉子琪說，他那個臭傢伙還在自己房間裝了祕錄器，我看他八成也把性愛過程錄下來，除了這些外，不知道還做了多少噁心的事情呢。

劉子琪吃完飯後，她又一次地表達了自己的意念，說：「我們得去自首。」

劉子翔皺著眉頭，自己的能力給自己不少優勢，但是真的要繼續讓姊姊過著這樣流離失所的生活嗎？

人不像人，鬼不像鬼，連上個廁所都要去鄰近的樹叢方便，他看見姊姊眼眶，除了眼淚，還多了一點眼屎。

「我今天去看了媽……媽也知道我們做的事情了。」

劉子翔知道姊姊這一趟，是要去看放心不下的媽媽。他也想去，不過，他自覺實在沒臉去見媽媽，

「媽媽怎麼說？」

「她一看見我……就叫我快點走，說我繼續留在那……會被抓……她不放心讓你一個人留在外面，叫我要回來勸你……要勇於認錯。後來，會飛的獸人特警就出現了，我打破窗戶飛出去……」劉子琪嘆了口氣，「希望媽媽沒被玻璃割傷……還有外面的那些路人也是……」

劉子琪現在還在替其他人著想。

子翔不語。他知道自己有錯，他當然知道，可是……妳怎麼沒讓媽知道那個人對妳做了什麼？只是，這句話他沒有開口。

「我們要是繼續不出面，這些事情就隨他們繼續抹黑……我願意向所有人坦承，錢今生強暴我……是你為了保護我，才會痛下毒手。」劉子琪摀著臉，不斷掉著眼淚。

劉子翔怔著，姊姊她竟然要……竟然願意為了自己，坦承受到強暴的事情。這對劉子琪來說，是一件多麼羞辱的事情，但是按照現在的輿論，肯定只是火上添油，那些人類一定只會說是劉子琪用計獻身，目的是為了讓自己更有機會下手。

但見著姊姊現在的模樣，他實在於心不忍……她是個老實人，即便再苦也咬牙苦撐。發生事情的當下，她就嚷著要帶劉子翔主動投案，但是，是劉子翔堅持，他說：「姊，我殺了人，對方又是錢家的小孩……他們不會對我善罷干休的……」

但是難道要繼續讓姊姊過這種生活嗎？現在繼續強留姊姊在這裡就是剝奪她的生活，也讓她再也無法見到媽媽、妹妹……還有外祖母……

對她來說，那些親人比我重要多了……我實在不應該再拖累她……

可是，這些人類真的會相信我們嗎？他回想在WCH現場，那些人類齜牙裂嘴的模樣，他們說要將我們倆姊弟碎屍萬斷，以祭錢今生這個大善人在天之靈……他們的樣子，還更像怪物。

「好。」子翔終於做出決定，「我們明天一早，就去自首。」

劉子琪抱著劉子翔，這個弟弟終於願意負責任了……也就不枉費她這麼多年為他做了這麼多事情。

「姊……妳答應我……不要承認他強暴妳的事情……這件事情，就算了，就說我利慾薰心，偷東西東窗事發，把他給殺了就完事了。」

「不行……事情不是這樣的，我會向所有人坦承……我一定會幫你……弟弟，你放心……我一定會幫你。」

別再幫我了，妳這輩子，幫我太多忙了。

幫妳自己就行了。

當天夜裡，他們倆姊弟抱在一塊，兩人痛痛快快哭了一場，像是即將赴死般地哭了整夜。劉子翔這才坦承，他始終害怕面對家庭的殘破，他只是以為逃避，就不會那麼痛，對於這些年他的缺席，他雖然後悔……但也沒有機會再彌補了。

「他們能夠理解你殺人的原因的……只要我們坦承，公司會替你找最棒的律師……」

是這樣就好了。

但是很可惜，隔天一早，劉子琪睜開雙眼醒來後，卻只見到門口釘著一張紙條。

紙條上頭，寫著兩段話。

「姊姊對不起，把妳捲進來。我會負責任的，只是這次，我要用我的方式。」

「子翔小時候是很乖的……雖然確實很調皮……他今天會做出這種事情，我也是很意外，不過……知道他的家庭背景後，只能說都是家庭導致的，我們教育單位當然在他在學期間，諄諄教誨，我們也是盡了好一番努力。」

「劉子翔那個懶蟲，每次都習慣性遲到、缺工，不負責任，每次都向我預支薪水，結果花去哪裡了……我現在才知道，原來是沉迷酒店，沒有那個屁股，卻喜歡找金馬桶……他哦，現在還會殺人，嚇死我了。」

「我知道劉子翔跟劉子琪兩兄妹呀，每次錢今生都會讓兩個怪物載他來找我們，他們總是在隔壁桌惡狠狠地瞪我們，還嫌小錢給他們點的餐不夠豐盛，硬是喜歡加點。我當時只覺得他們食量大，沒想到他們根本就是貪婪……害小錢（開始嗚咽，但更像假哭）……害小錢喪命……我如果見到他們兩個怪物，一定會把他們碎屍萬段。」

「哦哦……有看過這則新聞……我看了覺得很擔心……這種犯罪獸人好像越來越多，政府真的不好好管他們嗎？我們真的要放任這些怪物繼續在我們周遭生活嗎？」

「好可怕哦……我隔壁鄰居就是獸人耶……」

「我以前就曾經採訪過劉子翔……但我當時被他騙了，他說他都是為了家庭才會變成獸人，後來我才知道為家庭付出的是他姊姊……他姊姊真的人很好、對我們媒體很客氣，可是……她現在也不見了……不知道是不是也遭遇什麼不測了？」

「劉子翔哦……他本來就是一個手腳不乾淨的小混蛋……他讀書的時候就很常偷我們的東西。他今天會做出這種事情，我也是不意外。」

「我那天聽到劉子翔說他偷拿錢公子的個人物品，我當然義正嚴詞地指正他，第一時間我就藉故想離開，想報警抓他來個大義滅親，但他把我們捆住，我差點被他勒死……」

「水母人當天點我們坐檯，我們本來不願意，見他那個人凶神惡煞的，還過來用怪物超能力將我們捲過去，我們不得不配合。我們這一行就是這樣，什麼客人都得服務，但就屬他最讓人不舒服……他還故意讓我們麻痺……好可怕噢。」

「我真後悔當時讓我的孩子、我的寶貝兒子讓那些怪物當他的私人司機……我早說過要做身家調查，那小王八蛋在學校就拚命幹這些不乾淨的事情，整個教育制度都出了問題，你看，偷拿我家東西不打緊……還殘殺我……我的寶貝兒子……他是這麼正直、善良……一個好好的人就這麼死了……白髮人送黑髮人……他還年輕呀……他還年輕呀……」

「我們紅瞳公司確實要為這件事情，負上部分責任，但我們得強調，每一個獸人絕對都受到我們的密切關注，劉子翔確實有一些汙點，但我們秉持相信人性，願意再給他一次機會。但是，這次我們錯了，沒有做好預警，我們公司會深加檢討……只是，我們還是得強調，劉子翔所犯的錯，是他的個人行為。」

「針對本次的事件，法院已經核准絕殺令，我們會派遣最一流的獸人特警，追殺劉子翔，讓他繩之以法，劉子琪……則是得再深入調查，畢竟就目前的證據，還不能釐清她跟本次事件的關聯性……我們要再麻煩各位市民，請您如果見到劉子翔本人，請立刻逃離現場，並撥打119，與我們聯絡。劉子翔極端危險，而且有高度暴力傾向，請各位市民注意自身安危……」

如果我去自首，他們能讓我多活五分鐘嗎？劉子翔很懷疑。

姊姊，妳去吧，妳別試圖拆穿那個偽君子了，他們不會聽妳說的，所有事情都被他們扭曲了，他們不是妳一個人可以對抗的。

我只希望妳安全。

別管我了，就當作妳沒有這個弟弟。

「姊姊，我何其幸運，能夠當妳的弟弟。我愛妳。」

第二段話，可以看見紙片的下緣，濕濕軟軟地。

劉子翔走了，他即將再掀波瀾。

獸人寶典

◆特警的任務分工於權責歸屬：特警雖然部屬於總局，但僅僅只是便於勤務交辦，主要任務的交辦，尤其是高階特警，主要由調查局（依各國情報單位而定）與紅瞳公司作為主要管轄，但為了任務分派快速，在所有高階特警中遴選特警長，作為任務的分配與交辦。

高階特警在和平時期，主要負責保護性任務，大多被派去保護重要人士，舉凡政府高官、國外使節，或者受到死亡威脅的善良百姓，此種威脅包含但不限獸人威脅。當有重大刑案事件時，高階特警也會主責追擊任務，少部分特警，由於其獸人能力的緣故，從事情報工作。

中階特警則負責各分局的獸人刑案追查，但如果發生諸如獸人銀行搶案，也會交付中階特警，由中階特警統籌，帶領初階特警前往攻堅。

初階特警則被交辦日常的獸人特警勤務，基本上由於初入警界，對於警務並不熟悉，所以較不會交辦專案型任務。不過，無論是何種階段的特警，也無論是否在執行勤務期間，都可以對現場的非法獸人進行逮捕工作，不過通常在勤務期間所執行的逮捕任務，較有正當性，也較不會受到輿論非議，但回歸到其獸人執照，特警的獸人執照確實是無時段限制。

各階層特警的升遷，並非由戰鬥力而定，而是以社會化與案件處理的妥善程度而定，由各方專家進行審核，總地言之，並無特定標準，特警可以申請升遷，也有特警喜歡第一線勤務，故即便已屆退休年限，仍在處理初階特警任務。

例如約翰的前輩，就是使用 John 這個名字直到退休，因為該名特警一直待在基層，所以默默無名。米婭則認定在父親出獄前，都會以初階特警身分活動。她也想好了未來如果升階，她會以其他相類似的英文名字。

◆獸人宿舍：針對在外居住有困難，無論是受人排擠或者是經濟因素者，可以向紅瞳企業申請宿舍，但此宿舍並非相連於紅瞳企業，而是在政府指定的獸人宿舍區段，通常緊鄰公務單位，以避免鄰近居民的抗議。

◆緊急獸人執照：針對特殊情形（通常指非公務使用），經過紅瞳公司的同意，可以核發緊急獸人執照，讓獸人可例外在非工作時段，獸化成獸人。番外篇〈梅姨〉談到眾工程獸人向從業的建築公司請假，協助梅姨建造「梅花與獸人們的兒童教育中心」，就是此種情形。快姊則因為有獸化保護家屬、朋友的需求，過去也並非沒有先例。但是，緊急獸人執照不得無限上綱，例如〈我不是怪物〉的李杰即便聲稱是為了兒子李逸，或者為了保護陌生人類，在未經過紅瞳公司的同意下，仍為違法。不過，因為日常生活所需，在陌生第三人（尤其指人類）未知悉下，例如梅姨的分裂體在非工作時段照顧梅姨，通常紅瞳並不會主動追訴。

◆特警介紹：

薇恩斯（Vines），植物系獸人，適合防禦，能夠在固守的據點撒下種子，佈下陷阱，待敵人來襲時瞬間長滿藤蔓防禦。

鹿西法（Lucifer）：人形鹿身獸人，身上能夠長出厚重的鹿角，並將其折斷當成刀劍，或遠程攻擊，鹿角可在一定程度下再生，他另外還有幾個外號，「死亡鹿角」與「惡魔鹿西法」。

尚仁

「這裡就是叩叩教授的新豪宅，隱士社區……也就是知名的高級別墅社區，現在卻部署大量人類員警……看！叩叩教授的豪宅開始爬滿藤蔓了……是獸人特警嗎？」

畫面帶到愛德華他那被薇恩斯特殊能力包覆的別墅。

鏡頭中的鹿西法，在探照燈的照射下，異常恐怖。

鹿西法用手遮住燈光，原本應該是一片黑的臉部，閃耀紅光的紅瞳，更顯驚怖。

他渾身暴突尖角的身影，讓人印象深刻。

「我們收到最新線報，叩叩教授接獲恐嚇信件，要求警察局長立即調派大量員警前來保護……據說局長原本拒絕，我們都知道劉子翔朋友上媒體爆料後，曾向警察局要求庇護，但卻受到局長的嚴厲斥責。叩叩教授收到威脅，卻揚言要動用與政府高層的關係，使得局長不得不同意，讓警方淪為他的私人保鑣……不過，局長當然是拒絕發表任何意見，我們都懂他的難處。」

「據說，局長有意深夜抽掉人力，好讓第一線員警休息，但叩叩教授卻堅持增援。」

直升機開始盤旋，也能見到警員們的槍線隨著直升機移動而位移。

啪——

一陣紅光在直升機前爆開，直升機劇烈搖晃，險些墜機。

「太危險了……難道他們不知道我們是媒體嗎？我們誓死捍衛第四權，人民都有知的權利……據說現場是獸人特警指揮……應該就是那個號稱『死亡鹿角』的獸人特警……他更知名的外號則是……惡魔鹿西法！」

鏡頭切換其他畫面，這是監視攝影機錄下鹿西法執業早期追逐非法獸人的畫面，他當時的特警名，還只是一個單字「盧」（Lue）。

這是一個十分罕見的非法獸人，他在跳躍時會呈現蝦子的彎曲形狀，手部則化作手砲，不斷地朝地面砲擊，使自己跳躍得更高、更遠。這種獸人形態大多在海底或河底作業，主要負責水面下的鑿洞。

鹿西法以鹿形四足姿態奔馳，幾乎與非法獸人並肩而行。

非法獸人見到特警高速追逐，與自己的距離也越來越近，亂了方寸，手砲未能擊中地面，而是砸到路邊暫停的車輛，該車引擎蓋瞬間凹陷。

匱乏的反作用力讓他撞擊道路燈桿，摔落到地面。

鹿西法將巨大身軀撞到已經半毀的車輛，整台車已經變成一具廢鐵，他透過同一座燈桿二段跳，將滿身是角的身軀，往非法獸人身上砸去。

轉眼間，他以四足的姿態站起，燈桿已經被兩個獸人破壞，光源不足下，只見非法獸人被頂在鹿西法頭上，被他的鹿角刺穿，黑色的血液汩汩地流淌在鹿西法臉上。

他開始轉變回人類形態，將非法獸人扔到一旁地面上。

對方似乎已經毫無氣息。

「鹿西法以殘酷的手法著稱，他幾乎未曾留下任何活口……即便對方是犯罪者……但真的不給嫌疑人審判的機會，非要置人於死嗎？」主播似乎是第一次見到鹿西法行刑式逮捕的畫面，他半掩著臉，狀似對非法獸人淒厲的死狀感到哀痛，「畫面上就是叩叩教授收到的威脅信。」

威脅信顯得十分模糊，似乎是遭到偷拍的樣子，沒法具體看見威脅相片上的字樣，但經過放大與降噪處理，總算看見上頭的字句，「叩叩叫獸，你很會叫嘛？今晚來看你多會叫？」

「就這麼點程度的威脅，要出動上百名員警……讓我們不禁懷疑，是否有濫權嫌疑。」主播繼續說：「昨天慈善家錢多鐸的獨生子，錢今生的虐殺新聞出現後，人類開始擔心，住在我們隔壁的獸人鄰居，是不是也是凶殘的殺人兇手。我們當然不能臆測到底為什麼，事件過了這麼多天，兇殺命案才見光……肯定是有其他不能明說的勢力在背後……我們來聽聽民眾的說法。」

一個又一個民眾受訪，他們提到對錢今生的死亡，感到不可置信，雖然不是第一次發生非法獸人殺害人類的事件，不過，錢今生似乎是知名的慈善家。普通老百姓被殺，新聞大多被掩蓋，草草完事，但這次並不一樣，權貴階級遭到殘殺。錢公子考量劉子翔姊弟家境清寒，加上家庭都是需要救助的殘障，才會特地向紅瞳公司申請做為個人助理聘雇，但獸人卻是恩將仇報。

受訪者對於已經過了好幾天，但卻無法逮捕殺人兇手感到害怕。他們也開始害怕自己的生命受到威脅，懷疑身旁的獸人鄰居是否如同傳聞，默許殺人獸人惡行，甚至提供保護。

「我們要向政府建言，是否要採取更嚴格的隔離手段，讓每一個獸人都有電子項圈，進行更嚴密的控管，以防再度發生獸人犯罪事件。」主播繼續發表高見，「對於非法獸人，那些在地下組織獸化的惡魔，則是要透過更大規模的查緝，將所有非法獸人繩之以法，將他們全部都關往大牢！」

啪——

畫面轉到另外一台新聞，此電視台卻是報導昨天夜裡，有少數獸人收到威脅信，多數都是假警報，虛驚一場，而有少數實際受到威脅的獸人，受到一夥人類暴徒登門破壞。他們破壞獸人住宅的大門，並在牆壁噴漆，「殺人怪物」。

而僅有少部分，極少部分的獸人受到傷害，不過，受害獸人並不願意受訪。

「針對昨夜大量發生的威脅事件，警方卻是毫無作為，甚至被懷疑吃案，我們到幾個派出所採訪，但是所長均表示案件都在調查中，拒絕受訪。」

「有些分局甚至表達並未接獲轄區內有獸人勞工報案。」

「我們目前還在等待紅瞳公司做出聲明，不過目前關於部分獸人受到威脅的事件，詳情我們不得而知。」

「我們還接獲了最新消息，蠻牛特警，逮捕了意圖破壞知名幼兒園的非法獸人，難道也有非法獸人加入威脅的行列嗎？」

（蠻牛表示：那不是我好嗎？）

咻——

溫尚仁將電視關閉，他啜了幾口熱茶。

果不其然，電話又響了。

他一向不喜歡看新聞，這些新聞……到底有幾分真實性，但侄子要他一定要看看新聞。

說是侄子，但他從未以科學方法驗證與侄子的血緣關係，溫良讓……溫良恭儉讓，這個名字好得有點讓人難以想像，不過，他跟弟弟失聯多年，也不清楚弟弟是否會給孩子取這麼浮誇的名字。

溫尚仁刻意埋藏過去，對於很多人來說，他幾乎是化石般的存在。

他那一代人鮮少從獸人戰爭倖存，據說戰爭讓人類減少超過一半的人口，可是其實，真正死在戰亂的人並不多，遠有更多，是死於其他因素。

他上一代的人，今天醒來還能呼吸，要是社經地位較高的，很多都活超過一百歲，更正確地來說，自從紅瞳公司崛起，人類醫療顯著突破，意外事故不再致命，老化的器官也可以利用獸人科技回春，這也是獸人科技所帶來的好處。

世界富豪，多的是活到一百多歲，但外表看起來卻像是六、七十歲一般。很多人都以為是醫美科技的發展，但是，他們不曉得是裝睡，還是充耳不聞，有些人就是喜歡活在美夢中。

長壽也不僅是富人的特權，普羅大眾也能夠以更經濟的價格，享受更便宜的醫療，除了第二型糖尿病及癌症仍然是人類殺手，單純的老化或意外，都可以用獸人科技治療，所以就一般百姓的餘命，也都能將近百歲。

人類只知道有一種新的技術，能重新形塑器官——重生。這些技術的源頭，就是獸人基因。老百姓只管活命，而那些有錢人，也根本不在乎技術是來自於數十年前差點造成人類滅亡的惡魔獸人。

這點早就沒人在乎。最起初的消息中，紅點公司確實是以獸人基因研發治療技術。

早先聲稱獸人基因與人類基因的高度易結合性，研發出基因移植療法，而最後卻改口，此種治療方法雖然來自於獸人基因，但經過充分研究，只是用獸人自癒特性，取得關鍵基因技術，此技術使得人類基因也能夠有相類似的作用。

但本質上，溫尚仁猜測，根本就是將獸人基因植入人體進行自癒性治療，只是最先的聲明都已經滅失，政府審查單位似乎也視而無見。

這二十幾年的抗爭行動中，他有想過要重新喚醒世人關注，可是，這對於他一直推行的 We Care Human，反獸人運動，卻是百害而無一利。

若是提醒人類，獸人科技能延年益壽，他們絕對會繼續支持紅點公司，也就是現在的紅瞳公司，所以，他從沒想過要打出這張牌。

溫尚仁父母親死於獸人戰爭，自己也差點沒保住命，自己的妻兒，雖然躲過獸人戰爭，卻死於非法獸人之手。

現在想到還會哀痛……

溫尚仁對獸人戰爭的記憶，雖然有點片段，但是，他可是少見的目擊者呢。現在歷史課本與他印象中的歷史有所不同，他記得現在孩子們的讀本，對於獸人戰爭大多草草帶過。

數十年前（竟然是這麼含糊的不定數），獸人出現在「獸人廢土」，當時廢土上的國家，是當時世界上最強大的A國，以及隔壁與其接壤，也同樣強盛的B國。A、B國正搶奪邊境上的稀有礦石資源，屢屢爆發武裝衝突。他們先後在周遭較弱小的C、D、E……等國家，印象中一共有十幾個小國，實施各種核子武器實驗。

後來，獸人竟在M國，一個名不見經傳的小國產生。獸人迅速占領鄰近的小國，並向A、B兩國進犯。他們將周遭國家剷平，是另一側的人類國家集結火力，才把獸人全滅。

當時組成國際組織軍的S國，變成了世上最強盛的國家，不過，A、B國也不是就此滅絕，統治者帶著一批富豪與科學家，結合了原先S國鄰近的眾小國，組成Z國。當時獸人廢土的其他難民，則散落其餘各國中。

後來Z國與S國兩國關係緊密，或許是因為獸人戰爭緣故，他們不再進行無謂的軍備競賽，而致力於人類種族復甦。

在溫尚仁的眼中，當時那批掌權者仍在現在的視野，雖然已經是政二代、政三代。所謂的國界，也只是一群富豪、政治家的權力遊戲，即便因為戰爭損失數不盡人民，但那些掌權者，卻依然屹立不搖。

雖然人類早已結束封建社會，不過，現在民主國家的權貴，他們財富與權力世襲，不也是某種程度的封建再現嗎？

溫尚仁明確地記得，戰爭是發生在距今六十多年前，最一開始獸人確實出現在M國，但他不大確定獸人起源，畢竟當時的學說眾多，研究現在似乎也不再復見。

他依稀記得當時有幾種不同說詞，一說是核子試爆說，獸人是因為頻繁的核子試爆，大量輻射導致人類產生畸型，因而變成獸人。

核子試爆說又衍生獸人傳染學說，獸人病甚至演變成人類彼此互傳的傳染病。人類因為疾病有傳染特性，與生活周遭的環境、動物產生不明交換，才變化成獸人形態。

大氣學說同樣是來自於核子試爆說，當時的核子實驗改變了大氣，使得大氣中散布著特別因子。人類本來就是大自然生物中，除了智力外，其他諸如武力、繁殖力、爆發力都是後段班的動物。不堪一擊的人體，為了適應環境而進化成更為強壯的獸人生物。

當時甚至有化學武器學說，獸人是因為核子試爆產生。新興獸人被利用於當時的人類戰爭中，當成武器般實驗，尤其是當時主政的Ａ、Ｂ兩國。只可惜玩火，最後反而被火吞噬。

後來的大國Ｚ國與Ｓ國主政者，因為也被Ａ、Ｂ國滲透，加上後來某些因素，便竄改歷史，與其要人類負責，不如將獸人的出現，描繪成一種「不可說」。

總之，人類團結滅了獸人，其餘的，人類後代不需要知道太多。

當時的溫尚仁就是住在Ａ國，他們家是一個古老的地產家族，與政府的關係良好，所以他們逃亡的時間比多數百姓都要來得早，當事態還未一發不可收拾時，他們已經在邊界了。

雖然歷史課本上，廢土上的國家因為內部出現獸人瞬間分崩離析，但他記得獸人在一開始，並未旋即發動戰爭。初始獸人雖然不能說與人類和平相處，但確實是低賤的存在。

國家把罹患獸人病的畸形集中關押，試圖治療，軍警逮捕突然畸形獸化的人類時有所聞，但他的家族幸運地未感染獸人病。

隨著越多獸人出現，他們不再服從於權威，很快地，獸人開始以人類為食，當雙方戰火一觸即發，廢土上的獸人被迫團結，開始紛紛響應。

最後變成一場全球性的浩劫。

溫尚仁的父母親帶著他們一家四口，駕車準備前往大地彼側的鄰國途中，座車被象鼻人破壞……不，父親彷彿是駕車朝象鼻人家族衝撞。

他記得車禍前，父親似乎向那些獸人怪物咒罵，說就是這些怪物導致世界顛覆。

父親以為能夠藉此開道，但即便是獸人孩童，也足夠抵擋汽車巨獸。

幾個象鼻幼崽被撞倒，但座車也因此故障，更多成年象鼻人包圍他們。

怪獸開始破壞座車，父親被其中一個象鼻人用鼻子捲了出來，母親帶著他們兩兄弟向象鼻人求情，但殘酷的怪物群並不領情，朝父母親大肆攻擊，他們兩兄弟或許因為身形瘦小，趁隙逃出。

他這才看清楚象鼻獸人群的模樣，其中有整頭都是大象形態的，有象頭人身的，也有象身人頭的。這批灰黑色的怪物，模樣好不嚇人。

當時他們兩兄弟十來歲，本想抵抗，但母親卻喊著要他們快點逃離，兩兄弟便拖了路旁的腳踏車，頭也不回地離去。

他一邊掉著眼淚，猛力地踩著腳踏車，不曉得過了多久。

當他精疲力竭時，發現路上只剩下他，弟弟早已不知去向。

溫尚仁被其他逃難的人類救走，那是一對富裕的老夫妻，老夫妻帶著溫尚仁回到S國。

老夫妻本來就長居在S國，他們的親人在B國工作，獸人開始肆虐後，就失去兒子音訊，老人家便驅車前往B國尋找家屬，這一趟雖然找不到兒子，卻撿到了一個青少年。

他們將溫尚仁視如己出地照料，甚至收養成養子，過不了幾年，老夫妻陸續過世，自己便拿著老夫妻的遺產過了一陣子滋潤的生活，幾乎不再有人知道他是從A國移居此地的難民。

對外，他都是宣稱，他跟養父母前往B國尋找大哥，並在逃難返回S國的路上，與弟弟走散。

獸人戰爭拖了好幾年才結束，獸人餘黨仍持續在各地肆虐。

獸人大多都是在獸人廢土上突變，甚至連當時在那片土地上的人類反抗軍，也會因為不明因素變異獸人。這也是「獸人廢土」名稱的由來，那塊土地上的人類，似乎特別容易感染成獸人，廢土是「受到詛咒之地」的傳聞不脛而走。

戰爭結束前，當時大地幾乎分成兩塊，人類與獸人各據一方，分別是「獸人領土」以及「平靜大地」。

人類當然沒有放棄另外一半土地，為了奪回失土，最終犧牲了仍在廢土負隅頑抗的人類，發射大規模毀滅性武器，無差別地將該土地上所有生物炸翻。

當時國際組織宣稱，獸人領土上，人類所剩無幾。不過，溫尚仁始終心心念念失散的家人，他對於官方媒體陸續報導的新聞銘記在心，幾週前才說投入數萬軍隊進入戰區，但是該聲明迅速撤回，怎麼現在就說人類早已撤軍了呢？

那些新聞，只有他這種難民在意，多數平靜大地原屬國人類，則是被領土上的獸人餘黨困擾。各國幾乎都是戒嚴，宵禁狀態，生活過得十分壓迫。

平靜大地上偶然出現的獸人，幾乎清一色都是從獸人領土上搬遷過來的難民，當獸人變異，出現在人類領地，當然也受到軍警殘酷虐殺。

據說只要舉報隔壁鄰居獸化，還能因此拿到獎金，當時虛假檢舉屢見不鮮，人類之間幾乎喪失信任。

為了避免獸人再度產生，他記得全體人類甚至據此施打了反獸人疫苗，國際組織才宣告獸人滅絕。

獸人消聲匿跡二十餘年後，一家生技公司卻以獸人基因能夠治癒人類疾病作為突破點，迅速取得國際組織同意，以奴役獸人為名，重新復刻獸人，只是，這次他們似乎更加小心。

他們重返獸人廢土，意圖取回獸人相關基因，他們幾乎可以算是第一批重新進入獸人廢土的人類。

當時還不少人訕笑，搞不好這一趟是有去無回，說不定S國又要大舉轟炸了呢。

不過，他們帶回豐碩成果。

人類歷史上，戰爭往往帶來戰後的嬰兒潮，不過，獸人戰爭後，人類所屬的平靜大地，鮮少耗損，反而因為少掉了另外一半人口的競爭，科技發展延遲。

人類在獸人戰爭前，已經因為高等教育普及導致少子化，人口持續縮減，否則主流國家也不需要從開發中國家輸入勞工，造成更多社會問題，更別說是後來的獸人戰爭了。

獸人戰爭結束後，這種人力短缺就變成更大的問題。

紅瞳公司研發獸人科技後，政府迅速反應，制定獸人法案，在制度監管下，大大地解決了人類的缺工問題，但是，有利益的地方就有誘惑，非法獸人也出現了。

雖然國界觀念已經模糊，各國政府還更像地方政府那樣交流，總體來說，似乎是一個更大的國際組織，掌管並控制著各國。

國家間仍有各種不同交易稅、關稅、貨物稅的存在。當時溫尚仁經歷過幾次創業挫敗，但他現在已經是個成功的企業家。

溫尚仁專搞國際貿易，替各企業搞定進出口問題，他算是大器晚成，四十歲那一年站穩腳步後才結婚生子。十幾年後，他前往其他國家辦事據點出差，孩子早已懂事，是能將美好事物記著一輩子的年紀，他便要妻子帶著一對兒女過來度假。

那年兒子才剛考上駕照，他本來要妻子帶著孩子搭飛機過來，結果拗不過兒子請求，同意讓兒子駕車，來一趟跨國公路旅行。

但是，他們還沒跨過邊界，剛好遇上非法獸人的挾持事件，當時還沒有獸人特警，人類只能運用現有科技進行追捕。

非法獸人在跨海大橋挾持巴士，橋梁兩側各有不同國家的警方守著，在前後均遭到夾擊下，非法獸人可以說是束手無策。

那是一組奇形怪狀的獸人，據目擊者轉述，兩個全身利刃，應該不是為了勞動而存在的獸人肉體。

他兒子所駕駛的房車，恰巧就在巴士一旁，狙擊手準確地擊中一個獸人，另一個獸人見狀，逃離挾持的巴士，轉而以溫家人的座車作為掩護。

獸人一邊推行遭到其暴力翻覆的轎車，躲避警方子彈，最後將轎車推至海裡，自己也跳入海中，不知去向。等到警方將座車從海底打撈起時，他的妻子與兩個孩子早已死亡。

而他，卻是好幾天後才知道消息。

他沉寂幾個月，將公司轉由專業經理人經營。溫尚仁成立We Care Human組織，最起初只是個單純希望世人重新關注獸人犯罪議題的協會。不過，當時人類被新興獸人勞工吸引注意，聚焦在紅瞳促成了整體社會的進步。沒錯，雖然會有獸人犯罪問題，但是，人類犯罪事件仍是遠多於獸人犯罪。

人類不願意做的低薪工作，開始有了獸人勞工願意從事，工地粗工、測試員、倉儲理貨、包裝分配、殯葬禮儀、清潔打掃、甚至是餐廳服務員……等，都已經是人類不願意再從事的工作。

早期，獸人的薪資還沒有現在這麼可觀，所以最起初WCH並不受到注意，只有極少部分的非法獸人犯罪受害者，注意到這個協會。

十幾年來，他靠著民眾樂捐維持協會運作，但更多時候，他是用公司的個人盈餘，勉強墊付協會的各種開銷。他儘可能地上節目、發表演說，不過，他並不受歡迎，因為人類正努力地遺忘獸人戰爭的那些惡夢。

他的存在，似乎是提醒大家，人類在獸人戰爭後的那些惡行，確實存在過。

獸人戰爭結束的二十年來，那些從獸人廢土前往新世界的難民，過著飽受壓迫與歧視的生活。

即便全體人類已經都施打過獸人疫苗，也幾乎不再聽聞難民變異成獸人，但是，他們仍被貼上惡魔後裔的標籤。各地都有嚴重的歧視事件，難民的孩子上學，被其他孩童排擠，成人則找不到像樣的工作。

他們只能藏身在社會的陰暗角落，或者最後淪為遊民。

難民起初嘗試上街頭抗議，也想爭取自己的權益，只是，遊行卻帶來反效果。其他人類從媒體上識別了他們的身分，當抗議者返回職場，因此丟了工作。

隨著長期受到政府、民眾忽視，雖然曾有人權團體為他們發聲，不過，最後那一整個世代的難民，幾乎要不是帶著全家自殺，就是淪為犯罪階級。

惡魔獸人的後裔，從此從當代滅絕，溫尚仁很清楚，所有人類都是幫兇。

獸人廢土，並不只是因為怪物的肆虐而殘破，同時也因為人類同類間的迫害，使得一整個區域的人類種族幾乎滅絕。

少數還存活的難民，都怨恨當代人類，少數人活到現在，出版自傳坦承自己掩蓋身世的一生。不過，那些歧視者的後代，也淡淡地說，那是我們上一代所做的事情，與我們無關。

這些事情，溫尚仁也很清楚，人類太怕來自獸人廢土的難民，擔心他們是否會像過去一樣，驟然地變成惡魔獸人，向人類反撲。

溫尚仁一直記得老夫婦跟他說的，你不要跟別人提起你來自哪裡，你要告訴別人，你是我們在獸人戰爭前就收養的孩子……當時是我們帶著你一起去B國找我兒子，否則……你也會跟他們一樣，被貼上惡魔後代的標籤。

溫尚仁曾經問了老夫婦，為什麼他們要那麼排斥我們……？反抗人類，發動獸人戰爭的人，又不是我們，是那些怪物獸人。

「人類本來就不是理性的動物，他們只知道原本住在獸人廢土的人類，一個一個都開始變身成獸人，也有很少部分的難民，移居平靜大地後，不知為何也變成獸人。人類會因為少數特例，而將特定族群全部貼上標籤。所以，他們誤以為你們這些來自廢土的後代，也跟你們的祖先一樣。」

「可是，我不是怪物呀，過了這麼多年了，我也沒變成獸人呀。」

「但是，他們太害怕了，即便只有不到萬分之一的可能性變身獸人……他們仍然會害怕你。所以，你要忘掉以前你在A國的一切，忘掉你的爸媽、忘掉你的弟弟……你是溫尚仁，是我溫文儒的孩子。」

老先生這麼教他。

可是，他卻始終惦記著弟弟，畢竟那是證明他在A國存在過的唯一證人。

溫尚仁六十多年以來，前二十年他試圖掩蓋過去生活；中間的二十年，他總算擺脫過去，嘗試為自己的事業拚搏；最近二十年，則在籌組WCH的奮鬥中。

他開始試圖集結各國的非法獸人受害者。他認為上次獸人戰爭的種種，已經是不受人歡迎、關注的事情，所以他改關注在人類遭到非法獸人的暴力對待。但是，這一小撮受害人組成的自助會，更像是一群老頑固。

雖然老一輩的人類仍然記憶猶新，擔心獸人病會在人類間傳染，但是獸人科技是當時最新的技術，加上蒙上神祕面紗的獸人歷史，年輕人只覺得路上行走的獸人真是太酷不過。

這四十年以來，人類技術進步緩慢，卻在二十年中有著突飛猛進的突破，各式大樓林立，少子化似乎再也不是問題，畢竟總有一群怪物幹自己不願意做的工作。

所以，他們一直被視為是一個老古板組織，反對最新的獸人科技，反抗幾年內迅速成為全球最大企業的紅瞳公司。

就連政府也將他們視為是不受歡迎的小組織，集會屢屢遭到警方驅離，他知道，肯定是紅瞳公司在背後搞的鬼，可是，他還能怎麼辦呢？

眼看自己的積蓄快要用盡，協會光靠微薄的捐款收入，能怎麼繼續存活呢？

這時候，一個想不到的人嘗試聯絡他。

那個人，就是溫良讓。

溫尚仁一直都是ＷＣＨ協會總幹事，各國已經有類似性質的民間團體，溫尚仁幾乎是共同的意見領袖，他會發起全國串聯行動，雖然抗議大多不成氣候，不過，至少是一個名人。

溫良讓到了ＷＣＨ全球總部，他先是告訴協會行政，有一筆鉅額捐款想要捐給ＷＣＨ。過去ＷＣＨ主要依賴民眾小型定期定額捐款勉強維持運作，對於這種個人鉅額捐款，喜出望外。

協會行政告訴尚仁，溫良讓請求見面。

但是，第一次見面，卻讓溫尚仁意想不到。

「大伯。」溫良讓這麼喚了溫尚仁，他一時如丈二金剛，摸不著頭緒。

「我是溫良讓，你侄子。」

「我……我侄子？」

「我老爸跟你在五十幾年前，在獸人廢土邊界走散了，你們騎著腳踏車……躲避象人……沒錯吧。」

聽見眼前這個年輕男子一說，往日那些記憶似乎都回來了。

「你……你爸爸呢？」溫尚仁小心翼翼地，不提起弟弟名字，對於眼前的男子，他還是感到有些懷疑，畢竟他早期曾經在訪談性節目，提過自己陪著養父母，前去B國探望兄長的故事。自己也刻意不在網路，甚至是在紙本文件上，留下任何遭人追蹤其是惡魔後裔的歷史，但小心總能駛得萬年船。

「我爸爸他……生下我以後不久，犯了嚴重憂鬱症，幾年後便自殺……但沒死，被關進精神病院……前陣子死了。我媽媽他……後來也改嫁了，我是在寄養家庭長大的。」

「你爸爸他……自殺？」尚仁印象中的弟弟，是個開朗的男孩，他難以想像那個純真的男孩，會在數年後選擇自殺。

「你知道的，他是惡魔的後裔……被人歧視……不像你，洗白了。」

尚仁瞬間拉高防衛，這個傢伙……真的是我的侄子嗎?他一見面就來威脅我，想要掀我底牌。

「你是不是認錯人了。」尚仁起身，示意要驅趕溫良讓，「我聽我們行政說，你要捐款，你應該去找我們財務才對。」

「伯伯，不要緊張，我們在同一艘船上。」溫良讓露出一個不懷好意的笑容，讓溫尚仁感到很不舒服。

「我爸爸死前告訴我，你在ＷＣＨ位居高職，在做反獸人的抗議運動，他一直想幫你，跟你相認，但他怕給你找麻煩……他自殺後，不良於行，加上用了很多精神科的藥，腦袋不太清楚，他死前的遺願是，讓我來幫你把這個破組織搞好、搞大。」

「他一直想幫我？」

「對，他一直想幫你，他說我們歐家，就是被那些怪物搞得家破人亡，這點他歐尚武一直很恨，我是無所謂啦，反正都跟我無關。」

歐尚武……沒錯，那是弟弟的名字……所以這個年輕人真的是我侄子？

「你不是說跟你無關……那你怎麼還會來找我。」

「我爸爸說，連我的名字，也是老早就看到你投靠一個不錯的溫家，想讓我跟著你，才替我改成這個名字。溫良恭儉讓，從那之後，我就改名叫做溫良讓。」溫良讓遞給溫尚仁名片，那是一張公關公司的名片，他在該公司位居高職，「他那傢伙知道你在推反獸人運動後，就發現你還活著，可是他一直不敢來找你，不想打擾你的生活，畢竟他幾乎可以算是在下水道把我生下來。」

溫尚仁選擇沉默。

「我知道你的公司經營不錯，也調查過你不少資料，我總覺得你們的反獸人運動，少了一點火花。」溫良讓這麼說。

從那天起，ＷＣＨ完全改變了策略。

溫尚仁一直不曉得這是好事還是壞事。

紅瞳企業在獸人招募一直遭遇困難，你雖然可以用香蕉請猴子，但要讓大猩猩來工作，一根香蕉當然沒有動力。

猴子進化成大猩猩，需要錢，這些錢誰負擔，當然是用大猩猩未來所創造的財富回收。

紅瞳公司一改過去數千年來人類企業思維，在招募屢屢碰壁下，他們選擇用簡單又暴力的方式：高薪聘雇獸人，並利用獸人卓越的工作能力，嘗試在短期間內，席捲各種人類產業。

很多人在參加獸人說明會時，聽聞薪資以後，從觀望轉而眼睛一亮。

這是場豪賭，但紅瞳公司終究是贏家。

但是獸人的薪資，一直都是不對外公開的數據，紅瞳公司千交代萬交代，要獸人勞工對薪資保密，不過溫良讓透過他的媒體關係，加上一些威脅利誘，他在紅瞳公司也開始有了線人，他查探到獸人薪資，並據此大作文章。

加上人類雇主早已習慣用香蕉請猴子，他們也不願意輕易改變薪資結構。於是乎，溫良讓抹黑成，就是這些獸人勞工的存在，才會使得人類勞工生活越來越苦。

就是這些獸人勞工，導致人類薪資停滯。

那些原本抗議薪資的抗議者，起初是向政府抗議，政府當然雙手一攤，說回歸市場機制，讓人類雇主來決定薪資調幅。漸漸地，政府也開始朝WCH靠攏，畢竟這種說詞對政府有利而無害。

薪資抗議者，他們也漸漸地開始相信WCH的說詞。

政府在紅瞳公司崛起前，必定也扮演了一定的促成角色，而他們後來對WCH訴求的偏袒，也是兩面手法，溫良讓巧妙地在兩者之中取得平衡。

溫良讓也開始跟人類企業接觸，他向人類企業遊說，就是因為獸人企業，導致他們的營利越來越少，只要打倒獸人企業，讓底下的雇員對獸人反感，那麼雇主就能夠繼續用本來寒酸的薪資，永續經營。

溫良讓不斷鼓吹，並推動人類企業要在店家現場，放置ＷＣＨ標語：「我們不聘雇獸人，而僅聘雇人類雇員。」塑造保障人類、關心人類雇員的假象。

但事實上，溫良讓才不管什麼人類雇員的就業權利，他要的只是接下來的計畫。以前只有少數企業敢公然向獸人多收價金，他則鼓吹人類企業，透過全面多收價金，讓人類企業也能夠從獸人企業中，收取薪資回扣。

「政府不是說回到市場機制嗎？只有你一間企業收兩倍價金，獸人勞工可以去其他店家消費，但如果所有人類企業都開始收取兩倍價金呢？」

人類企業家對於這點真的是讚不絕口，能夠公然合法漲價，同一件商品，能夠創造更多淨利，何樂而不為呢？

人類消費者本來就在知道獸人薪資後，憤怒地產生相對剝奪感，他們見到獸人需要在消費行為支付更多價金，剝奪感瞬間減少，即便人類企業悄悄調高商品定價，他們也不那麼在乎了。

「反正那些怪物得掏出更多錢。」

「哇哇！他們獸人的定價更高，我可真是撿到便宜了！」

溫良讓這些作為，讓部分人類企業也開始願意對ＷＣＨ提供資助，他們一改小額募款的傳統，溫良讓帶領自己的行銷團隊，對著一家一家受到獸人科技影響的企業，進行企業勸募。

他不斷地向人類企業遊說，只要繼續投資ＷＣＨ，當社會上都瀰漫一股反獸人風氣，越來越少人類投身成為獸人，紅瞳企業發展一定會遇到瓶頸。

從這幾年來願意成為獸人的人類開始減少，就連招募獸人特警都開始有斷層，他就知道這個計畫逐漸成功了。

除了經濟層面，溫良讓也將觸手伸到媒體業，他鼓勵傳統媒體報導聳動的非法獸人犯罪新聞。以往媒體因為受到紅瞳企業的壓迫，僅僅只是以畫面跑馬燈形式推播報導，但在人類企業逐漸加入ＷＣＨ行列後，媒體也開始更勇敢地報導獸人犯法，以及非法獸人的新聞。

「你們的新聞要越聳動越好，人類就是喜歡這種聳動的新聞，不是嗎？」

「如果沒有故事，那就為畫面加一點故事性。」

溫良讓甚至籌組了ＷＣＨ的媒體文案團隊，有一個部門專門就是在「製造新聞」。他們協助媒體提取畫面，撰寫文案，媒體業也樂於有免費的資源，他們只要負責播放畫面就好，除了能夠收到人類企業的捐款，也能夠大大提升收視率，賺取廣告商的投放，何樂而不為。

溫良讓鼓勵媒體去踩國家新聞局的底線，軟土深掘下，媒體尺度也有了爆炸性的突破。

媒體開始大幅地採見血的現場畫面，特意強化獸人的暴戾色彩，此外，各種腥羶色的花邊新聞如雨後春筍般冒了出來。

除了這些以外，溫良讓還讓團隊創了許許多多匿名的社群粉絲專頁，透過粉絲專頁發表極端仇恨言論，使得人類在接獲各式獸人負面新聞後，會因為匿名社群，群情激憤。

當有一個人留言贊同，便置入更多殭屍帳號搧風點火，塑造網路風向。人類就在這種網路的匿名文化中，越加激發暴力言論。

溫良讓深深地知道，人性是充滿暴力的，他們喜歡這種令人血脈賁張，讓人見了有強烈情緒波動的文字及畫面。

你們喜歡什麼，我就餵給你什麼。

ＷＣＨ在溫良讓的加入後，從一個小小的社團法人，偶而跟各國ＷＣＨ串聯的小組織，變成一個大型財團法人。他們開始在各個城市設點，籌組ＷＣＨ據點，儼然成為一個議題巨獸。

以往的ＷＣＨ，只是一群受害人集結的志工組織，現在，各個ＷＣＨ據點都是極為專業與媒體取向的，也開始招聘固定雇員，不同組別也有不同任務。起初，他們需要招聘假志工來集會遊行，隨著一場又一場「表演」過後，也開始有獸人企業受害者參加其中，企業號召員工參與遊行抗議，也有一些中老年被裁員的人類，又或者是年紀輕輕，卻不事生產的年輕人走上街頭。

在這場巨大的謊言與戲劇中，他們真心相信要扳倒紅瞳企業，打倒坐領高薪，卻付出甚寡的獸人，自己才能夠獲得財富的果實。

溫良讓帶著溫尚仁前去一場又一場的抗議現場，他將大伯推到台前，讓他享受台下的簇擁。

「大伯你看，現在的ＷＣＨ，這才叫做成功。」

「尚仁！」

「溫老爹！」

「我們支持ＷＣＨ！」

「那些怪物去死！」

「打倒紅瞳企業！」

「我們無條件反對獸人！」

「獸人應該全部都應該槍斃！」

「尚仁！」

溫尚仁看著台下這一大夥人，整體WCH的氛圍，已經從追思受害者，希冀政府重視非法獸人的犯罪問題，靜默且平和的小型團體，變成所有人揚聲怒吼，嘶喊喉嚨，意圖要滅絕所有獸人的組織。

溫尚仁轉頭望了望自己的侄子，溫良讓，他正向一旁的媒體揮手，拍了一張又一張漂亮的照片。

溫尚仁總覺得有哪裡不對勁，但是，他還是試圖做好自己的角色。

他上台時，向所有人表達了WCH的宗旨，希望全體人類更關注人類發展，也能夠改善獸人犯罪的議題，盼望非法獸人殺害人類的事情，別再發生。但當他談論這些高大尚，台下掌聲稀落，只有老面孔流下眼淚，深表認同。

但是當溫良讓上台時，他卻是那麼魅力四射，談論紅瞳公司在哪裡的產業，又再度壓垮了人類企業，人類失業率的節節高升，絕對跟獸人企業脫不了關係。

「我們要高薪！」

「獸人的財產應該充公！」

「獸人應該要額外繳納獸人稅，那些稅金應該還歸於民！」

「大伯。你真的應該好好練練你演講的口條。」溫良讓私下跟溫尚仁討論，「我知道你有你的訴求，但是你的訴求已經過時了，現在人類都不吃那一套了。」

「不過，這就是我當時創立W……」

「所以WCH才會一直在泥巴裡打滾，就像是我爸當時在下水道生活一樣，我們要澈底讓獸人階級付出代價，他們才是應該躲在下水道生活的賤民，不對……他們根本不配當人。」

這句話具有深深的仇恨意味，雖然溫尚仁對於非法獸人也曾經懷抱怨氣，但是，他要的只是政府加強管制力道，或者設立更健全的獸人制度，避免這些非法獸人再對人類下手。

溫良讓以前對於獸人的仇恨，並非如此，難道他也深陷自己所描繪的劇本裡了嗎？

「我再來會讓抗議團體，去挑釁那些獸人，看能不能夠再多製造一些獸人攻擊人類的新聞。」

溫尚仁對於溫良讓這番言論感到不可置信，造假新聞？他完全無法想像，這是奉公守法的他一直無法苟同的，「你……你想要怎麼做。」

「不過，那些獸人畢竟受到紅瞳公司反覆測驗，應該沒有這麼容易煽動……啊我想到了……我們可以聘一些非法獸人，去攻擊我們的抗議群眾。」溫良讓看到大伯扭曲的表情，趕緊解釋，說道：「當然，在事發前，我會給志工們保保險，大伯你知道嗎？現在甚至有獸人傷害險，可見保險公司也覺得有利可圖。啊哈，沒有人想得到，竟然會有人聘非法獸人來傷害抗議人類的啦。」

這段話似乎觸碰到溫尚仁的底線，他憤怒地望著侄子，當時就是非法獸人傷害至親，自己才會成立WCH。

眼前這傢伙，讓WCH能夠發展到現在規模的傢伙，竟然把腦筋動到非法獸人身上。

溫尚仁大吼一聲，說他絕對不能苟同。

「大伯，成功的道路上都是需要犧牲者的，有人必然要犧牲。」溫良讓拍了拍溫尚仁的肩膀，試圖安撫他，「如果你不認同的話，那這段話……就當我沒說過。」

「我會假裝你沒有說過這段話……你最好別真的這麼做……！」

「好啦好啦……反正……即便真的有發生這種事情，也只是巧合。」溫良讓露出邪惡的表情，他說：「這個世界上，總是有太多的巧合。」

後來，溫尚仁刻意減少與溫良讓獨自會面，他似乎依稀知道溫良讓在搞什麼鬼，但溫良讓也很識相地不透漏太多。

「我所做的一切，都是為了WCH好。」侄子總是這麼說。

在媒體上，所有媒體或者WCH的成員，都將溫尚仁視為一個高高在上的象徵，他是WCH的精神領袖，但所有人都知道，WCH的靈魂核心，是媒體寵兒溫良讓。眾多網路紅人一致推崇，認為他是真正關注人類發展的英雄。

溫尚仁始終搞不懂，溫良讓對獸人的仇恨，到底是來自於家族在獸人戰爭後的歧視壓迫，還是無意間也被自己所塑造的假新聞洗腦。

在劉子翔虐殺事件見光的幾小時前，受害者的父親，錢多鐸親自來到WCH拜訪溫尚仁。

錢多鐸靜靜地跟他說孩子遇害的事情。

他望著錢多鐸蒼白髮色下的淚水，似乎想到了多年前，聽聞妻兒被捲入非法獸人事故中而亡的種種。

溫尚仁握著錢多鐸的雙手，兩人一起掉下淚水，這是同為父親的傷痛。

「溫先生……我知道你的兒子，也被牠們這種怪物獸人殺了。」

溫尚仁知道兩者略有差異，但他從錢多鐸的故事中，也感到震驚，紅瞳企業所培養的獸人，竟然也會犯下這種殺人罪行……

知己知敵，才能夠百戰百勝，他曾經在抗議初期拜訪過紅瞳企業，雖然他內心深處反對獸人，但他同時也對紅瞳企業的文化感到欽佩。

那些獸人勞工，始終並沒有錯，他們也只是為了家庭，只好變成遭到唾棄的獸人勞工……真正有錯、不應該存在於世的，是那些非法獸人……是那些利用非法獸人的暴力組織，由邪惡人類把持的組織……但現在世道竟然衰敗到連獸人勞工也成為了惡魔獸人的一分子。

「不曉得你知不知道，我以前是搞暴力犯罪的，只是這幾年透過媒體洗白了，不過，我那些老同行都想要跟我一起大鬧一場。以前是我太不關注WCH了，我真感到抱歉，我覺得你們就是一些喜歡無病呻吟的老古板。現在，我決定傾力相助，為我的兒子復仇。獸人應該全部下地獄去，垃圾紅瞳公司也一樣。」

這個傢伙……這個老傢伙，竟然是搞暴力犯罪的，溫尚仁不由得放開雙手。

「你侄子說，細節跟他討論就好……但是，我覺得還是要來跟你見一面，未來，我們合作的機會還很多呢。」

合作？我要跟這個老傢伙合作？

「我認識不少非法獸人，花點錢讓他們搞點事情，牠們都是貪婪的野獸，絕對想不到拿錢辦事，事後還會被我們反將一軍……聽你侄子說，你一向對牠們感冒，但是，牠們會當成棄子……我會讓那些非法獸人一起下地獄去的，你放心。」

溫尚仁聽見關鍵字，不由得顫抖起來……眼前這個哀傷的父親，提到復仇，那炯炯有神，充滿仇恨的表情，讓他感到害怕。

而且，他竟然提到非法獸人……他要利用這些非法獸人，去傷害……誰？人類嗎？還是那些善良的勞工獸人？但是，他不敢開口詢問。

「哈哈哈哈，你侄子跟我說，千萬別跟你提到非法獸人，但我實在忍不住，用那些怪物迫害怪物，這太諷刺啦……當我沒說過吧。」錢多鐸站了起來，他擦了擦眼淚，但又咂了咂嘴。浪費，等下還要在鏡頭上掉眼淚呢。

「我們下次再聚聚、下次再聚聚，下回鐵定給你好消息。」

溫尚仁呆滯地目送錢多鐸離開。

他腦袋一片空白，同為受害人的錢多鐸……剛才到底在說些什麼。

十幾分鐘後，溫良讓走了進來，他說：「那些為獸人抗議的糞青，竟然站在獸人那邊，遲早也要給他們顏色瞧瞧。」

溫良讓見溫尚仁沒有回應，他忍不住勸了勸大伯：「我可沒說什麼哦，這些事情，你就當作我沒說過吧。剛才那個錢老闆，是很好的素材呢……」

後面的，溫尚仁幾乎沒再仔細聽。

他不敢聽，也不想聽。

隔天溫良讓一大早來了通電話，「叩叩教授的事情上新聞啦，大伯你快點看。」

溫良讓隨即掛上電話。

說實在話，溫尚仁並不討厭愛德華。

他反而還有點欽佩叩叩教授，同意獸化，竟然只是為了減少睡眠需求，讓自己能夠為全人類的福祉，更全心全意地工作……之前還聽溫良讓說，叩叩教授幾乎沒有任何缺點可攻擊，無論自己的狗仔怎麼挖，就是沒辦法激發大家對叩叩教授的厭恨，那時候他還為愛德華暗自叫好呢。

連我那個侄子都拿你沒轍，你一定是不簡單的角色。

愛德華攻擊事件發生時，就連不擅使用網路的溫尚仁，也嘗試搜尋完整的事故畫面。

原來叩叩教授先受到人類攻擊，才會反擊，雖然訴諸暴力不對……但是，他似乎是自保？也不能完全責怪他。

他還特地向溫良讓查證，但溫良讓雙手一攤，說自己沒搞鬼，單純只是叩叩教授助理的恐怖前男友搞不清楚狀況胡亂攻擊，讓自己賺到大肆攻擊的機會。

或許是對愛德華印象頗佳，溫尚仁看到新聞快報，也感到不可置信，叩叩教授竟然會利用人脈，將警方當成圖利個人的保鑣？

「就連他……他也會這樣？」溫尚仁稍後撥了通電話給侄子。

「噢，我竟然連你也騙過啦。」溫良讓這麼告訴他。

「這個新聞，是我製造的，我花了不少工夫買通局長呢……啊……應該不能算買通。我告訴局長，我們WCH內部也開始有極端分子……無法控制的側翼組織，似乎有人真的要給叩叩教授難看，建議他要增援，否則……出了事情他可就完啦。」雖然透過電話，但溫尚仁幾乎可以想像他侄子那邪惡的笑容。

「其他……其他獸人的威脅恐嚇跟破壞事件呢，難道也跟你有關？」溫尚仁顫抖地問，那些獸人畢竟是無辜的呀。

「其他紅瞳奴才……，我頂多只是搧風點火……最後決定的還是錢多鐸跟他那一夥惡霸……我有告誡過他們，別搞得太過分，強度太大，會讓人類輿論站在獸人那邊，稍微給點警告就好，我還算是有勸告他們呢。」溫良讓停頓了一下，「我這裡是有一些名單啦，有些獸人過去有跟人類衝突的先例，那種獸人很適合栽贓，其他清清白白的獸人，嚇嚇他們就行了。」

栽贓獸人……這孩子在說些什麼!?

溫尚仁覺得，他這個侄子，比那些非法獸人，還更像怪物。

但是，在電話結束後，他也只是把話筒放在一旁，假裝剛才聽到的，都沒發生過。

自己好像也沒好到哪裡去。

溫尚仁再喝了口熱茶，滾燙的熱茶，如今已經失去了溫度。

獸人寶典

◆獸人戰爭後的黑暗時代（獸人戰爭後約20年間）：當平靜大地的國際組織，在獸人領地投入大規模毀滅性武器後，獸人領土變成「獸人廢土」，但是，獸人並未完全滅絕，往後的數年間，仍有來自獸人領土的難民，陸續因為不明原因，變異成獸人，經過人類軍警屠殺，以及友好鄰居「善意舉報」，當不再有任何獸人變異事件，人類才宣告獸人戰爭完全結束。但自從首位獸人出現的二十年間，根據統計，自殺的難民不盡其數，他們大多流離失所，成為遊民或犯罪者，人們刻意忽視，並排斥從獸人領地搬遷至各國的難民，幾乎可以說是人類的黑暗時代。

◆獸人戰爭後的停滯時期（獸人戰爭後約20－40年）：當獸人戰爭完全結束，人類為了避免獸人再度產生，強制性要求所有人類施打反獸人疫苗。這段時間人類科技停滯，人口持續減少，人們避談獸人戰爭後的種種，關於黑暗時代的一切，國際組織開始嘗試竄改黑歷史。這段時間人類無論是人口、經濟、科技、文化皆處於停滯期。

◆獸人戰爭後的紅瞳時期（獸人戰爭後40－60多年間，也就是距今20多年前至今）：紅點公司有鑑於停滯時代的困頓，與政府交涉，以合法手段返回獸人廢土，取得獸人基因，將此基因運用於醫療，後研發復刻勞工獸人，開始了新的紅瞳時代。紅點公司在創造了首名獸人後，將企業改名為紅瞳公司，除了持續在醫學上研發與突破外，運用不同職場的勞工獸人，在短時間內併吞人類產業，變成全球性的綜合巨擘。

以上時代名稱與年限均為筆者大概整理並簡單命名，因第一手資料已經佚失，故無法確認具體年限。ＷＣＨ亦是在至今20年前左右萌芽，而直到近幾年溫良讓的加入，才開始大放異彩。

◆人形槍蝦手：動物原型是短脊槍蝦，勞工形態是在海底或河底進行掘洞作業，對於建造橋梁，或者搭建海底纜線作業，十分有利。手部獸化成槍蝦手，可噴射震波，用於跳躍，身體則呈現淡綠色光芒（泡溫泉時則會變成紅色），跳躍時身體會微幅縮起（泡溫泉時也會整尾縮起）。

正義之聲

喬絲特一直不喜歡自己的名字，這個名字容易讓人混淆，她知道父親替她取名的含意，Joost，代表公正。

不過，在S國，姓名組成並不一樣，她常常被誤認為姓「喬」，久而久之，便這麼積非成是，更多人稱呼她為「喬」小姊或「喬」律師。

她的父親正是大名鼎鼎的喬納森（Johnathan），喬議員。

「入境隨俗，我們現在也在這裡深耕了，這裡的姓名制度不那麼嚴謹，我們的舊姓也不用了，就當重頭開始。」父親是這麼對她說的。

父親喬納森以前是個藝術家，甚至被稱為「寫詩神童」。更精確地來說，他是個沾祖父光的詩人。父親的作品不怎麼樣，能夠出版詩集，只是因為生對家族。

祖父是一個大軍火商，傾銷軍火給原獸人廢土大陸上的A、B兩大國，當時兩國都是世界上最強盛的國家，正為稀缺資源劍拔弩張。

祖父還懂得要將企業分成兩個子公司，甲公司賣給A國長程飛彈，乙公司則賣給B國地對空攔截飛彈；乙公司賣給A國步槍，甲公司則供給B國機槍。一來一往，兩邊都賺到錢。

你說兩個大國這麼笨嗎？他們當然不笨，不過，整座大陸，就他們奧圖（Otto）家做的武器最為精良，其他武器公司的品質都沒有奧圖家的穩定。

反正做做樣子，誰也不敢開打，畢竟戰爭的代價，大家都是曉得的。軍備競賽，威嚇還是大於實際作用，諒你不敢打，就是這樣。

獸人戰爭發生後，喬絲特素未謀面的祖父母死在戰亂，唯有喬納森兩兄弟隨著A、B兩國遺族抵達Z國。

他們在「法律上」不算是獸人後裔，是獸人戰爭前幾年才整個家族移居過去的。根據父親的說法，祖父說，離客戶近一點，負擔的運費也少一點，賺的當然就更多啦。

不過遷廠的成本誰負責？笨死了，當然是客戶買單啦，父親是這麼回想祖父的語氣。

據說，當時A、B兩國高層，分別收到祖父死前請託，加上祖父派了群忠實可靠的老臣，將武器設計圖跟授權文件帶離戰區，還組建私人軍隊保全兩個兒子，也就是喬納森跟大他超過十歲的兄長喬瓦。

喬納森至今都不知道父母的死因，那些祕密，隨著老臣過世一併埋葬，但他知道父親的名聲，可是臭得很。

「殺人武器之父」、「屠殺獸人之魔」，畢竟奧圖家的武器，除了早期銷售各國，成為政府以及非法武裝組織的利刃，也在A、B兩國曾經爆發的小規模作戰，殺死上千人，往後數年，更是屠殺以千萬計的獸人……還有人類。

喬瓦在抵達Z國十多年後病死，他才是奧圖家正統接班人。

喬瓦繼承奧圖家族的武器設計天賦，也有商業頭腦，但可惜英年早逝。

喬納森對軍工業一竅不通，他賣了軍火業所有設計圖跟授權，後來選擇從A、B國的主力撤退地Z國，移居到S國。

不為什麼，Z國人都將他視為軍火商之後，他一直無法擺脫這個形象，乾脆搬走。他以前在B國，可是寫詩神童呢，他還是對於藝術情有獨鍾。

說真的喬納森也覺得自己作品不怎麼樣，幼時都靠老爸財力，讓六歲的他出版詩集，他清楚自己水平。雖然父親替他買榜買成暢銷作家，還把他吹成寫詩神童，不過，他是真的喜歡藝術，後來即便不再創作，也很願意提攜後輩。

讓出軍火事業的喬納森，坐擁不少財富，雖然年紀輕輕，也成了眾人討好的對象。

Z國聚集了A、B兩國遺族，當時政壇腥風血雨，人民也對於他國移居來的高層深感不滿，國家常以領地潛藏獸人為由，戒嚴逮捕民眾，藉此收攏統治權。雖然此舉各國皆然，但Z國出於亡國仇恨，行事手段更為極端。

相較之下，S國畢竟在地緣關係上，離獸人廢土稍遠一些，主事者也無法以難民具有危險為由，罔顧法律逕自逮捕民眾。

這也是獸人後裔在獸人戰爭後多數選擇隱姓埋名移居S國的原因之一。

不過，這也是個公開的笑話，遺族高層其實也是獸人後裔。只是，依官方的說詞，他們「不可能」變異成獸人，唯有平民才有變身怪物的威脅。

在這個準備崛起的開發中國家S國，喬納森自覺得有更多事情能夠做。加上他身為富貴之後，一路攻讀博士，喬納森以年輕之姿，在政府高層的邀請下，成為教育部部長。十幾年後，他從教育部退了下來，先是過了好一陣子的閒適時光。

那幾年，他開辦畫廊、創辦出版社、資助年輕藝術家，而後，在B國遺族高層的邀請，他開始參選議員。

或許是天真浪漫的個性使然，加上喜歡藝術，而藝術其中一個價值，就在以各種不同方式，為他人發聲。喬納森親民、也願意深入了解人民心聲，加上以前同黨同志的協助，他竟然幾乎連選連任。

S國是雙首長制，議員席次最多的政黨，能選任總理，但同時平民也能直選總統，或許是因為S國夾雜早期A、B兩國的舊勢力，所以發展相互制衡的政治體系。

總統有權解散國會，議員也能彈劾總統，議員大多都是權貴階級，一人一票的民選總統，能夠讓平民稍稍減低對高層的怒氣。

而喬納森真不知道，自己到底是仰賴民意，還是A、B兩國舊勢力椿腳，使得他能夠位居上位。喬納森擔任二十多年議員，民意代表生涯中，他卻反其道支持獸人，這點，讓眾人跌破眼鏡。

他發出第一紙支持紅瞳企業的聲明，認為人類科技文化在戰後停滯太久，卻始終沒有突破性的進步，他認為紅瞳主張透過獸人細胞改造人類，使獸人成為整體社會進步的根基，確實有助於人類社會發展。

他草擬獸人法案，並推及到國際組織，讓父執輩的A、B國舊勢力大感不滿。喬納森也會透過出國考察，分享S國獸人制度，希冀S國獸人能夠擁有的權利，其他國家的獸人也該共享。

政壇曾有議員提議，劃分獸人勞工的隔離居住區域，喬納森極力反對，還曾經譏笑政府以為是在規劃動物園是吧？

喬納森特別關注獸人議題，除了紅瞳獸人外，獸人特警他也十分關心。他是最早一批選用高階特警擔任隨扈的官員。從他開始，其他議員、政要，即便再害怕因為獸人影響選民支持，但畢竟這些特警堪稱是最強大的獸人，有他們在一旁，還是讓自己安心不少。

喬納森暗自竊喜，雖然這並非初衷，自己也因為某些緣故，受到威脅，才有這種安排。不過這麼做也變相逼迫議員政要減少對獸人的辱罵，畢竟你不可能一邊罵著隨扈的種族，還希望對方願意保護自己吧？

而且，支持獸人並非喬納森唯一政見，他的中心思想，其實是人類整體文化進步，力求改革以及弭平階級。所以弱勢族群的權益，舉凡原住民、青貧階級、婦女兒童、身心障礙族群……等，他一概沒有遺漏，並同樣推行各國，還召集各國學者，發表各種人權公約。

喬納森一度因為過度偏袒獸人，遭逐出政黨，因此丟了下一任的選舉。

喬納森落選後，遺族政黨上位的新議員也不是好東西，喝花酒、貪汙、耍特權樣樣精通。後來，即便成為無黨籍的喬納森，下一屆選舉後，選民又重回他的懷抱。

據說，遺族政黨見喬納森東山再起，還想重新邀請他返回政黨，但他已經不再需要政黨資源，他跟前政黨保持良好的關係，但拒絕入黨。

帶有高度藝術家性格的喬納森十分晚婚，這導致他跟女兒足足相差了四十歲。

故事的主人翁喬絲特，跟父親也就是喬納森情感十分緊密。

喬絲特常常不解，獸人不過佔了人口的一〇%不到，為何父親要支持少數族裔，寧願丟失反對獸人的人類選票呢？

父親總是輕輕撫著她的秀髮，告訴她，有太多事情，她不需要懂，或許是因為「正義」吧。

「正義……？爸，什麼是正義」對於當時稚嫩的喬絲特來說，這似乎是個複雜的概念。

「簡單來說正義就是『平等』，保障弱勢者的權益，就是一種正義。」

「弱勢……可是那些獸人以前不是迫害人類嗎？他們殺了好多人類，他們是弱勢嗎？」

「那是以前，現在妳見到的獸人，他們可是被政府嚴格監控呢……加上他們背負以前獸人的原罪，現在人類對他們可以說是既恐懼又仇恨，獸人的生活不好過呢。」

「所以就因為正義，讓你特別關心他們嗎？」喬絲特繼續問了下去。

「我……我們家族以前也做了不少壞事，或許是贖罪心態吧。」

「爸，你們做了什麼？」喬絲特問了眼前的父親。她知道家族以前是軍火商，那些軍火都用在屠殺獸人身上……不過，那也跟父親沒有關係才是。

「什麼都不做，或許比做錯事情還過分。」

喬納森結束話題，他站了起來，問女兒要不要讀自己以前出版的詩集，這回他找了出版社再版，不是舊舊黃黃的小冊子了。

「你還沒回答呢，爸。」喬絲特清楚的很，那些都是垃圾，她拒絕。

「妳為什麼老是要搞得這麼清楚呢？」喬納森笑了笑。

「這是你教我的，你要我當一個公正的人，當一個沒有偏見、沒有歧視，剛正不阿的人，所以，我必需要先搞懂，才能夠做出判斷。」

沒錯，這正是喬納森的家訓，雖然他玩世不恭，但對於女兒的養成仍十分講究，期許女兒能夠跟他一樣，成為一號人物。

他寬柔並施，注重女兒的教育，同時他也鼓勵女兒發展自己的興趣。

像喬納森他自己，最喜歡極限攀登，這點倒是讓喬絲特十分佩服。一個老人家，時不時加入運動團體的攀登活動，這點讓喬議員更受到年輕人喜愛呢。

喬絲特大學時選擇以法律當成她的專業，並一路讀到研究所，或許是因為父親光環，她考取律師資格後，很快地便有事務所主動邀約。

法律案件牽涉的層面廣，有民事、家事、行政訴訟、海事、國際法還有刑法等，不過事務所卻大多交給她行政訴訟的官司，但她頻頻建議上司，想要刑事相關委託，刑事案件更符合她心中的正義。

但上司卻是勸她，說：「妳以為刑事辯護律師是正義，別開玩笑了，替犯罪人辯護，那叫做收錢辦事，那不叫正義。」

這時候喬絲特才知道，律師是替付的出錢的人保障權益，而非替沒有罪的人伸張正義。

她畢竟活在父親的保護傘下，很多事情，她不見得知道。

喬絲特的感情生活，也是遲遲才來，頂著父親的光環，幾乎沒有人敢主動追求她，膽敢追求她的，也都是些富家子弟。她並不喜歡他們睥睨一切的態度，只有在高中寄宿學校交過男朋友。年紀更大後，她只頂多有短期較無須負責任的肉體關係，從未有固定伴侶。

直到她讀研究所，當時喬納森卸下議員角色，喬絲特也總算與一個同為律師的小夥子韋藍確定關係。

喬納森似乎對女兒的男朋友不大滿意，他勸戒女兒，別太早結婚，另外一半，還是要好好挑選呢，妳確定韋藍這傢伙不是圖我們家的聲望嗎？

講這個太早了吧，才剛交往一陣子，還沒穩定呢，喬絲特直翻白眼。

喬絲特兒時對母親幾乎沒有印象，父母親只維持了一年多的婚姻，之所以喬絲特對母親毫無知悉，就是因為母親似乎是用計仙人跳喬議員呢。

喬納森離婚後付出不少贍養費，雖然喬絲特是由喬納森照料，他仍支付前妻贍養費直到女兒就讀大學。

贍養費終止支付後，喬絲特母親曾經到她就讀的大學，喊著要喬議員繼續給錢，沒把喬絲特這個女兒看在眼裡。

在她眼中，女兒只是個紅包袋，乘載著她所想要的財富。

韋藍才不是這樣，他家世很好，也是個律師家族。韋藍父親這幾年調去國外當法律顧問，要不是韋藍早早地考取公設辯護人，否則早跟他父親移民去國外了。

一般法律系學生，大多以律師或國家司法官，也就是檢察官、法官為主要志向。公設辯護人則是國家指派替弱勢族群辯護的職位，韋藍這般行徑，豈不最符合公平正義嗎？有一段時間，喬絲特還想跟隨韋藍腳步，準備公設辯護人考試呢。

談到喬議員卸任議員的原因，當時他對外宣稱是因身體狀況，不適合再就任公職人員。這當然是其中一個原因。

但喬絲特知道，非法獸人發動的獸人廢土大戰，大大影響父親聲望。

許多人將那場大戰的起因，歸咎在推動獸人法案，讓獸人科技合法化的喬議員身上。

喬納森沒有正面回應，畢竟，他不能為所有事情負責，也曾有政敵批評，喬納森的父親奧圖是知名軍火商，後人運用那些武器設計圖，製造了多如牛毛的高殺傷力武器。

這些也不能全部推到喬納森身上呀！

或許因為喬納森時常被冠上「怪物議員」的稱號，成年後的喬絲特也特別關注獸人議題，她發現獸人遭到汙辱、肢體攻擊，甚至是子女在學受到欺侮，這種情況竟然越演越烈。獸人法案只提到獸人們的限制，但卻沒有對應地提倡獸人權益，勞工獸人也會因為擔心受到更嚴重的迫害，選擇隱忍他們身上發生的歧視暴行。

再加上人類將非法獸人的犯罪行為，也推到合法獸人身上。獸人勞工有固定的工作據點，也大多有家庭，這與非法獸人總是難以追查大相逕庭，無怪乎成了出氣筒。

他們這種困境，也幾乎沒人願意發聲。政治人物知道沒有選票，而平民百姓，總是很難讓他們為與自己切身不相干的事情奮戰。於是，獸人成為了被迫緘默的族群。

雖然人類一直有獸人勞工影響人類勞動權益的討論，但一直都沒有聲量，直到這幾年，人類反獸人的聲浪才逐漸轉於激烈。

喬絲特發現這些事件的轉折點，就是WCH更換發言人，隨著媒體將尺度提高，網路上眾多匿名團體也激烈地發表極端言論。

喬絲特或許是見多父親的選民服務，以及在議會質詢官員的正義凜然，尤其是父親站在獸人勞工立場，推動獸人法案，雖然曾經有人懷疑父親是否收了紅瞳公司好處。

父親解釋過，他的本意是希望人類進步，希望半獸人勞工能夠獲得應有權益，人類也能夠透過法案獲得保障。

就是因為如此，喬絲特希望自己也能成為正義的法律人。

加上有一次她去韋藍工作的地檢署擔任諮詢律師，喬絲特聽見幾個紅瞳半獸人詢問租屋問題，租屋合約到期，卻被房東提出因為是獸人住戶，需要額外加收清潔與消毒費用，費用竟然是兩個月的月租金。

她向諮詢者解釋，房東沒有權利向租客要求契約沒有規範的事項，再說，契約也絕對不是漫天喊價。

勞工獸人才說，這些事情他們都不懂，以前有個議員似乎很願意替獸人發聲，不過那個議員已經卸任，真想知道還有哪個議員也願意替他們說話，而且聽說未來有議員計畫修法，要讓獸人再不能擁有投票權。

這樣……他們就不能投票給支持獸人的議員了。

「你們從哪裡聽來的？」

「聽說的……我們也不是很確定。」

喬絲特返家後，特地問了問喬納森。喬納森說，他會再去瞭解看看。

果不其然，確實有議員有意修改獸人法案內容，藉此褫奪獸人的公民權利，並預計排入未來的議程。雖然不是優先事項，但看起來確實不是謠言。

「別擔心啦，這種事情不可能發生，這些只是政治人物向紅瞳企業索賄的風向球，畢竟紅瞳也會擔心，自個兒旗下的獸人若沒有投票權，說話就更沒有地位了。」

喬納森畢竟是老議員，這些政治語言他一清二楚。

喬絲特為之氣憤，她不解為何父親不像她一樣，對這個消息憤怒。

喬納森解釋，自己不再是議員，加上現在身體不好，也不知道自己能夠做什麼。

事實上，他根本不當一回事。

喬絲特思考幾天，竟決定繼承衣缽，她自己來參選議員。

她要跟父親一樣，為獸人捍衛正義。

這些議員……憑什麼以法律權柄，剝奪獸人的權利？

喬納森一開始很反彈，當時他已經退休幾年，如今媒體越來越嗜血，難保喬絲特的競爭對手，會如何以網路操弄選舉。

喬絲特一點也不擔心，她已經調查過選區裡的競爭對手，清一色都是政二代。雖然自己也是政二代，但那些對手，大多勉強混到大學文憑，或者出國洗了學店學歷，加上根本沒有任何社會歷練，應該不是對手。

喬絲特用幾年的工作積蓄，招募年輕的競選團隊，他們同樣是追求「正義」的有志青年，也都關注弱勢議題。可惜男朋友礙於公職身分，無法協助，但也願意以個人名義，私下參與選務工作。

不過，她把選舉想得太簡單了。

消息走漏，喬納森多年前的同黨同志，登門拜訪。

那個老頭告訴喬納森，知道他女兒有意角逐議員選舉。

「你們想要讓她入黨？」喬納森已經七十歲，不知為何，他這陣子容易感到莫名疲倦，氣色也越來越差，但他抗拒就醫，因為他害怕真檢查出什麼，自己就不得不改變生活型態。

他退休後仍三不五時參加各種聚會，舉凡畫廊開幕、展覽開閉展、新書發表、文學座談，喜好飲酒的他也會四處品酒，每到假日只要身體允許，他仍會跟山友去山林探險祕境。

喬絲特拗不過父親，她知道很多老人家都有這種鴕鳥心態，反正不檢查、就能夠假裝自己身體一切均好。她見父親即便身體微恙，但還是四處溜達，心想大概也沒什麼大礙。

「我們黨另有安排，如果你女兒想從政的話，我們可以安排讓她當未來議員的助理，都是年輕人，肯定談得來。」

「你可要問她本人……這個女兒我管不住。」喬納森知道女兒個性，他讓坐在一旁乾瞪眼的女兒發言。

「我知道你有錢，不需要黨的資源。不過，好歹你也是老議員了，我們希望你能夠來替我們後進站台拉票呢。」老頭逕自說了下去。

「我爸說，這件事情我做主，他要不要替你們站台不關我的事情，不過我是選定了。」

「小妹妹，我沒跟妳說話呢，這裡沒妳說話的份。」老頭說。

喬絲特站了起來，說：「身為民意代表，就是要為被認為沒有資格、不被聽見的人發聲，如果你連這點都不懂，我很難想像貴黨推出來的候選人，會是多優秀的議員。」

「我就不送了，這陣子身體不好。」喬納森這麼說。

老頭先是被喬絲特的沒大沒小氣得惱火，現在又對老議員的話語摸不著頭緒。

「你不懂嗎，我女兒不歡迎你，我老了，我們喬家現在換她作主。」

老頭氣得一句話也不說，扭頭就走，臨走前，他警告老議員，說：「別忘了你做過的事情，那些事情會被挖出來的。」

「我做過什麼事情，我一清二楚，不用你提醒我。」喬納森聳了聳肩。

「別說我沒幫過你，我給你們一個月，下個月選舉登記，如果你女兒真的跑去登記，就別怪我們。」

喬納森沒有回話。

喬絲特在客人走了以後，問了問父親，對方到底在說什麼。

喬納斯也只是告訴他，當政治人物，總會被放大檢視，例如他所推行過的獸人法案，也曾被說收了紅瞳公司好處。

「那你有收嗎？」

「不能說沒有。」

「我們家……我們家不是不缺錢嗎？」喬絲特這才驚覺父親對她撒了瞞天大謊。

「那些事情，應該都沒有證據，所以他們也查不到什麼的……所以我問……妳準備好了嗎？」

喬絲特決定奮戰到底，畢竟祖父的罪過，父親不應該承受。而父親的罪過，也應該跟她沒關係。

不過，她把選舉想的太簡單了。

喬絲特的競選對手，先是挖了喬納森家的家底。「喬」家人，以前可是軍火商，他們賺了不少黑錢……通通都是拿別人的鮮血換的。

很好，這點她早有準備，她提出喬納森移交軍火事業與武器製造圖的授權文件，證明父親在兄長喬瓦死後，迅速交出事業，移居到Z國前幾年，喬納森還只是個孜孜不倦的有為青年呢。後來他一路求學，還讀到博士，壓根與那些軍火沒關係。

那些鮮血，早就在戰場化作塵土，與喬納森無關，也跟喬絲特沒有關係。

你們就這點攻擊嗎？喬絲特還有些沾沾自喜。

對手眼看這點行不通，再往下繼續攻擊。

喬納森被爆出數十年來，花心不斷，他似乎性愛成癮，陸續與多名女子發生關係，其中甚至不乏已婚女士。這消息是匿名粉絲專頁所踢爆的，委由他人揮刀，還秀出了幾名女子的變聲錄音檔。

「真不負責任，竟然只有錄音，變造成分太高了吧！」喬絲特笑著跟喬納森搭話，只見父親露出靦腆笑容。

「你笑什麼笑啊？該不會……」

果不其然，幾天後，喬絲特母親上媒體接受專訪，說自己在一場舞會中受到喬納森主動搭訕，喬納森自稱關注她很久，細數她過去在宴會上的妝髮，還稱她的眼睛會說話呢。當天晚上，大名鼎鼎的喬議員就約她回家裡聽他「吟詩作對」，結果根本是「淫詩捉對」。她對喬議員的床技深深癡迷，也願意為喬議員生下孩子，沒想到結婚不久，還在懷孕期間呢，她就又發現喬議員帶了好幾位女性回家，還在兩人床上胡搞。

除了喬絲特母親外，陸續也有十幾名女子出面爆料，她們坦承在幾十年內，陸續與喬議員發生多次關係，肉體關係長達數年，而且這些女子相互查證，才發現彼此的時間大多重疊。

發生關係時的年齡，從二十多歲到六十多歲不等。

我是說喬議員的年齡，可見他實在是老當益壯。

而且，據說有更多……或許超過上百名女性都提出「指控」，不便露臉的她們，大多以錄音或文字陳述。

不過，喬議員多數時間都是未婚……除了前妻爆料的事件確實是有違人倫，其餘的男歡女愛……好像也沒有法律與道德瑕疵。

這種爆料沒什麼殺傷力，媒體反而把焦點放在喬議員「床技一等」上，好一陣子，越來越多女性願意上節目匿名受訪。她們提到喬議員追求女性的方式，確實高明，而他的床上功夫，堪稱「怪物」。

喬納森望向坐在沙發裡竊笑的女兒與她的男朋友。

「這是妳搞出來的嗎？」

喬絲特沒有回答，她摀著嘴不斷笑著，再拿出一封列印出來的信函，「喂，壯陽藥廠商說要找你業配。」

原來，喬絲特調查過後，發現父親的女伴為數眾多，說上百恐怕還是客氣了，父親或許是千人斬，他閱人無數，除了因為高知名度吸引來的女粉絲外，其中也有不少是興趣相投的異性夥伴。

她們大部分都提到願意跟喬議員不只一次發生關係的原因，當然除了他位高權重外，最重要的，就是他確實是「怪物」議員。

喬絲特將焦點轉移到喬議員的床技，以及他高人一等的追求女伴能力，競選對手就發現又打敗仗了。

很快的，對方將目標轉移到喬絲特身上。

幾天後，開始有男性出面爆料，承認自己與喬絲特發生過一夜情。

喬絲特承認自己大學時會用匿名交友軟體，跟幾個不認識的男伴一夜情，她沒想到對方竟然能夠找到那些男性。

她先是望了望跟她一塊在競選總部的韋藍，當時雇員都已經下班，只剩下他們兩人。

喬絲特有點難為情地望向男朋友。

韋藍趕緊替女朋友打圓場，「那是妳的過去……在我們交往前發生的事情……我不在乎。」

「嗯……其實我們交往後我也約過兩次。」

「什麼!?」

「那時候我還沒確定要跟你發展長期關係嘛，這半年都沒有了！」

競選對手很快將喬絲特抹成跟父親一樣性愛成癮，但是喬絲特整理了情緒，過幾天她上媒體專訪。

她坦承，自己曾經也有段荒唐歲月，可是，她單純只是一夜情，她更在乎那些男性對她的評價。

「我是不是跟喬議員一樣，也是個床技高手？」

這般詼諧的言論，讓年輕族群更喜歡喬絲特，年輕男子覺得這個女議員候選人直率且充滿魅力，年輕女性則覺得她是女性性自主的象徵。

「沒錯，我會一夜情，但是，那跟我未來的施政表現沒有關係。我父親那才叫做性愛成癮，但你們會說他不是個好議員嗎？」

網路上引發激烈論戰，喬絲特這番言論讓年紀稍長的民眾有點不快，他們覺得這個年輕女性不檢點……可是，她說的也沒錯，喬議員也是他們那個時代的驕傲，他工作上兢兢業業，私生活……卻又充滿「活力」。

這點，他們可做不到。

喬納森做了所有上了年紀的人都想做的，盡情縱慾。

喬納森的身體狀況已經變得更糟，氣色也是面黃肌瘦，好一陣子，他竟然破天荒地減少外出參加聚會，還得委託管家用輪椅推他到競選總部，說用走的太累了。

他知道喬絲特這幾波網路操作，幾乎花光積蓄，他讓管家再匯了筆鉅額款項給女兒。

喬納森告誡女兒，網路空戰可是很花錢的，加上選舉還有文宣陸戰得打……得省點花，我們家沒有有政黨支持。

「我就看看他們還有哪些花招。」

幾個月下來，競選對手似乎也沒招了，他們陸續拿喬納斯過去擔任議員時的失言猛打，不過那些論調在喬納斯過去選舉時，都沒有攻擊力，何況是喬議員的女兒呢？

最後就連喬絲特大學時曾經翹課都拿出來講。

喬絲特眼看民調已經逆轉微幅領先，幾乎覺得勝券在握，不過，韋藍似乎已經被地檢署盯上，提醒他千萬別忘記自己的公務員身分。

韋藍正式退出喬絲特競選團隊，減少探望女友的次數。他告訴喬絲特，自己會轉為默默支持，不能再公然現身。

那時候喬絲特還有點擔心，會不會是自己曾經在與男朋友交往期間，出軌兩次導致感情生變。韋藍急忙解釋，他發現自己父親在道德上也有瑕疵，怕影響喬絲特的選情。

韋藍的父親，除了在跨國公司擔任法務外，深諳國際法的他，還替幾間非法企業洗錢，這些事情，韋藍一直知情，這也是他一直沒選擇跟父親出國工作的原因。

看來，我們都有個不「正義」的老爸，喬絲特笑著跟韋藍說。

選前一個月，最後一次的政見發表會，喬絲特過去的政見，大多跟人類有關，而這次，她想要替獸人發聲。

這是險棋，事實上，對於選舉而言，這再笨不過。她過去言論都沒有引起WCH注意，但是，獸人權益才是她起心動念加入政壇的原因。

再加上，喬議員早就被冠上獸人議員的稱號，喬絲特相信，那些本來就反對獸人的人類群眾……本來就不是她的票源。

她那一場發表會，表現優秀，至少她是這覺得的。她希望能夠將獸人的權益納入憲法，不再是以一項「獸人法案」專法，限制獸人諸多行為，但卻沒有保障獸人的各種權利。

喬絲特希望獸人的各項權利都能夠納入保障，舉凡生命、居住、言論、公職、居住……等，都應該特別加註納入。

憲法規範的權利義務，除了全體國民外……還得備註，應包含獸人。

喬絲特特別舉了例子，房東在出租房屋時會針對獸人，加註各項苛刻的條件，似乎把獸人當成洪水猛獸，但又刻意提高房租，畢竟願意出租房屋給獸人的房東並不多，他們漫天喊價……可是為什麼呢？為什麼他們有權這麼做？

或許是因為喬絲特民調領先，她大意了，她徹底踩到底線了。

舉國譁然，就連其他選區的候選人也開始攻擊她，說她一定跟喬議員一樣，收了紅瞳公司好處……還是收了那些高級奴才半獸人的非法政治獻金？

喬絲特不明白，我說的只是保障他們的權利呀，又不會影響人類的權利？

但是，批評排山倒海，甚至有WCH暴民前往競選總部丟雞蛋。

「收了怪物公司好處的婊子！」

「把那些非法政治獻金吐出來！」

「等妳上任後，妳要不要也要保障非法獸人權利？」

「憲法也保障我們砸妳雞蛋的權利！妳這個玩法律的婊子！」

「妳是不是也搞過半獸人？半獸人很猛讓妳很喜歡齁！」

就連半夜，喬絲特也會收到恐嚇電話。

「憲法？我呸！那些惡魔自從變成怪物，就不能算是人類了。我會讓妳跟他們一樣，變得人不人鬼不鬼的，受死吧賤貨！」

等到喬絲特報警後，人類與特警輪流站崗，又引來更嚴厲的批評，「這個女的還沒當議員就開始利用公家資源，當上議員豈不更誇張？」

不過喬絲特暫時沒辦法擔心選情。

或許身體狀況急轉直下，喬納森也總算同意去看醫生，一開始他不打算讓女兒知道，是管家故意洩漏，喬絲特還去醫院埋伏呢。

或許是巧合，最後醫院轉了幾個醫生，父親的主治醫師，竟然是知名的獸人醫生叩叩教授。

叩叩教授是癌症醫師，喬納森竟然是肝癌末期，如今癌細胞已經轉換到淋巴結、肺臟及骨頭。醫師召開家庭會診，叩叩教授嘆了口氣，遺憾地告訴父女兩人，或許喬納森只剩下幾週可以活，如果再以放射療法勉強續命……說不定會因為體力耗盡，餘命變短……不過或許也能再延長續命一陣子。

「看來總算換我了呢。」喬納森那天真浪漫的個性，竟然也只是面帶微笑。

「喬議員……您似乎縱慾多年，加上愛喝酒，作息也不固定，您是肝癌我也不大意外呢。只可惜太晚發現病灶，如果早個半年來找我……應該還有點機會。」叩叩教授有點不好意思地說，看來這幾個月媒體大肆報導喬議員的荒唐行徑，讓他也是略知一二了。

「如果您肝癌的癌細胞沒有移轉的話……可以試試獸人療法，將您的肝臟注入獸人細胞，有機會可以擺脫癌細胞自癒。已經有不少人都試過這種療法了，很多人甚至在器官還沒老化前，就會先做這種手術……雖然所費不貲，不過，效果確實很好。但是您的癌細胞已經移轉，對您的全身器官都造成了極大的負擔，雖然仍有機會，但是異形化的可能性還更高……我個人並不建議。」叩叩醫生補充道。

異形化指的是接受獸人實驗後的排斥反應。

「那太反自然了……我雖然不排斥變成獸人，不過，就這樣吧。我的一生已經沒有遺憾了。」喬納森似乎心意已決。

「您要選擇在家裡……度過最後的日子，還是要在醫院，都隨您高興，當然，在醫院受到的照護會更好，能夠減緩痛苦。如果您願意嘗試獸人療法……我也認為可以一賭，畢竟您是喬納森議員。」

喬納森就是因為疲倦還有下腹痛難耐，加上骨頭開始疼痛，徹夜難眠，才會受不了來看醫生，不過，他老兄還是死性不改。

跟醫生談完後，他拉著女兒喬絲特說要回家。

喬絲特希望父親住院，減緩痛苦……或者嘗試醫生所說的獸人療法。但是，喬納森只告訴她：「我這輩子沒做對過多少事情，大概就兩件，一是當議員，二……就是生下妳。前半生，我大多都是被逼著做不想做的事情，現在是人生的九局下半了，妳就讓我決定我要怎麼死。」

喬絲特哭著與父親一起回家，她只後悔這幾個月一頭熱投入選舉，但卻忽略身體早已出現警訊的父親。

隔天一早，喬納森拖著行李去敲了喬絲特房門。

喬絲特看見父親背後的後背包，那是父親外出登山冒險時的裝備，她訝異地看著父親。

「要死，也要讓我死在冒險途中，妳不開車載我去，我就叫司機載我。」

喬絲特看見父親眼中的堅持，那是他最後的願望。

喬絲特稍稍拖了點時間，跟父親一起吃過午飯，不擅料理的她，煮了一頓難以下嚥的飯菜，父親還是全部都吞下去了。他說雖然味道不對……該鹹的沒有鹹，該辣的沒有辣……不過，還是好吃。

喬絲特眼前一片模糊。

她們翻山越嶺，開車去了P國。P國跟獸人廢土接壤了一整群山脈，難以穿越的山脈，喬議員以前，總喜歡跟年輕人一塊去P國，還有一旁的Q國以及R國登山冒險。

那一路上，喬納森跟女兒說起，他曾做過的……他不願意承認的錯事。例如在他教育部時替政府掩蓋、竄改獸人戰爭歷史，就連來自B國的他，也曾害怕、恐懼過獸人，所以當國際組織決定對獸人領土投彈，無差別屠殺那片土地上的獸人以及人類，他都曾涉入其中。

他與奧圖軍火工業的前領導人，也就是喬納森的兄長喬瓦，共同決策，並選用其中最慘無人道的滅絕性武器。事實上，他們倆兄弟多害怕那些獸人會進逼平靜大地，黑化整片大陸。

同時，也是為了復仇。喬瓦聽說獸人用計，將獸人細胞植入父母親體內，讓父母親變異成獸人，失去控制。雖然這些都是喬瓦從別人口中得到，未經證實的謠言，但這是最大的可能性，否則權勢過人的奧圖夫婦，怎麼可能沒捱過那場動亂。

雖然喬納森事後並不全然相信，他知道紅瞳企業是怎麼轉化獸人的，絕非簡單的技術就能夠將人類變異成獸人，但是，他仍懊悔當時選擇袖手旁觀，同意兄長的決策。

但隨著時間過去，他知道更多早期歷史，才明白那些發動戰爭的獸人，也只是自我防衛，而奧圖夫婦當然是他們眼中的眼中釘。

加上那些年來陸續有獸人後裔驟然突變，人類對獸人領土的獸人，也只剩下極端恐懼。

除了這些外，喬納森身為權貴，那些遺族高層主張清算獸人後裔、全人類強迫施打反獸人疫苗。疫苗造成不少人因為不良反應死亡……甚至造成更多人獸化，被揪出來殺害。

這些，他幾乎通通知悉，也都從未表達過反對意見。

「是這些原因，讓你決定在後來支持獸人法案跟獸人勞工嗎？」

「或許吧……還有，我是真的收了他們的錢，最後了，別跟我聊這些……等我死後，銀行那邊有我的遺囑跟帳冊，我都交代好了，妳到時候再自己看吧。」

喬絲特本來還想追問獸人的起源，不過，既然父親都這麼說了，她便改變話題。

他們好久好久沒有如同正常父女般的對話了，以前她都只關心身為議員的喬納森……但這一場選舉，讓她認識更多關於自己的父親，他是個什麼樣的人。

原來他不過就是一般人，一個再平凡不過的男人，他會軟弱、他會恐懼，他會在該挺身而出時退縮……他也會貪心，也會被情慾操控。

但同時，他也會做正確的事情，即便他確實是因為收了紅瞳的錢，但他為獸人所做的，或許也不只是為了錢，還是為了贖罪。

更別說他為人類弱勢族群所做過的努力。

喬絲特花了幾天開車從P國往返S國，她看見父親步履蹣跚地走進登山步道，她還在山上停留好幾天。她多希望能見到父親走回來，告訴她，他反悔了，他決定去醫院治療。

不過，她沒有等到父親回頭。

畢竟喬納森，他選擇以自己的方式過活，也選擇以自己的方式死亡。

喬絲特回國後，這才發現幾天未接收外界訊息，競選對手的策略已遠遠超出自己想像。

他們選在投票前幾週擲出最後的武器。

對方雖然沒有明確證據，但舉出眾多旁證，例如喬納森確實跟紅瞳公司早期的執行長私交甚篤，他們常常一同登山冒險。

父親早期時常進出紅瞳企業，時間點正是推動獸人法案前後，法案通過後，紅瞳便從紅點公司更名為紅瞳企業，開啟往後二十多年的輝煌時代。

父親在法案還在草擬階段，頻頻與其他政黨私下會晤，還被繪聲繪影地傳是紅瞳企業的白手套，那些影像紀錄全部被揭露。當然，那些關係人等全部被馬賽克，沒人有辦法替父親解釋。

再說，也根本不可能有人願意替父親出頭，畢竟沒人想被冠上獸人法案的推動者，這個「反人類」的稱號。那種稱號，還是讓給現在人已經失蹤，無法出面澄清的喬議員身上。

喬絲特感到憤怒，她雖然知道父親收了錢，但一個法案的推動，需要大多數議員同意，換言之紅瞳公司幾乎人人都塞了錢，父親只是個被推出來處斬的議員。

喬絲特民調開始急速往下掉。

兩週後，也就是選舉前一週，喬納森議員在Q國境內的山區被發現，他死在山谷中。他試圖以攀岩方式登上Q國某座高峰，失足跌入山谷。

Q國林管處的官員，與喬絲特聯絡，對方問是否要把屍首運回S國，山林有猿形獸人能夠代勞。喬絲特搖了搖頭，說開立死亡證明書給她就好，就讓父親留在山中，成為山林的其中一部分。

電話另外一頭摸不著頭緒，說得查查能不能這麼做，喬絲特淡淡的說，多少錢，她都願意付。

幾個小時候，對方再度來電，說就依喬絲特的安排。

費用的部分，他們會處理。

喬議員死亡的消息流傳回S國境內，竟然有匿名粉絲專頁表達這就是喬議員大逆不道的報應，也有社群認為喬議員是畏罪自殺。

隨便你們吧。

不過，更多人都認為這只是謠言，畢竟身為家屬的喬絲特從未證實。

那幾天，韋藍只要時間允許，都在身邊陪著她，或許是有感大勢已去，又抑或是已經無心選舉，喬絲特幾乎沒有任何公開行程。

三天後，死亡證明書寄回喬絲特家中，銀行在律師的陪同下，交付銀行保管箱裡頭的遺囑與以及帳冊。她向銀行要了一份帳冊副本，正本她還在想該怎麼處理，便先存放銀行中。

帳冊鉅細靡遺地交代父親搬到S國後，這幾十年來的金流，另外喬納森還會在每一筆金流背後，註明細節，還更像是一本摘要式日記，包含從紅瞳收到的所有款項。

原來生性浪漫的喬納森在二十年中，將他父親留下來的遺產幾乎揮霍近半。他的文學造詣不好，看人的眼光也不怎麼樣，那些畫家、文學家們，大部分也都是賠錢貨，跟喬納森差不了多少。

家裡高價買來收藏的畫作，大多沒有價值，還有好幾個出版社都因為人們閱讀習慣改變，紛紛倒閉。這些投資，喬納森幾乎血本無歸。

加上給太多女性的遮羞閉口費、生活費、喬絲特母親的贍養費，還有勾搭上有夫之婦，提供給對方丈夫的私下賠償金……反正付點錢，對方就閉嘴，喬納森也都樂得支付。反正他的錢……花也花不完，至少他是那麼以為的，直到他的財務顧問提出警告。

喬納森後來靠著議員收入跟紅瞳賄賂，才稍稍收支平衡。不過，這些存款在一次又一次的選舉中，也一次一次消耗。

整體來說，他從紅瞳那裡拿到的錢也不是什麼鉅款。他為獸人做的，於公，除了獸人法案、特警制度外，還為了很多恐將迫害獸人權益的法案表達反對；於私，他私下建議紅瞳要多支付紅瞳半獸人薪水，初期他還先用自己荷包裡的錢替紅瞳代墊呢。這在他的帳冊中都有說明，早就超過了賄賂金額。

遺囑與相關文件的問世，等於間接證明喬議員的離世。

當天晚上，喬絲特約了韋藍一塊讀了父親的帳冊。

夜裡，韋藍突然接到一通電話，他旋即打電話給了父親，父親一聽，要他連夜儘速出國，有急事需要詳談。喬絲特以為是韋藍的父親身體出狀況，半強迫地要男朋友連夜趕去，替他叫了一輛出租車，送往機場趕搭最後一班飛機。

那時候匆忙，外頭的警察還以為發生了什麼事情，喬絲特直說沒事，後來警察不知為何再度敲門，喬絲特累到穿著睡衣打聲招呼報平安，就說自己要睡了。

但是，隔天一早，喬絲特被電話吵醒，是競選同志的來電。

競選對手在一大清早召開記者會，貼出喬納森其中一頁帳冊。內容記載的是喬納森收到紅瞳公司的賄賂細節，包含金額與交款方式，他們利用交易藝術品的方式洗錢。對方似乎做好準備，還邀請筆跡專家比對，確認就是喬納森的字跡。

喬絲特跑回書房，才發現帳冊副本已經不知去向，她第一個懷疑韋藍，質問他怎麼會做出這種事情，但韋藍也只是連忙否認。

「小喬，真的不是我，我離開你家，搭上出租車時……那本帳冊還在妳父親辦公桌上呀！」

對於昨夜的細節，喬絲特已經模糊，畢竟她是噙著淚看完父親帳冊的。

「不要再騙我了……我現在才知道……雖然父親鑑賞藝術的能力不夠，但他看人還是很有一套的。」喬絲特掛上電話。

後來，韋藍打的電話，她一概沒有接聽。

記者會上，敵對候選人滔滔不絕地批評喬納森，一一細數喬議員執政期間，為獸人倡議的那些舉動，對方懷疑，這些所謂的「義舉」，都充滿銅臭味。他們甚至懷疑是喬納森主動向紅瞳公司索賄。

紅瞳公司僅僅發表聲明，表達那都是上一個世代經理人執事的私下作為，加上都是陳年往事，就憑著一紙日誌，也沒有實質證據，請候選人不要過多揣測與假造故事。

不過，這種聲明，卻似乎讓人更起疑竇。

喬絲特又再接了幾通電話，其中多數是來自競選總部的同志，他們一一表達對喬絲特的失望，他們並不想成為紅瞳公司非法賄賂，這個共同利益結構的一員。

他們說，投票日前一天，也就是今天的競選晚會，他們不會出席，喬絲特便說，那不如取消吧。

喬絲特聽著同志的謾罵，竟然也不曉得該怎麼回應，她掛上電話，也驅散了駐守在家裡的管家，給了她一個長假。

「喬議員跟他們說的不一樣……他只是……」

喬絲特知道，女管家說穿了也是父親的祕密情人之一，她讓管家暫時休息，管家似乎還有些話想說，不過，她不想聽。

隔天，就是投票日，喬絲特也沒有去投票，即便外頭的警察與特警，敲了好幾次大門，但她也都不為所動。

她關上電話，隔絕與外界的一切聯絡。

當天晚上，她動身前往競選總部，向所有選民謝票。

她以兩萬票之差，輸了選舉。

踏出家門時，她這才發現家門口前的道路放滿鮮花，據警察轉述，一大群陌生群眾……其中有人類，也有獸人，他們並沒有因為選舉口水戰，因此鄙棄喬議員。

鮮花一路從喬家門口，一路蔓延到幾百公尺遠的街道，逼得警察不得不在附近出動交管。畢竟特警們，也感謝這個曾為他們奮戰的喬議員。

謝票晚會上，喬絲特發表一場動人的演說，她很遺憾輸了選戰，也無法兌現對支持者的承諾……更遺憾的是她永遠都成為不了喬議員，那個雖然有瑕疵，但卻總是為弱勢發聲的議員。即使最後打敗仗，但她仍希望能夠喚醒世人對於弱勢者，無論是人類……還是獸人的關注。

台下坐得滿滿的群眾，手持蠟燭，為喬議員的身亡默哀，也為喬議員的女兒戰敗洩氣，他們無一不掩面痛哭。

鮮少參與政治活動的獸人，也罕見地走上街頭，他們擔心未來的權益，是不是會因為喬絲特的失利，再度遭到打壓。

未來，恐怕將沒有任何人願意替他們發聲。

喬絲特在台上，望見台下一個熟悉的面孔，那個現在是紅瞳企業副執行長的年輕女性，她們倆彼此點頭。雖然兩名傑出的女性從未正式會面過，但喬絲特知道，她們倆的長輩彼此是好友。

喬納森跟女子的外祖父是山友，但她們現在不宜再有過多互動，否則只會再度將喬家跟紅瞳企業過度連結。

喬絲特走下台，而曾經登門拜訪的喬納森前同黨同志，藉故上前攀談。

「帳冊副本在我們手裡，只要我們想，我們還能夠公布更多……我也不想讓老朋友遺臭萬年。妳考慮一下，是不是要來我們黨裡做事吧……只贏兩萬票，嚇了我們一身冷汗呢。」

「你讓我考慮半年。」

喬絲特回家後，一個收班警察主動找她攀談，現在他們已經卸下職務，即將返回崗位。

「妳父親的帳冊……妳應該不是主動交給對手的吧？怎麼不考慮報案呢？」

「我知道是誰幹的……我男朋友……應該說是我前男友……算了……就算了。」

「不對吧，我們還猜是非法獸人呢。我們昨天晚上交班時，因為下一班的同仁巡邏車故障，花了點時間聯繫，結果聯絡到一半，幾台攝影機全部受到干擾……我們都猜是非法獸人到場，還緊急叫了特警過來支援。不過，見妳也沒出來跟我們通報，加上看見妳安然無恙，我們還以為是假警報呢。」

「非法獸人？」

「是呀，非法獸人行經的犯罪地，大多都有攝影機故障的情形，他們有能夠干擾攝影鏡頭的裝置，頭痛我們好幾年了呢。」

喬絲特急忙打電話給了韋藍，韋藍已經在異鄉，他說老家早已收到威脅，說韋藍若繼續暗中協助喬絲特，對方就會毀掉父親的名聲……

對方命令韋藍得偷走喬議員的帳冊，否則也會像對付喬絲特一樣對付韋藍家。但韋藍拒絕了，他說放馬過來，並連夜趕去父親所在的國家，協助湮滅證據。

韋藍認為對方勢必不會放過自己父親，自己在法律上恐怕很難協助父親了，但他至少還能夠做些努力，減輕父親的刑責，雖然顯然違法，不過，他不管了。

「我們的感情呢？」喬絲特這麼問。

「我們……發生這麼多事情……我們也很難跟以前一樣了，不過，至少我們還是朋友，我們還會再見面的。」

喬絲特點了點頭，掛上電話後，她才發現掉了一排眼淚。

確實……他們的感情，在她決定投入選戰後，確實已經不一樣了。

幾天以後，喬絲特動身前往Q國一趟，在喬納森過去登山夥伴的協助下，她抵達幾個禮拜前父親摔落的山谷。

她站在懸崖邊，望著山谷底下，滿滿都是花瓣，她幾乎見不到父親屍體。各種顏色覆蓋在父親的葬身地，據說除了S國外，連P、Q以及R國的山友，還有幾個國家的紅瞳半獸人，也都到了喬議員最後行經的路線。

他們都認識S國的這名「怪物議員」，喬議員時常出國演講，雖然喬議員在其國家並沒有實質影響力，但他提倡人權，聲明人人生而平等，而其中受到打壓尤最的獸人更是他關注的焦點。

S國是世界上最強盛的國家之一，獸人制度也最為完善，雖然S國也是WCH大本營，但至少在這裡，半獸人勞工能夠獲得多一點保障。

喬議員在位期間，他們可是都夢想有朝一日能夠前來S國工作呢。

獸人們發起弔念活動，各國的弱勢族群委託他們，於是各種動物形態的獸人們湧入Q國，他們將鮮花撒入山谷，以紀念這個曾經為了紅瞳獸人奮戰過的議員。

雖然，他確實收了錢，可是他們心裡都知道，哪個議員沒收過紅瞳企業的錢，但只有喬納森，卻是真的拿錢辦事。面對那些質疑，喬議員那老人家也都是笑笑面對，他根本不在乎外界批評，雖然帶有瑕疵，但他也還是正義之聲。

一個猿形獸人，是當地山林林管處的工作人員，他認出喬絲特，詢問喬絲特可不可以向她敬禮。

敬禮？雖然喬絲特不明白對方的意思，但也是點頭同意。

對方向自己行了一個軍禮。

「我想跟英雄的女兒致上敬意，當天我發現喬議員時，他已經斷氣好幾個小時了……對不起，沒辦法救回妳的父親。」

「沒關係的，沒關係的。」喬絲特哭得說不出話來。

山谷下，幾個黃蜂形獸人正在天空中盤旋，眼前的獸人解釋，那是為了驅離聞到死屍前來的食腐動物。雖然不曉得喬納森議員的心意，或許他希望被動物吃掉，進入大自然循環圈，不過，他們實在無法忍受動物啃食正義議員的屍體。

正義議員……

在他們眼中，即使爸爸他做了這麼多犯法……或違反道德的事情……但在他們眼中，仍然是正義議員……

幾個月以後，喬絲特趕在威脅截止前，出版了一本新書。她邀請父親在出版業的好友、編輯、紀實記者、歷史學家以及小說家，還有那些曾經長期跟父親共事、以及約會過的議員助理，各地樁腳以及紅瞳公司所派的專案人員。他們共同撰寫了喬納斯的議員回憶錄。

書中主動揭露喬納森的收賄始末，其實他早在法案推行後，就不再願意收受紅瞳賄款，即便收了，也是轉手出去樂捐給民間的社福單位。二十多年中，他還收了其他企業的賄賂（當然，書的內文都去除了公司名稱，但你能夠從中猜到是哪些企業）。不過，大家都看得出他倡議的力道有所不同。

當然，書中還細數了他所做過的善事、推動的法案，舉凡弱勢居住保障法、婦女權益促進法、兩性平權法、婦女生育與墮胎保障法、兒童與少年法，身心障礙者權益促進法、老人保護法……等，甚至是非行少年特警計畫。

對於喬納森的情感史，也在十幾名女性的同意下，其中包含與他約會最久的女管家，她們均直言不諱與議員的風流韻事，為這本回憶錄增添不少娛樂性。

新書名稱叫做《正義之聲》，副標題則為：「一個不完美的人，但他並不是怪物」。

新書一出版，激起熱烈討論，當然，那些被暗指行賄的公司都發出嚴正抗議，並揚言提告，包含紅瞳公司。

不過，他們並沒有傻到真的提告，畢竟他們是真的有行賄。

喬絲特打了通電話給那個老頭，說：「你公布吧，看我們誰說的故事讓人更想要看。」

對方氣得掛上電話，再也沒主動跟喬絲特聯繫過。

《正義之聲》的最後，收錄了喬納森議員所寫的一首詩，那首詩，就夾在帳冊正本的最後一頁。

詩名叫做〈我不是怪物〉，一如父親的寫詩水平，狗屁不通，但至少是喬議員的嘔心瀝血之作，那首詩是這樣寫的：

我費盡千苦萬辛，
套上衣冠。
數十個秋，

我捲起衣袖、鏟進土裡，
消失無蹤的夏冬，
顛覆四季，
還有無人知曉的一葉落楓。

砲彈碎片中，
那些曾經被視為惡魔的，
為了融入你們，
他們變成了你。

到底，偽裝下的我，
是誰？
現在的模樣，
是你們期許的我，
還是我期許的自己。

如果可以，
我願化為戰場硝煙，

逸失，並永遠沉睡。
我就能夠在夢，
不再當怪物。

我睡了、我睡了，
請別叫醒我。

喬絲特沉寂了好幾個月，由於與當選議員的得票差距不多，她不但拿回當時為了選舉所繳交的保證金，還獲得為數不少的選舉補助金。

她曾經一度想將紅瞳當時的賄賂金額上繳國庫，不過由於早過了法律追溯期，加上紅瞳公司拒絕承認賄賂，這些錢就變成燙手山竽了。

少數幾個競選同志，如今都面臨到失業的窘境，很多律師事務所都不敢雇用他們。

這時候一個人與喬絲特聯絡。

對方自稱來自紅瞳企業，喬絲特連忙拒絕，說喬家未來不會再跟紅瞳公司沾上邊。

對方自我介紹，說她是紅瞳總部的招募組組長，她今天過來，主要是為了旗下的紅瞳半獸人。

「我們這裡有一個紅瞳勞工，她被前夫用計困在店面，還被強迫放送自己的獸人模樣給未曾知悉的孩子看，意圖讓孩子厭惡她，還故意召集WCH的人在外面謾罵……現在她跟孩子們團圓了，也打算要打監護權官司……她需要委任律師。」

喬絲特讓她繼續說下去。

「以我們公司的立場，我們只能協助追訴對方違反獸人法案中的非自願揭露條款，其餘她的私事……不宜用公司聘用的法務擔任她的辯護律師，只會讓那些暴民更有話說。我找不到願意協助辯護的律師，大家都很害怕被WCH那批人清算。委託人很節省，都是為了讓孩子能夠出國念書，才願意變成獸人……即便妳收費再高，我都願意付。我也在紅瞳工作好幾年了，至少還能拿出一點錢。」

喬絲特這時冒出了一個新的念頭，誰說律師不能伸張正義。

「不用了，這案子，我接，我一毛也不用收。」

喬絲特用選舉補助金以及早年的賄款，召集了當時選舉的同志，還有一些關注人權的正派律師，他們共同成立了一間律師事務所。

他們一視同仁地接案，是人類、是獸人，只要篩選過案件，確認跟「正義」有關，都願意收案，哪怕是雞毛蒜皮的小事。

其中獸人與弱勢族群能夠享有律師費補助，補助費的來源，就用紅瞳當時的賄款來支付。

律師事務所名為，「喬納森・奧圖法律扶助事務所」。

所謂的，正義之聲。

她祖先的那些臭名，由喬絲特來負責洗刷。

她也改了名字，雖然父親在天之靈，不曉得會不會同意，但她老子生性浪漫，鐵定不會當一回事。

她現在是潔絲特・奧圖，Just，正義。雖然她也不排斥別人繼續稱呼她為喬律師、喬小姊，但她更喜歡他們叫她的新名字。

她期許自己也能夠成為正義之聲。

我的父親不是怪物議員，他雖然在某些領域……真的很像怪物，但是他終究不是怪物。

我也……不是怪物。

「妳不是怪物。」在第一眼見到快姊後，潔絲特是這麼跟她說的。

第一部結束

釀冒險63　PG2830

我不是怪物

作　　者　王晨宇
責任編輯　陳彥儒
圖文排版　蔡忠翰
封面設計　陳香穎、王嵩賀

出版策劃　釀出版
製作發行　秀威資訊科技股份有限公司
114 台北市內湖區瑞光路76巷65號1樓
電話：+886-2-2796-3638　傳真：+886-2-2796-1377
服務信箱：service@showwe.com.tw
http://www.showwe.com.tw
郵政劃撥　19563868　戶名：秀威資訊科技股份有限公司
展售門市　國家書店【松江門市】
104 台北市中山區松江路209號1樓
電話：+886-2-2518-0207　傳真：+886-2-2518-0778
網路訂購　秀威網路書店：https://store.showwe.tw
國家網路書店：https://www.govbooks.com.tw
法律顧問　毛國樑　律師
總 經 銷　聯合發行股份有限公司
231新北市新店區寶橋路235巷6弄6號4F
電話：+886-2-2917-8022　傳真：+886-2-2915-6275

出版日期　2022年12月　BOD一版
定　　價　400元

讀者回函卡

Printed in Taiwan

國家圖書館出版品預行編目

我不是怪物/王晨宇著. -- 一版. -- 臺北市 : 釀出版,
2022.12
面 ; 公分. -- (釀冒險 ; 63)
BOD版
ISBN 978-986-445-740-3(平裝)

863.57 111016981